KB018925

고독한 행군

이계홍 지음

고독한 행군

1

이계홍 지음

범우

격동기 해방 공간의 이념에 희생된 젊은 장교들의 이야기

십수 년 전, 필자는 언론사 퇴직한 뒤 마포에 집필실을 마련했다. 한국인물연구소라는 간판을 걸고 주로 인터뷰 활동을 벌였다. 각 분야 샐럽들은 물론 전문가, 생활인으로서 치열하게 삶을 살아가는 사람들의 진솔한 이야기를 전하는 휴먼스토리를 쓰는 작업이다. 이는 언론사 재직시절 문화부, 특집부에서 주로 근무하면서 인물인터뷰, 탐방기사를 많이 써온 배경이 큰 힘이 되었다.

이러다 보니 언론사 퇴직 이후 더 활발하게 움직였다. 시사월간 〈신동아〉에 '이 사람의 삶', 한국문화관광정책연구원의 '문화도시 문화복지'에 '초대석', 주간 〈일요서울〉에 '이계홍이 만난 사람' 등을 연재했다. KBS 1라디오에 1시간짜리 와이드 인터뷰 '이계홍의 세상사는 이야기'를 매주 1회 6개월여 진행하기도 했다.

이렇게 퇴직 후에도 계속 '인물전문 기자'로 활약하는데, 어느날 〈국방일보〉 측에서 몇몇 장군들의 일대기를 집필해줄 수 있느냐는 의사를 타진해왔다. 쉽게 응낙하고 첫 작업에 나선 분이 '장군이 된 이등병 최갑석'이다. 해방 직후 국방경비대 이등병으로 시작해 육군 소장이 된 전설적인 최갑석 장군 이야기다. 초창기 우리 국군사 이면을 생생하게 엿볼 수 있었다는 점뿐 아니라 스토리텔링이 풍부해 인기를 끌었다.

최 장군 이야기가 인기리에 끝나자 전 공군참모총장 장지량 장군 이야기를 써달라고 요청이 왔고, 뒤이어 전 주월한국군사령관 채명신 장군 이야기까지 집필하게 되었다. 이들은 모두 해방 공간의 국방경비대 병사나 장교로 시작한 군인들이다.

매주 한두 차례 장군들의 자택과 사무실을 찾아 인터뷰하면서 새롭게 발견한 것이 있었다. '숙군' 때 숙청된 젊은 장교들에 대한 아쉬움의 토로였다. 주 대상은 일본 육사 1,2학년 생도들이었다. 이들은 미군정 시기 국방경비대 장교로 군생활을 시작했던 사람들이고, 대한민국 국군 창설의 주역으로 나섰으나 숙군의 회오리에 휘말려 상당수 숙청되었다. 나이는 하나같이 20대 초반의 청년들이었다.

일본 육사 출신 하면 기계적으로 친일파로 보는 경향이 있으나, 해방 직후 국방경비대에 배치된 이들은 민족 장교로 변신한 사람들이 적지 않았다. 일제로부터 해방되고, 나라가 서자 민족 장교가 된다는 자긍심으로 민족의식이 싹튼 청년들이었다.

감수성 예민한 생도들이 자주국가, 자주군대, 민족군대라는 새로운 이정표 아래 나라를 지키는 간성으로 출발하려 하는데, 이들은

6

불행히도 외세라는 미군정 지배와 분단이라는 현실에 직면하게 된다. 이때 체제에 쉽게 영합하는 장교도 있었지만, 분단과 외세의 지배를 받는 데 대한 고민과 시대 모순에 대한 고뇌를 가진 젊은 장교들이 적지 않았다. 결국 그들은 시대와 불화하다가 사라졌다. 이들에게 이념이 채색되기엔 너무 이른 나이였고, 이념에 물든 집안 환경도 아니었다. 당시 숙군 이전까지는 이념이 요즘처럼 죄악시되던 때도 아니었다.

이들이 일본 육사를 지망한 것은 일제 군국주의를 뒷받침하기 위한 사명감에서라기보다 그 시기 그런 학교가 있었기 때문에 들어간 것이 정직한 표현일 것이다. 무상 교육, 숙식 제공, 피복 제공, 심지어 월급까지 지급되었기 때문에 누구나 선망한 학교였으며, 신체 건강하고 두뇌가 명석한 학생만이 선택된 학교였으므로 자부심 또한 컸다.

필자는 장군들을 인터뷰하면서 일본 육사 생도들에 대한 죽음을 안타까이 여기는 사연들을 관심있게 들었다. 졸업생인 김종석, 박정희 이외에 1,2학년 생도들이었던 오일균, 조병건, 이재일, 이성구, 김태성 등이 그들이다. 그중 오일균에 대한 회고담이 많았다. 잘 생기고, 민족의식과 군인정신이 투철하며, 두뇌가 명석해 미래가 약속된 청년 장교였다고 회상했다. 그런데 그의 죽음이 웬지 미스테리라는 것이다.

오일균은 23세의 젊은 육군 소령으로 제주 4·3때 포로수용소장을 끝으로 1949년 8월 서울 수색 기지에서 처형되었다. 당시 동료들은 그의 총살형이 이적죄라는 극히 형식적인 법조항이 적용되었다고 했다. 그런 것들이 나에게 지적 호기심을 발동시켰다. 채명신·최갑석 장군은 제주에서 그와 함께 근무했고, 장지량 장군은 일본 육사 1년 선후배 사이로, 국방경비대 사관학교에서 다시 만난 사이다. 김광식 장군도 친하게 지냈다고 했다. 그러나 죽음에 이르는 내막을 몰라 필자 나름으로 파편화된 사연들을 퍼즐 맞추듯이 모아 이야기를 끌고 나가보기로 했다. 따라서 이 소설은 픽션과 논픽션이 가미된 소설임을 밝혀둔다. 또한 기자적 현장성과 작가적 상상력을 가미한 작품으로 이해하면 될 것 같다.

〈국방일보〉에 '잃어버린 사람들'이란 단락으로 희생된 장교들이 짧게 소개되자 어느 날 오일균의 유족으로부터 연락이 왔다. 동생 오능균씨(2021년 작고)였다. 그는 형님의 일에 관한 한 조그만 단서라도 있으면 만백사 제하고 찾아나서는 사람이었다. 형님에 대한 정보 갈증이 많은 분이었다. 형님이 왜 처형되었는지, 군 복무의 동선과 인맥, 이적행위가 무엇인지, 추적하는데 뚜렷한 기록이 없는 데다 감춰진 것이 많아 애를 태우고 있었다.

필자는 그의 둘째 형 오보균(육사 5기) 소위도 스물한 살의 나이에 첫 부임지 남원 부대에서 행방불명이 되었다는 사실을 알았다. 둘째 형은 큰형이 처형된 직후 구타당해 죽었다는 풍문이 돌았으나 집으로 유골조차 오지 않았다. 취재 결과 오보균은 6·25 발발 2년 후인 1952년 전사자로 기록되었다. 집에 단 한번의 연락을 취하지 않은 채 3년 후 엉뚱하게 전사했다는 것은 아무리 군적 정리가 엉성한 시대였다고 해도 이해할 수 없다.

오능균 씨는 자기 대에서 두 형님의 죽음의 원인을 캐지 않고는 억울한 사연의 족적이 영원히 묻힐 것이라는 절박감으로 전국을 헤맸으나 행적을 캐지 못하고 지난해 작고했다. 이 작품은 그의 노고도 상당 부분 스며있다. 작품 연재 시 다른 가족들의 만류 때문에 여러 차례 작품 중단을 요구하기도 했다. 필자는 소설이란 점을 설득해 우여곡절 끝에 불완전하나마 완성했다.

이 소설은 오일균 소령의 이야기가 뼈대지만, 해방 공간의 혼란스런 국방경비대 이야기가 중심을 이룬다. 격동기, 미군정의 해방관리가 우왕좌왕하는 가운데, 설익은 이념 대립으로 좌우 양 진영에서 유용하게 써먹어야 할 젊은 국가적 동량들이 많이 희생되었다. 이때 해방 공간을 잘 활용했다면 분단의 비극도 막았을 것이다. 그런 면에서 해방 공간의 이념 대립은 승자도 패자도 없는, 모두 역사의 패자라고 본다. 이념은 구실일 뿐, 권력 찬탈에 오염된 '광기의 폭력'이 민족 분단의 비극을 낳았다고 볼 수 있다.

이 소설을 읽는 사람들은 필자더러 "좌파 아니냐?"고 이념 공세를 펼지 모르겠다. 〈월간문학〉과 〈프레시안〉 연재 중에도 더러 그런 공격을 받았으니까 말이다. 좌파냐 우파냐, 진보냐 보수냐? 한 인생을 그런 식으로 재단하고 규정하는 것이야말로 얼마나 사회나 한 개인을 피폐하게 하는가. 어느 한 편을 비판하면 반사적으로 다른 한 편을 옹호한다고 생각하는 이분법적 논리 앞에서 절망할 때가 많다. 한 사건에 대한 해석의 차이를 그런 식으로 편견의 벽에 가둬버리는 것이야말로 폭력이자 야만이다.

이 소설은 〈월간문학〉에 34회 연재(2016.10~2019.6)했던 작품이다. 〈월간문학〉 사상 2년 10개월이라는 최장기 연재가 가능했던 것은 작품 소재의 특이성과 뚜렷한 주제의식이 반향을 불러일으킨 영향이 컸다고 본다. 대학 선배인 문효치 당시 문협이사장의 배려도 컸다. 작품 연재가 마지막 회에서 지면 사정으로 아쉽게 미완으로 끝나 인터넷 매체 〈프레시안〉에 36회(2019.9.10.~2020.1.13)로 확대 재수록 연재했다. 〈프레시안〉 연재 때 더 많은 독자들로부터 호응을 받았다.

출판 시장이 여의롭지 못하고, 작품 분량이 방대해서 출판하기 어려운 여건인데도 범우사 윤형두 회장께서 기꺼이 출판을 맡아주셨다. 본래는 5권 분량이었으나 사적 자료가 강조된 반면에 재미가 반감될 수 있다고 해서 4권짜리로 압축했다.

책이 잘 팔려서 출판사에 보탬이 되었으면 좋겠다. 여러 가지 자료 인용 부분은 작품 안에 출처를 명기했지만, 일부 누락된 부분도 있을 수 있다. 혹 누락으로 인한 결례가 있다면, 필자들의 너그러운 양해가 있기를 바란다. 소설 작품의 허구성으로 인해 등장인물을 일부 가명을 썼음을 부언(附言)한다.

— 2022년 6월 이계홍

차례

제1장
박정희와 이현란

"내 다녀올 기다."

박정희는 바지의 앞날이 날카롭게 선 군복을 손으로 가볍게 털어 단정하게 하고, 선글라스 테를 양손으로 고쳐잡아 귀에 고정시켜 썼다. 차림새로도 장교로서의 카리스마를 느끼게 하려는 모습이다. 입을 굳게 다물다 보니 관자놀이가 실룩했다.

"언제 오시기요?"

"내사 가봐야 알끼다."

"몸조심 하시라요. 꿈자리가 사납지에이요?"

"걱정 말그라."

작은 체구였지만 박정희는 당당하게 말하고, 가슴을 앞으로 내밀어 대문 밖으로 사라졌다. 그의 군화 발소리가 점차 멀어졌다. 이현란은 또각또각 군화 발소리가 사라지는 그의 뒷모습을 한참 동안 바라보았다. 이상하게 허허로움이 파고들었다. 빈 골목으로부터 찬바람이 불어와 그녀 이마를 훑고 지나가자 더욱 쓸쓸한 외로움을 맛보았다. 아득한 벌판에 홀로 서있는 느낌이었다.

그와 살림을 차린 지도 벌써 일년의 시간이 흘렀다. 격동기의 짧지 않은 기간, 때로는 행복하고 때로는 두려움 속에 지냈다. 태릉 국방경비대 사관학교 인근의 사글세 방에서 동거를 시작한 이후 용산 장교 관사로 이사해 온 지금까지 썩 행복하지 않았다. 뭔가 불안하고, 위태위태하고, 그리고 채울 수 없는 결핍이 있었다.

이제 아이 출산 날도 얼마 남지 않았다. 사랑의 결실로 아이를 가졌지만, 행복한 것 같지 않았다. 그의 복잡한 표정과 불안정성 때문일까, 늘 불길한 예감이 가슴을 지배했다. 그것은 사실 박정희를 처음 만나면서부터 시작되었다. 그의 거친 돌격에 끝내는 질퍽하게 정사의 열락에 빠져들지만, 끝나면 허무하고 쓸쓸했다. 채워지지 않는 허기증이 가슴의 심연에 가득 고였다.

간밤에도 그는 여느 때와 다름없이 그녀를 격하게 파고들었다. 만삭의 몸 때문에 자세를 바꾸어서 그를 받아들였지만, 그는 불편을 감수하면서도 그녀를 미친 듯이 탐닉했다. 마치 출격을 앞두고 마지막 밤을 불태우는 가미가제 특공대 같이 처연하게 그녀를 파고들었다.

그는 늘 그랬다. 그의 처절한 돌진에 때로 병적으로 느껴지기도 했다. 그는 생애를 불태우듯 온 힘을 다해 그녀를 공략했고, 꼭 풍로에 달구어진 불화로같이 격정적이었다. 그러나 끝나면 허허로운 절망감이 가슴을 훑고 지나갔다. 왜 그럴까……

좋은 일이나 궂은 일이나 그에게선 표정을 읽을 수 없었다. 술에 취하면 그나마 희미하게 웃을 뿐, 본심을 드러낸 적이 없었다. 비밀스럽고 복잡한 것들이 그의 내면 깊숙이 침잠해 있다는 것을 느끼지만, 그렇다고 그것을 불편해한 적은 없었다. 어떤 풀 수 없는 수수께끼 같은 비밀이 그의 이마에, 눈망울에, 심장에 꽂혀 있다는 것을 느끼는데, 그런 신비로움이 다른 한 편으로 그를 끌어당기는 매력이 되었는지 모른다. 때로 도망가야 한다고 하면서도 마주치면 도리없이 불안한 청춘들의 사련(邪戀) 같은 끝없는 동굴 속으로 빨려들어가고 만다.

박정희는 1947년 12월 춘천 8연대 경리장교였던 박경원의 결혼식에 하객으로 참석해 이현란을 만났다. 박정희(만30세)는 이현란을 보자마자 단번에 이상형을 만났다고 가슴 설레었다. 그리고 어찌어찌 그의 자취집으로 그녀를 데리고 와 일을 저지른 뒤 살림을 차렸다. 이현란은 38선 때문에 고향 원산 길이 막히고 생활비 송금 또한 불안정한 가운데 나날이 가슴 졸이며 대학 기숙사에서 살고 있었다. 그것이 쉽게 그와 동거에 들어간 이유가 되었다. 두 사람은 태릉 1연대(현 육군사관학교) 인근 마을의 초가에서 월세로 신혼 살림을 차렸다. 물론 결혼식도 약혼식도 없었다.

박정희는 1946년 6월 중국에서 귀국한 뒤 고향에서 석 달여 휴식을 취하다가 그해 9월 조선경비대사관학교 2기생으로 입교했다. 4개월 만에 수료와 함께 육군 소위로 임관해 군인 생활을 시작했다. 그 짧은 기간 동안 그는 3국의 장교복을 입었다. 일본군 중위로 만주에서 복무하다 일본이 패망하자 중국군도 아니고 일본군도 아닌 부대에 들어갔다가 광복군에 편입되었다. 그리고 귀국해 조선군 장교(정부 수립 전의 군사 명칭)가 되어 소위 계급장을 달았다.

경비대사관학교 2기 동기생 194명 명 중 그는 나이가 많은 축에 속했다. 성적은 3등이었다. 그 성적이 자신을 지탱해주는 힘이 되었다. 만주 신경군관학교 수석, 일본 육사 우등생의 경력으로 그는 엘리트 의식이 강했다. 그러나 현실은 그에게 녹록한 편이 아니었다. 모든 것이 그를 만족시킬만한 환경이 아니었다.

박정희는 본부가 춘천에 있던 8연대로 발령을 받았다. 8연대는 미군이 38선 경비업무를 관장하면서 다섯 곳에 경비초소를 설치했다. 산악지대에 경비 동선이 길어 다른 지역에 비해 경비초소를 여러 개 설치한 것이다. 경비중대장은 경비대사관학교 1기인 김점곤 중위가 맡고, 연대장은 원용덕 중령이었다. 어느 날 미군 고문관 브라운 소령이 신입 장교들을 소집해 경비초소(CP) 소대장 배치 장소를 정했다.

"소대장의 계급 서열에 따라 배치하시오. 험한 지역은 하급 장교에 맡겨야 하오."

"미국놈의 새끼가 뭘 안다고 간섭하나. 우리가 알아서 할 텐데. 여긴 미국땅이 아니야."

박정희가 퉁명스럽게 받았다. 자신은 일본군 중위 계급장이 있는데 단지 경비대사관학교에 늦게 들어왔다는 이유로 소위 임관한 것을 하급 장교로 본 것이 불만이었다. 일본군 중위가 조선군에서 소위가 된 것도 분통 터지는데, 하급 장교일수록 험지인 산악지대 보초를 서라? 그는 계급 서열만 따지고 초소장을 배치하겠다는 것은 현실에 맞지 않다고 보았다. 박정희는 다른 소위들보다 나이가 여덟, 아홉 살 많은데다 일본군 중위 출신이다. 일본 육사 후배들이 한국군에 일찍 들어왔다는 이유로 그보다 계급장이 세 계단 높은 경우도 있었다.

그의 시비는 미 군사 조직과 신생 조선군 조직 문화가 다르다는 뜻도 내포되어 있었다.

"박 소위, 나한테 미국놈의 새끼라고 했나?"

당장 브라운이 눈을 부라렸다. 박정희는 머쓱했으나 그대로 버텼다.

　"영내 타이피스트한테 들어서 나 한국의 욕을 다 알고 있소. '미국놈'은 욕이며, 거기에 '좆같은 새끼'는 형편없는 조롱이라고 했소. 맞지 않소? 사과하시오."

　"좆같은 새끼라고는 안 했소."

　"그 말이나 이 말이나 뉘앙스는 같소. 사과하시오!"

　박정희는 버팅겼다. 이윽고 브라운이 그를 고소했다. 결국 그는 근신 처분을 받았으나 사과는 하지 않았다. 우여곡절 끝에 그는 경비대사관학교 교관으로 전속되었다. 오히려 잘된 일이었다. 미군은 문제 장교를 벌을 내를 때, 해당 군조직에서 쫓아내면 그만이라는 인식이었다. 쫓겨난 것이 결과적으로 잘된 셈이었다. 미군에 대한 불만이 많은 그의 군 생활은 순탄치 않았다. 이현란은 그런 그를 보면 안쓰러워 온몸으로 감싸주었다. 불안과 방황없이 청춘의 시기를 보내지 않은 청춘이 없지만, 그녀는 유독 상처많은 그를 사랑해야만 한다고 믿었다.

　이현란은 언젠가 그의 가족사를 들었을 때, 그를 끌어안고 울었다. 해방이 되었나고 했으나 세상은 여전히 내일을 기약할 수 없는 불안정한 나날, 그의 가족사가 마치 그런 시대를 상징하는 단면 같았다. 유복한 집안의 막내딸인 그녀로서는 감당할 수 없는 가족사였다. 그것이 역설적으로 그를 사랑하는 숙명성을 안겨주고 있었다.

　"내가 중국에서 탈출하다시피하여 귀국했을 때, 중형 상희 형님이 나한테 뭐라고 한 줄 아나?"

　어느 날 박정희는 이렇게 입을 열었다.

"뭐라고 하시기요?"

"뭐 미칫다고 일본 군대에 들어가 거렁뱅이 신세가 다 돼가 돌아왔나' 하는 기라. 차라리 소학교 교사로 있었시몬 편안히 밥먹고 살았을 텐데 하시대. 그래 했으모 아부지 어무이 밥술이나 먹게 해드리고, 식구들과 오순도순 살긴데 무슨 살이 끼어가 행려병자가 다 되어갖고 들어왔냐고 나무라는 기라. 존경하는 형님이 그런 말 하이, 정말 창피하고 막막한데. 헌데 그 형님도 경찰 총을 맞고 죽어뿐 기라."

"총 맞아 죽어요?"

"그 말 다하자면 분통터지는 일인 기라. 마, 말 몬한다. 하게 되면 몇날 며칠이 될 기라."

"그러면 말하지 말아요. 그리고 실망 말아요. 당신은 젊어요. 앞길이 구만리 같은데 우리 행복하게 살 수 있어요."

정말 불행한 그의 가족사가 그녀를 붙잡는 끈이 되어 주었다. 도망치고 싶지만, 헤어날 수 없고, 종당에는 불쌍하고 가련한 그를 껴안고 가야 한다는 것, 그것이 진정한 사랑이라는 것. 채울 수 없는 고통이 쌓일수록 그것이 그녀의 가슴 속에 도장찍듯 박히고 있었다. 가난과 함께 시대와 불화하며 살아가는 그의 어두운 삶을 사랑해야만 하는 게 그녀 운명이라고 믿었다. 그런 가운데 지금 임신 9개월이다.

어느 날 박정희는 잠자리에서 이현란에게 그답지 않게 속삭였다.

"어무이가 우리 나이로 마흔넷에 나를 낳으신 거래이. 가난한 집에서 늙은 엄마 뱃속에 있는 나는 태어날 때부터 환영받지 못하고 나온 기라. 어무이는 가난 때문에 나를 더이상 감당할 수 없으니까

네 나를 지우려고 했었다카이. 나를 지우려고 일주일 동안 간장을 한 종지씩 들이켜고, 그것도 안 되니까 언덕에 올라가 배를 앞으로 내밀고 밑으로 굴러 떨어졌다 안 카나. 그래도 안 떨어지고 용케 태어나서 내가 여기까지 온 기라. 참으로 질긴 목숨이제. 고래서 우리 아인 축복 속에 낳게 하고 싶은 기라. 보아하니 아들이 틀림없는 기다. 당신, 행복하게 해줄꼬마. 참으로 인생이란 신묘한 기라. 저 광활한 우주 한 가운데서 별을 하나 찾아 가슴에 품은 인연을 가진 기 신묘하지 않나. 현란과 내가 그런 기라. 그리움의 별들인 기라."

"당신이 그런 시적인 표현도 다 할 줄 알아요?"

"사랑하면 다 시인이 되는 기라. 듣기 좋나. 그렇다면 더 좋은 것도 찾아서 읊어주지."

그녀는 그의 결핍, 가난, 고독, 불안한 일상까지도 사랑할 수밖에 없었다.

"당신 가족 얘기 흥미롭지만 더 이상 듣고 싶지 않아요. 들으면 가슴이 아파요. 가슴이 졸여요. 슬퍼요."

"아니제. 더 알아야제. 들을만한 건 못 되지만, 들어야제. 우린 할딱 벗고 만나는 기라. 보다시피 우리 집안이 좀 엉망인 기고, 현란이 가족사와는 완전 반대인 기라. 사상적으로도 불온한 기라. 아까 말한 존경하넌 형님이 경찰 총에 맞아 놀아가신 거래이. 해방을 맞아 형님을 통해 우리도 한 세상 살기라 캤는데, 총 맞아 죽어뿌이 집안이 뭐가 되겠노? 흉가처럼 돼뿌렀제. 어두운 집안에서 어무이는 넋이 나간 채 병이 들고, 슬픔을 늘 휴대품처럼 달고 사셨던 기라. 세상 참 불공평한 기라. 기래서 확 엎어버려야 하는 기라…"

그의 말이 공허하게 들리지 않은 것은 말 한 마디 한 마디가 송곳처럼 박혀들었기 때문이다. 좀처럼 속엣말을 하지 않던 그가 술김인지 홧김인지, 불쑥 이런 말을 했을 때, 그 말 자체가 위험하다기보다 그렇게 말하는 것이 진실로 가슴으로 다가와 그가 더 가깝게 느껴졌다. 어떤 분노의 눈으로 허공을 바라보는 그의 시선이 절박해보였다. 그녀가 그를 깊숙이 안은 이유였다.

"나신으로 드러낸 당신의 모습이 아름다워요. 역시 실오라기 하나 걸치지 않은 나부(裸婦) 그림이 아름다운 이유를 알갔시오."

"막상 몸을 벗겨놓으면 잘난 놈, 못난 놈 거기서 거기인 기라."

"하지만 세상 엎는다는 말은 무시기 말이오? 그런 말 당최 하지 마시라요."

"현란이도 길이 막혀서 고향엘 못 가잖나. 니 고향 원산 가는 길은 국경선 넘기보다 더 어렵게 되었다카이. 나두 고향가는 길이 험난하다. 남쪽인데두 쉽게 못 가는 기라. 처처가 감시초소인 기라. 분단이 되면서 마음의 삼팔선이 동서남북에 좍 깔렸다 아이가. 태평양전쟁이 끝났는데, 다시 전쟁 상황인 기라. 미 제국주의 놈들의 수작 때문인 기라."

"당신 왜 그리오? '기라' '기라'라는 말의 어미가 거슬리지만, 미국 놈들 욕하는 건 더 거슬리는 거라요. 왜 그런 생각하기오? 난 생각없이 살아요."

"생각없이 살면 대학생이 아니지. 대학생은 고뇌하고 방황하는 청춘 아이가. 시대를 선구하는 풍각쟁이 아이가?"

"난 당신 땜에 대학생활 접었잖아요. 당신이 날 가두었댔지요."

"그기 싫나?"

"싫고 좋고가 어디 있기요? 운명이 그렇게 결정되었는데…"

그녀는 이화대학 재학 중인데 박정희와의 동거 때문에 자동 자퇴가 되었다.

"미제 놈들, 아라사 놈들이 엉기붙어가 조선반도를 난도질하고 분탕질하고, 거기에 철없는 자들이 끼어들어가 놀아나다 보이 조국이 뭣되어뿐 기라. 대의를 생각하지 않고 소아병적 자기 이익만 생각하니 나라꼴이 이상하게 되어뿐 기라. 해방이 되면 나아질 줄 알았는데 일제 시기보다 더 몬한 기라. 모순 투성이인 기라. 이러다 필시 남북간에 한판 붙을 기라. 요즘 삼팔선에선 매일 총소리가 나제. 결국 우리는 전쟁 소모품이 되고, 삼천리 강토는 피멍이 들어 찢기게 될 기라. 일본놈한테 당했다면 진작에 알아차렸어야 하는데, 또 미제 놈, 아라사 놈에게 당하는 기라. 왜놈들한테 당한 것도 분한데 또 당하고 마는 기라."

"당신 일본군 장교 출신 아니었나요? 평소 일본 칭송하지 않았나요? 일본군 장교 출신 입에서 그런 말이 나올 수 있나요?"

"그땐 잘 몰랐던 때였던 기라. 아직 생각이 여물지 않은 때였던 기라. 일본의 조선 통치가 영원히 지속될 걸로만 생각했던 기라. 왜놈들의 선무 공작, 그렇지, 정치적 프로파간다에 세뇌돼버렸던 기야. 하지만 지금은 아닌 기라. 뒤늦게 눈을 뜬 기라. 이제야 생각한 바가 있는 기라."

"그건 무책임한 자기 부정이야요. 기회주의 말 같은 거라요."

이현란이 가볍게 항변하자 박정희가 희미하게 웃으며 받았다.

"사물을 깨우치는 거니까 세상 물리가 트이는 기야. 자기 성찰이라는 과정에서 배태되는 자기 인식인 기라."

"당신 '기라'라는 말투가 습관이 됐군요. 그런 경상도 사투리가 구수하긴 해요. 어쨌든 우리 편하게 살아요. 삼팔선이 막히구, 연일 찬반탁 시위가 어떻구, 정치지도자들 싸움질이 어떻구…… 싫어요. 허구헌날 그래시니 난 고향 땅에두 못 가는 처지가 되었시오. 이것 하나 해결하지 못한 정치가 정치인가요. 난 지금 오직 당신 하나만 보구 사는 거야요. 다른 생각없이 살아요. 곧 태어날 아이 보아요. 희망이 솟지 않나요?"

그녀가 그의 손을 자신의 배에 가져다 댔다.

"그래, 절망 가운데서 희망이 솟는 건, 그나마 삶의 보람을 느끼게 하는 기라. 잘 키워야 한데이."

"당신이 곁에 있다면…."

이현란은 안전하고 평화롭고 행복한 가정을 꿈꾸었다. 그녀는 오갈 데 없어 그와 동거를 시작했지만, 여자로서 갖고 싶은 소망은 오직 행복한 가정이었다. 자식 키우며, 빨래하고, 밥하고, 남편과 함께 저잣거리에 나가 장을 보아오는 소박한 꿈, 그것만으로 족하였다. 그것을 박정희가 해결해줄 사람이라고 굳게 믿었다. 빠짐없이 당찬 모습과 깊이있는 사고, 집념이 강하고, 사물을 꿰뚫는 직관력이 엿보이는 청년 장교의 모습은 갈수록 그녀 자부심이 되었다. 그런 그를 남편으로 맞아 평생 의지하고 행복하게 살리라 생각했다. 그래서 그의 복잡한 내면도 사랑할 수밖에 없었다.

일본 육사 후배들

"김창동 그자가 계속 뒤를 쫓고 있대시오. 선배님, 알고 있었대시오?"

조병건이 낮은 목소리로 물었다. 필동의 허름한 대포집이었다. 그들의 비밀 아지트였다. 박정희가 침묵을 지키자 조병건이 다시 물었다.

"선배, 몰랐시오?"

박정희 역시 직감적으로 누군가가 뒤를 쫓고 있다는 것을 알고 있었다. 더구나 같은 정보 계통의 후배들이라는 데 긴장되었다. 김창동은 그가 1연대 소대장 시절과 경비대사관학교 교관을 겸하던 시절, 정보장교로 활약했다. 지금은 국방경비대 정보국 소속으로 복무하고 있었다. 박정희도 작전정보국에 배속되었으나 정식 보직이 주어지지 않았다. 상황이 어정쩡해서 출근을 미루고 있었다.

술집은 일본인이 빠져나간 뒤 손보지 않아 퇴락한 적산가옥이었고, 구멍이 숭숭 뚫린 판자벽으로 세찬 바람이 들어왔다. 손님은 없었다.

"검거령에 대비하라. 빌미 주지 말그라."

"상황이 묘하게 돌아갑네다. 점점 옥죄어 옵네다."

조병건은 박정희의 일본 육사 3년 후배였다. 육사 2학년 재학 중 해방을 맞고, 귀국하자마자 창설된 군사영어학교에 들어가 소위 임관했다. 박정희는 만주에서 군복무 중 해방을 맞아 무장해제되어 육군 중위 견장을 떼고 중국 대륙을 헤매다 1년 뒤 귀국한 바람에 군사영어학교 다음에 생긴 국방경비대사관학교 2기생으로 입교했다. 그가 입교했을 때는 조병건이 대위 계급장을 달고 사관후보생 교관으로 복무하고 있었고, 박정희는 생도였다. 그러나 일본 육사 3년 선배에다 나이가 여덟 살이 위인 그를 조병건은 깍듯이 선배로 예우했다.

조병건은 함경도 출신으로 고향으로 돌아가지 않고 군사영어학교에 입교했는데 이성유 이정길 오민균이 동기였다. 그들은 신생 조국의 장교로서 포부가 컸다. 새나라의 간성으로서 역할을 다하자고 굳게 다짐했다. 그들은 육사 대선배 김종석을 따랐다.

김종석은 일본 육사 56기로 일본이 패망할 때까지 일본군 육군 대위 계급장을 달고 오키나와 전선에 투입되었다. 박정희보다 1기 선배였으나 나이는 네 살 아래였다. 김종석은 미국에 대해 일본군 장교 출신 특유의 적대감을 갖고 있었다. 그래서 사사건건 부딪쳤다. 그것은 일본군 출신으로서 체질이 되어 있었다.

조병건은 이리(익산) 3연대 창설 멤버로 참가한 후 1946년 경비대 사관학교 교관으로 들어가 1기부터 5기까지 생도 교육을 담당할 때, 생도대장 오민균을 만났다. 그들은 만나자마자 의기투합했다. 뜻을 같이하는데 박정희가 경비대사관학교 2기로 입교하자 일본 육사 선후배로서 끈끈한 유대감을 가졌다. 김종석은 대전 3연대장이었으니 자주 만나지는 못하고, 대신 박정희를 자주 만났다. 일본 육사 출신은 국방경비대 군번으로 위계를 따질 수 있는 학교가 아니었다. 남다른 엘리트 의식과 유대감이 강했다.

박정희 역시 미군에 대한 반감을 가졌다. 이런 것들이 젊은 장교들에게 영감을 주었다. 당시의 조선 반도는 사회주의가 대세였다. 그들은 새 시대를 선구하는 매력 넘치는 사회주의적 이상주의자로 뭉쳤다.

박정희가 술잔을 단숨에 비우고 조병건에게 잔을 내밀어 술을 따라주며 물었다.

"3기생들 괜않나?"

"괜찮은지 어떤지는 잘 모르겠습네다."

국방경비사 3기생들은 각 부대 하사관 중에서 추천되어 입교한 생도들이 대부분이었다. 일본군에서 하사관 생활을 했던 자들은 규율이 잡혀있는 편이나, 배타성이 강하고, 일본군 근성을 지니고 있었다. 직업군인이라는 건방기로 미군에 대한 반감도 품고 있었다. 일부는 영합했으나 대부분 경험없는 초급 장교들을 미군놈들의 앞잡이라고 내리깔며 심통을 부렸다.

"김지회와 홍순석, 어떻디노?"

"내 지휘 라인이 아닙네다. 다른 쪽에서 활동하고 있습네다."

"김종석은?"

박정희는 김종석과는 알게모르게 라이벌 의식을 갖고 있었으나 신념적으로 가까운 편이었다. 김종석은 오키나와 기지에서 대대장을 맡은 일본군 엘리트 장교였다. 그의 전공(戰功)은 일본 육사 교정 게시판에 걸릴 정도였다. 그는 서울 토박이로 경성고보(서울고) 출신에 명문가의 후예였다. 그를 보면 누구나 긴장을 했으나 이념 체계가 같은 자와는 스스럼없이 어울렸다.

김종석은 1946년 3월 군사영어학교를 졸업하고, 일본군 대위 계급장을 그대로 받아 임관하자마자 대구 6연대장으로 부임했다. 그곳에서 만주군 출신 최남근 중위를 만나 호흡을 맞췄다. 최남근은 부연대장직을 맡았다. 1947년 김종석은 소령 진급해 경비대총사령부 작전교육국장과 인사국장을 겸임하고, 경비대사관학교 교장직무대리까지 맡는 군부내의 실권자로 우뚝 섰다. 그해 다시 중령 진급해 대전 2연대 창설연대장으로 부임했다. 그는 민족군대에 대한 자부심이 강했다. 그런 것이 국방경비대 고위 인사들의 호감을 받아 영직을 맡았다. 중국에서 돌아온 군인들은 나이가 많고, 미 군정에서도 예우를 해 국방경비대 수뇌층을 형성했다. 이들은 상대적으로 민족의식이 강한 반면에 실력이 부족해 일본군 출신들은 그들을 무시했다. 알게 모르게 그들은 긴장 관계를 유지했다

김종석은 일본군 장교로 복무했다는 데 대한 지난날을 반성했다. 미군과는 정서적으로 맞지 않았다. 한때 가졌던 귀축영미(鬼畜英美)라는 적대적 관계에서 벗어나지 못했다. 그래서 그의 정체성은 한동안 혼란을 겪었다. 그가 보기에 미군이 하는 것마다 마땅치 않았다.

점령군으로 들어왔다는 것에 대한 모욕감마저 느끼고 있었다. 그는 말끝마다 이렇게 외쳤다.

"미제놈들, 점령군 행세를 하는 걸 용납하지 않겠다."

배짱은 좋았지만 군권은 미군이 쥐고 있었다. 이런 그를 정보장교 김창동이 외면할 리 없었다. 실적을 올릴 좋은 여건이 조성되었다. 김종석은 이 때 김삼룡 남로당 조직부장과 접선하고, 이주하 이재복과 교류했다. 이 과정에서 경리부정 사건이 터졌다. 대전 2연대의 공금을 횡령하고, 보급품을 빼돌려 수천 만 원을 이주하와 이재복에게 건넸다는 것이고, 그것이 고스란히 남로당 공작금으로 사용되었다는 것이다.

"김종석 연대장은 증거불충분으로 풀려났답네다."

조병건이 말하자 눈치 빠른 박정희가 타박하듯 지적했다.

"그기 미끼라는 기다. 혐의 없다는 기 그를 자유롭게 활동하라고 놓아멕이는 기고, 그게 결정적인 증거를 잡는 함정이라는 기야. 빨리 가서 전하라."

"미군은 증거가 불충분하면 풀어주니까니 그 점만은 신사적이디요. 일본군 같았시면 진작에 뼈를 분질러 놓았갔디요. 걱정 마시라요."

"아니야. 점령군은 그들의 구상대로 만들어가는 힘이 있으니까. 말려들면 이쪽만 다친다카이."

아닌게 아니라 김종석은 끈질기게 추적을 받고 있었다. 그동안 받은 중책 보직이 하루 아침에 날아가 광주 5여단 참모장, 4여단 참모장, 여단장으로 뺑뺑이 돌았다. 그의 동선을 확실하게 잡으려는 내밀한 추적의 일환으로 보였다. 그는 김창동의 그물망에서 벗어나지 못했다.

"첩보대 움직임을 살피라. 행동대 김창동이 일을 꾸민대이. 그리고 하우스만이란 자와 버치란 자의 움직임도 캐치하라우. 미 군정의 아고 대령, 미첨 소령도 있지만, 하우스만이란 장교가 문제다. 원리주의에 투철한 자인데, 편견이 심하다. 무식한 자가 용감하면 상황 베리는데, 그 자는 거기에 독단적이기까지 하다. 양심적인 민족주의자에 대한 경멸이 심하다. 버치란 자는 지적이지만, 미제놈이란 점에서 본질은 같다. 조선인 다루는 방식이 차이가 있을 수 있으나, 본질은 하우스만이나 그나 같단 말이다. 조선인 고급장교들이 그들의 프락치 노릇을 하고 있다."

"누굽네까?"

"누구라고 할 것이 없어. 모두가 줄을 대려고 안달이다. 미군은 우리 내부의 구성원끼리 싸움을 붙여놓고 물러서서 관전자로서 즐기고 있는 기라. 우정과 배척으로 나누는 기라."

"알겠습네다. 사실은 김종석 선배가 박정희 선배 지시를 따르라 했다 아이요?"

평안도 말인지, 함경도 말인지, 서울 말인지 헷갈리지만 조병건은 이렇게 말했다.

"근자에 동료 장교 둘이 사라졌습네다. 사상적 의심분자가 아닌데 둘 사라졌습네다. 한번 가면 돌아오지 않습네다. 공포사회입네다. 통일 정부가 수립되지 않고는 모두 죽게 생겼습네다. 이게 우리 내부의 소행이라는 게 더 비극입네다. 미국이나 소련 어느 한 편에 서지 않고는 살아갈 방법이 없대시니 험하게 되어갑네다. 민족 노선은 뿌리를 내릴 수 없게 됐시오. 미국의 개가 되거나 소련의 괴뢰가 되어야 사는 나라가 됐습네다. 형님, 어디로 갈 기요?

박정희도 딱히 길이 없어서 대답하지 않았다.

"이게 모두 박헌영 때문이 아닙네까?"

"그렇지 않다. 이런 시국에선 그가 아니면 다른 지도자가 또 나오게 돼 있다. 그리고 타깃이 되는 기야."

"과격하다 아이요?"

"본인의 과격성도 문제지만 그들이 그렇게 몰아가고 있다. 우리는 미국의 세계 질서 속에 갇혔다는 걸 알라. 우익 쪽에서 이빨 드러낸 악마로 그를 몰아가고 있는 기다."

"우리 주체적으로 일을 추진할 수 없다는 말씀입네까."

박정희는 딱히 대안이 없었다. 반외세를 외치는 장교단 숫자가 점차 소멸해가고 있다는 점이었다. 현격하게 숫자가 줄거나 사라지거나 지하로 잠복했다. 단속망은 촘촘하고 견고했다. 그 중심에 김창동 이한진 등 행동대가 있었다.

박정희는 뼛속까지 일본군 장교였지만, 해방이 되고, 민족적 이상에 눈을 뜨면서 나라가 왜곡되어서는 안 된다고 보았다. 대구 10·1 항쟁과 중형 박상희의 죽음. 대구의 굶주리는 시민들, 제주 4·3의 절규, 이런 것들이 그에게 눈을 뜨게 했다. 찬찬히 살펴보니 모든 것이 분단 모순에서 비롯되었다. 신생 조국의 출범 초기, 방향을 제대로 잡았다면 질서가 잡혔겠지만 갈팡질팡 혼미를 거듭하니 양극 체제가 굳어져갔다.

"하지란 놈, 제거 대상 아닙네까? 그자의 행보가 혼란을 부추기고 있습네다."

불행히도 하지는 한국의 운명에 결정적으로 영향을 줄만한 인물이 되지 못했다. 전쟁터에서 싸운 경험은 풍부했으나, 정치적인 일을 처리하는 데 필요한 자질을 갖춘 군인이 아니었다. 식민지 통치를 위한 총독으로 들어왔다면 최소한 그 나라 지도자와 지식인 그

룹, 전통과 풍속, 주민의 삶의 태도를 알아야 했다. 본국 정부가 점령지 한반도에 대한 지식이 없다면, 주둔군사령관이 익혀서 현실정치에 접목시켜야 한다.

하지는 조직된 민간 정치집단을 인정하지 않았다. 한민족의 구심점이 되는 정치집단을 무력화시켰다. 건국준비위원회, 인민위원회, 상해 임시정부 모두 불법화하는 조치를 단행했다. 해방된 나라에서 시도했던 정치적 결사체들이 미군에 의해 불구가 되어가고 있었다.

얘기가 끝이 없는데 이병주와 김학림이 들어왔다.

"거처지를 옮겨야죠."

이병주는 춘천 8연대에서 박정희를 조우한 만주군관학교 후배였다. 머리가 샤프한 장교였다. 김학림 역시 만주군관학교 후배로 박정희와 함께 국방경비대 사관학교 교관으로 복무했다. 박정희의 동거녀 이현란을 김학림의 아내 강희원이 언니처럼 보살펴주고 있어서 그들은 더욱 가깝게 지낸 사이다. 강희원이 불안해하는 이현란을 보살펴 주고 있다는 데 박정희는 마음 속으로 고마워하고 있었다.

이병주가 막걸리잔을 단숨에 비우더니 말했다.

"미 군정 군사부에서 일하는 레너드 버치라는 사람 아십니까?"

"왜?"

그를 모를 리 없지만, 박정희는 가능한 한 모른 체했다.

"이 사람이 여러 가지 정치 공작을 주도했어요. 국내 정치지도자를 두루 만났습니다."

"하우스만이 있지 않나?"

"그는 이승만 박사의 마크맨이죠. 이 박사 가랑이를 붙잡고 군맥을 주무르고 있습니다. 상층부는 그에게 줄을 대지 않은 사람이 없습니다. 반면에 버치는 주로 정치인들을 만납니다. 두 사람의 손에 의해 한국 운명이 좌우되고 있습니다."

"아니다. 생각보다 조직이 다층적이다."

"그는 좀 다르다니까요."

버치가 24군단에 배치되자 하지 사령관이 그를 직접 발탁했다. 로스쿨 출신 엘리트 장교로서 정치 자문을 받을 수 있다고 본 것이었다. 그는 제주도 민정장관으로 파견 나간 맨스필드와 동문이었다.

찬반탁으로 국내 정정이 시끄러워지자 미 군정은 온건한 민족주의자이자 친미주의자 김규식 박사를 영도자로 지목했다. 버치가 그렇게 공작하고 있었다. 이에 기독교 세력의 지원을 받고 맥아더와 친분이 있는 이승만 박사가 반발했다. 그 중심에 하우스만이 있었다. 하우스만은 경찰과 군 수뇌부를 쥐고 있었다. 주로 우익 성향의 일본군 장교 출신들이었다. 하우스만이 유독 이승만에게 경도된 것은 기독교 원리주의와 반공 정신이 바탕이 되었다.

하지는 미소공동위원회 법률자문역을 버치에게 맡기고, 미소공동위원회의 성공을 위해 만들었던 좌우합작위원회를 주도하는 임무를 부여했다. 하지는 이승만에 대해 좋은 평가를 내리지 않았다. 영어를 잘하기 때문에 최소한 불이익 당할 사람이 아니라는것뿐, 자기 아니면 안 된다는 독선적이고, 분열적인 고집쟁이라고 보았다.

"하지의 문제는 추진하는 정책들이 일관되지 못하다는 점에 있는 것 아닌가?"

조병건이 받았다.

"맞습니다. 이 박사는 미국에서 돌아왔을 때는 세력이 없었는데, 실향민 청년조직과 월남한 기독교 세력, 보수정당인 한민당을 등에 업고 세력을 규합했죠. 이렇게 되자 그를 비판하던 하지가 그에게 힘을 실어줍니다. 힘이 생기니까 이승만은 한민당을 쳐내버립니다."

"하우스만의 개입 아닌가?"

"그렇다고 봐야죠. 한민당 세력이 정치적 주류로 자리를 잡으면 그가 설 자리가 없다고 보고 견제하게 된 것입니다. 토착 자본가들이 중심인 한민당이 더 이상 자금줄이 되지 않아도 된다고 본 측면도 있습니다. 다른 경로를 통해 정치자금이 들어오니까요. 친일 기업 유지들과 청년단이 만들어준 자금, 영락교회를 중심으로 한 실향민 자금이 들어오니 한민당이 필요없는 거지요. 주도권을 장악하려는 한민당을 배제하고, 동질감이 많은 기독교 세력을 등에 엎는 것이죠. 하우스만이 개입한 거래요."

"버치의 분석인가?"

"일반론적 관찰입니다. 버치는 이승만이 미소공동위원회에 협력할 것으로 알았는데 기회주의자처럼 처신하다가 반탁의 선봉에 서 있다 보고 있습니다. 김구 선생과 결이 다릅니다. 이타적인 것과 이기적인 것의 차이라고 할까요?"

"이분법적으로 그렇게 단순하게 단정할 수 있나?"

미국은 미소공동위원회를 빨리 성공시키고, 한반도를 떠나겠다는 입장이었다. 여기에는 소련이 더 적극적이었다. 이승만은 미 군정 정책에 동의하지 않고, 신탁통치 반대를 외쳤다.

이에 하지 사령관이 이승만에게 "당신은 뒤로 물러나 있어라"라고 최후 통첩을 했다. 그 중심에 버치 중위가 있었다. 버치는 김규식과 여운형을 대타로 내세웠다.

"미 군정 입장에서 김구 주석은 테러리스트로 봅니다. 반탁의 선봉에 서서 극우 활동을 하며 미국에 반대하고 있다고 평가하고 있습니다. 이승만보다 더 질 나쁜 지도자로 보고 있죠. 둘 다 부정하고 있는 것입니다. 반면에 임시정부 부주석 김규식 박사를 내세우고자

합니다."

"버치의 공작이란 말이지?"

"그렇습니다. 김규식 박사에 관해서는 합리적인 보수주의자로 봅니다. 세계정세를 보는 눈이 밝을 뿐 아니라 한반도가 분단이 되지 않고 미국이 원하는 민주공화국을 세울 수 있는 적임자로 본 것이죠. 그러기 위해서는 미국과 소련이 분할 점령하고 있는 남북 사이에서 최소한 양쪽에서 거부하지 않은 지도자를 내세워야 통일정부를 수립할 수 있다고 본 겁니다. 획기적인 발상입니다."

"김구 선생에 대한 평가가 좋지 않다고 했는데, 조선 민중은 그를 따르고 있잖나."

"미국은 처음부터 안 좋아 했어요. 지나치게 민족주의자라는 것이죠. 미국은 식민지 정책을 펼 때 민족주의자는 원칙적으로 배제합니다. 통치 지시를 거부한다는 것이죠. 조선공산당이 주도한 조선인민공화국이라는 걸 인정하지 않는데, 상해 임시정부를 인정할 수 없다는 것이지만, 김구 선생을 부정하는 레토릭일 뿐이에요. 그들은 김구 선생을 몽양 암살 배후로 몰아서 소환하기도 했죠. 임정 요인들을 개인 자격으로 들어오라고 한 것도 다 이유가 있었죠."

박정희도 그 피해당사자였다. 일본이 패망한 뒤 그는 만주군 5군관구 8단에서 무장해제되어 중국군도 아니고, 팔로군도 아닌 만주 군사조직에 잠시 몸을 숨겼다가 광복군에 들어갔다. 그리고 귀국 과정에서 개피를 본 경력이 있었다. 미 군정이 광복군의 입국을 모두 개인 자격으로 국한했기 때문이다. 군사조직을 인정하지 않는다는 것이었다.

"만주군 시절, 얘기를 해줄까? 내가 소속한 8단에는 나를 포함해 조선인 장교가 4명 있었지. 신경 1기 출신 방원철 중위와 그의 동기생 이주일 중위, 그리고 봉천군관학교 5기 출신의 신현준 상위(대위)야. 이들이 모두 무장 해제되자 뿔뿔이 흩어졌지. 나는 중국인 동료와 함께 만주벌판을 헤매다 우여곡절 끝에 광복군에 들어갔데이. 그때까지 나는 광복군이 중국에 있는지조차 몰랐던 기라. 우리 역사에 대해서도 몰랐고. 상해 임정도 존재를 몰랐던 기라. 더 이상 무식하면 안 되겠다는 자성이 생기더군. 그래서 광복군에 들어갔는데, 지금 임정 부주석 김규식 박사를 지도자로 내세우겠다는 거가?"

"그렇지요. 이승만 박사에게 주도권이 넘어갔지만요. 하지만 미 정보팀의 정책 대안은 두 가지 갈래입니다. 한 팀은 이승만 박사를 밀어서 대통령 만들겠다는 것이고, 다른 쪽은 김규식 박사를 밀고 있죠. 법통으로는 임정의 김규식이죠."

1947년 미 군정은 이승만에 대한 부정적 평가를 내리고 미국무성에 이승만 비토 보고서를 타전했다. 이때 이승만은 기민하게 일본으로 건너가 미태평양사령부 맥아더 사령관을 만나고, 곧바로 미국으로 건너갔다. 서울의 미 군정은 국무성에 전문을 보내 '이승만 박사가 돌아오는 비행기 편을 못잡게 하라. 워싱턴 그의 옛집에 머물게 하라'고 요청했다.

"그런데 돌아왔잖나."

"이 박사라는 분이 갖고 있는 정치적 능력과 정보력이 뛰어나다고 봐야죠. 일제 때 미국의 소리 방송을 통해 신화적 인물로 등장한 민심도 뒷받침이 되었고요. 거기에 그의 가장 큰 무기이자 자산은 영어입니다. 다른 애국자들은 영어를 모릅니다. 대부분 조선에 있거나, 중국에서 독립운동을 한 분들이라 영어를 모르는 데다 근대 정치를 익히지 못한 사람들이에요. 이승만은 허드슨 강에서 수십 년간 낚시를 하며 살았고, 날마다 미국 신문을 읽고, 워싱턴 조야의 움직임을 살피고, 영어로 사람들과 소통했지요."

김학림이 끼어들었다.

"이 박사가 미국에 있으면서 제일 중요한 게 돈이란 걸 알았다는 군요, 미국이 자본주의 나라니까 자연 그렇게 내면화했겠지만요. 그는 친일파 돈이든, 악덕 기업주나 사채업자가 주는 돈이든 돈은 돈일 뿐이라고 생각한 분이에요. 검은 돈, 흰 돈 가릴 필요가 없다는 것이죠. 대신 요긴하게 사용하면 된다는 사고를 가지고 있습니다. 그는 귀국해서 전국 순회를 합니다. 라디오를 통해 듣던 전설적인 인물이 해방되어 지방 순회를 하니 민중이 구름처럼 몰려들고, 지방 유지들은 군자금을 싸들고 갑니다. 결과적으로 지방 순회가 수금하러 다닌 셈이죠. 그의 명성에 힘입어 출세해보겠다거나, 자식의 미래를 열어주기 위해 유지들이 보험을 든다는 마음으로 돈보따리를 싸들고 그를 찾습니다. 물론 순수하게 찾는 이도 있었겠죠. 돈이 모이니 전국 조직망을 확충할 수 있는 근거가 마련되죠. 한민당이라는 간판 아래 남의 집살이를 하는 것보다 독자적인 자기 집을 짓겠다는 생각을 갖죠. 이 박사도 독립운동을 한 사람이니 추앙받는 분이고, 거기에 돈을 아는 현실적 안목이 있습니다. 중국이나 시베리아에서 독립운동을 하던 사람들과 근본적으로 다릅니다. 한국땅에 있거나 중국에서 독립운동했던 분들은 민족의식이 있을지 몰라도 현금 동원력과 정치적 노하우가 부족하죠. 이 박사는 미국은 여론정치에 민감하다는 것도 알고 있죠. 지방을 순회하며 독촉과 같은 조직력을 확대해 나갑니다. 여기에 어떤 지도자보다 영어를 능숙하게 하기 때문에 미 군정 사람들을 설득하는 데 큰 무기가 됩니다. 그것이 이 박사를 권력의 정점에 오르게 한 동력이 되는 것 같습니다."

"김구 선생이 환국했을 때는 그가 돈이 훨씬 많았대요. 장제스 총통한테 거액을 받았다는 것이죠. 그런데 북한에서 내려온 동포들, 해외에서 들어온 동포들이 어렵다고 하니 나눠줬다는 거예요. 1년이 지나자 돈이 떨어졌어요. 이 박사는 들어올 때는 거지였지만 1년이 지나고 나서는 이화장 창고에 돈이 가득 쌓였다는 겁니다. 이게 이 박사와 김구 선생의 다른 점입니다."

먼 훗날 미국 외교문서 공개에 따라 그 돈에 대한 출처도 버치의 비망록에 기록되어 있었다. 이 박사는 모금한 돈으로 사람을 모으고, 반대파를 물리치는 도구로 활용했다. 그러면서 돈 많은 세력의 후견인이 된다.

"경찰이 이 박사 권력을 뒷받침해준 것 아닌가?"

"맞습니다. 그들이 이승만 박사의 휘하로 들어갔죠. 미 군정의 혼란은 민심과 동떨어지게 경찰국가를 만들었기 때문입니다. 대구 항쟁이나 제주 4·3, 여순 사건의 시발도 경찰 때문이죠."

박정희의 중형 박상희가 경찰 총에 희생된 것이 뇌리에 박혔다. 박상희는 경북 선산의 민족지도자 겸 사회주의자였다. 《동아일보》 지국장으로 근무하며 경북 사회를 이끌었는데, 대구항쟁이 나자 주민들을 규합해 경찰에 대항해 시위를 주도했다. 그는 증원부대로 증파된 충남 경찰이 쏜 총을 맞고 사망했다.

노스크바 3외상회의 결정이 나오고 나서(1945.12) 반탁 시위가 격렬해졌다. 모든 시민단체, 공장이 총파업에 나섰다. 그런데 유일하게 총파업에 참여하지 않은 조직이 경찰이었다. 미 군정으로서는 고마운 존재였다. 미군은 해방군으로 들어온 것이 아니라 식민통치를 위해 들어온 지배자 입장이다. 미 군정에 협조하는 세력이 친일·반일이냐는 아무런 문제가 되지 않았다.

모스크바 3외상회의에서 일본과 마찬가지로 남북한에 군사조직을 두지 말자는 협정 때문에 미 군정은 형식상 군사를 두지 않는 대신 치안유지를 위해 경찰력을 강화하고, 그 보조 조직으로 국방경비대사령부를 창설했다. 이것이 경찰이 군을 우습게 보는 이유가 되었다. 경찰이 휴가 나온 병사들을 패고, 유치장에 가둔 것도 다 그런 배경 때문이었다. 경찰국가의 면모는 자국 군대를 밟는 데서부터 출발하고 있었다.

"미국의 입장에서 보면 한국은 일본이나 중국에 비해 중요도가 떨어지고, 소련의 입장에서는 유럽에 비해 아시아의 중요도가 떨어지니 한반도에 크게 관심이 없었지요. 양국 모두 자기들에게 적대적인 정부만 서지 않으면 나가겠다는 것이 모스크바 3외상회의의 결정이고, 이 내용을 신탁통치안으로 대체한 거예요. 그런데 내부 세력끼리 찬탁이다 반탁이다로 피터지게 싸우게 되니 값비싼 시간을 내전으로 보내버리고 있는 거죠."

이병주가 끼어들었다.

"김규식 박사 얘기를 해보겠습니다. 레너드 버치가 보기에 김규식 박사는 이승만 박사처럼 혼자 고집스럽게 가는 것보다 여운형 같은 중도 좌파와 함께 가야 한다고 믿는 사람이었어요. 때로는 극우인 김구 선생과도 같이 가야 한다는 유연함이 있었어요. 버치의 조정으로 김규식 대통령, 여운형 부통령으로 만들어가는데 여운형 선생이 암살당해버렸죠. 그래서 부랴부랴 김구 선생을 설득하죠. 김구 선생은 평생을 나라의 독립과 반공을 위해서 살아오신 반공산주의자지만, 분단의 위기가 오니까 자기 정치적 신념을 버립니다. 그래서 김규식 선생하고 함께 북으로 넘어가신 것이죠. 이때도 버치의 역할이 큽니다. 하지만 김규식 박사가 소기의 목적을 달성하지 못하고 귀환하면서 정치적 곤경에 몰립니다. 김구 선생도 암살을 당합니다. 송진우, 여운형, 장덕수, 김구, 뭔가 일련의 흐름이 있지 않습니까? 그 배후에 극우세력이 있고, 그 일부가 경찰 아닙니까?"

"그러고 보니 세상에 남은 사람은 이승만 박사 혼자뿐이군."

"그 세력은 군부에도 있습니다. 우리가 쫓기는 이유입니다. 특별한 것도 아닌 것 가지고 확대 날조하여 몰아붙이며 자기들 실적으로 쌓아갑니다. 우리도 미 군정 정보 라인을 확보해야 합니다. 세계에서 가장 똑똑한 중위를 만나야 합니다. 뜻을 모은 젊은 장교들이 있다고 알려야 합니다. 김창동이나 이한필, 백선진 같은 자들이 설치지 않도록 해야 합니다. 극우 맹신도들과 손잡고 공작을 하고 있는 걸 더 이상 방치할 수 없어요."

"공작?"

"그 중심에 제임스 하우스만이란 자가 있죠. 국방경비대 군사고문관, 미군사고문단장 고문, 채병덕 이승만 군사고문이란 자격으로 군 내부를 분탕질하고 있습니다. 그자의 손엔 언제나 피가 묻어 있습니다."

"이승만 박사와 하우스만을 너무 악마화하는 것 아닌가? 그것도 독단일 수 있어."

"이 박사에게 꽃놀이패가 있습니다. 김구 세력이 같은 우파끼리 다투고, 좌파를 척결 내상으로 삼으니, 대신 이승만 세력이 어부지리를 얻는 것이죠. 이 박사의 잠재적 경쟁자들을 김구 세력이 제거해주고, 공산 세력은 서북청년단이나 경찰이 밟아주니 정점에 설 수 있죠. 지금 군부 내에서 누군가의 손에 의해 움직이는 것 볼 수 있지요? 민족 성향의 장교들이 제거되는 것 보고 있지요? 물론 그 안엔 빨갱이도 있지만, 거슬리는 자는 가차없이 빨갱이로 몰아 잡아가버립니다. 행방불명된 숫자가 기백 명을 넘습니다."

이렇게 말하고 분개하는 표정으로 결론을 내렸다.

"바로 이 박사를 도와주는 하우스만을 지켜봐야 합니다."

"하지는 이 박사를 싫어한다고 했잖나."

"미 군정의 정책은 복합적이고 중층적입니다. 그들은 여러 갈래의 국내 정치조직을 놓아먹이면서 승자의 손을 잡아주면 되는 것입니다. 그들은 내국인끼리 싸우도록 이간질할 수는 있어도, 직접 피를 흘리는 데 참여하진 않습니다. 다만 승자의 손을 잡아주면 됩니다. 박 선배, 트리거 이론이라는 거 아세요?"

"트리거는 방아쇠라는 뜻 아닌가?"

"그렇지요. 하나의 사건이 연쇄반응을 일으키는 도화선 역할을 한다는 뜻이죠. 한 지도자의 죽음이 권력교체로 이어져서 사회를 발전시키는 계기가 되기도 하고, 반대로 혁명의 중단으로 지난한 역사 퇴보의 단초가 제공되기도 한다는 이론입니다."

요즘 돌아가는 정정(政情)을 볼 때, 새삼 정치의 비정성이 느껴지고 있었다. 1945년 12월 말 한민당 수석총무(대표) 고하 송진우가 암살되었다. 1947년 7월에는 여운형이 암살되고, 그해 말 한민당의 수석총무 장덕수가 암살되었다. 그리고 1949년엔 김구가 암살된다. 거기엔 일정한 흐름이 있었다. 어떤 원심력이 작동하고 있는 것이다. 통일 정부를 탄생시킬 주역들이 사라지면서 남북 협상과 통일 정부 구성 논의는 물거품이 된다.

박정희가 나섰다.

"멀리 갈 것 없다. 우리들의 문제에 부딪쳐야 한다."

자신들의 처지로 돌아온 젊은 장교들은 스스로 초라해지고 있다는 절망감을 느꼈다. 직면한 현실은 그들이 쫓기고 있다는 점이다.

박정희가 자리를 털고 일어서자 후배들이 모두 따라 일어났다.

"김 소위는 집으로 가라."

박정희가 김학림에게 말했다.

"왜 선배님은 안 가시려구요?"

김학림은 박정희의 건너편 관사에 살고 있었다. 박정희는 집으로 갈 수 없다는 것을 잘 알고 있었다. 감시망이 겹겹이 싸여서 오늘 당할지 내일 당할지 모르는 상황이다.

박정희는 일행과 헤어졌다. 캄캄한 골목길을 걸으니 자신이 한없이 처량해보였다. 〈이상 KBS1 라디오 '주진우 라이브' 제76주년 광복절 특별 대담 '격동 1945' 출연 : 박태균 서울대 국제대학원장, 대담 일부 인용〉

미행과 감시

"간나 새끼들! 거사 모의했다는 것이지?"

김창동이 자리를 박차고 일어났다.

"간나 새끼들이 간댕이가 부었군. 백주 대낮에 작당을 해서 김규식 박사를 만나구, 버치를 만나구 어쩐다구? 버치라는 몽상가가 쫓겨가는 줄도 모르구…"

김창동은 박정희와 그 추종자들이 술집에 모인 것을 환히 꿰고 있었다. 허름한 술집이라고 안심하고 모여든 청년 장교들은 술집 주인이 밀내라는 것을 선혀 모르고 있었다.

"이한필, 님자가 정보팀 출동시키라우! 내가 뒤따르디."

"알겠습니다."

이한필은 이한진으로도 통하고, 어떤 때는 진이라는 외자 이름으로도 통했다.

밖에서 누군가 빠르게 걸어오는 소리가 났다. 이현란은 그가 퇴근

해오나 반가운 내색을 했다가 순간 긴장했다. 귀에 익은 구둣발 소리가 아닌 것이다. 그녀는 일정한 간격으로 또박또박 걸어 들어오는 박정희의 구둣발 소리를 너무나 익숙하게 알고 있었다. 그것은 그리움의 발자국 소리고, 설레임의 발자국 소리였다. 그녀는 귀를 세우고 밖의 동태를 살폈다. 누군가 담을 뛰어넘는 소리가 났다.

"샅샅이 뒤지라!"

상급자의 명령에 따라 괴한들이 재빠르게 움직였다. 집안을 뒤지는데, 그중 두 명이 안방 문을 와장창 열어젖혔다. 숨을 죽이며 겁먹고 웅크리고 앉아있는 만삭의 이현란을 향해 사복조가 권총을 겨누며 한 발짝씩 다가왔다.

"박정희 어디 숨갔나?"

이현란은 말문을 잃고 몸을 떨었다. 사복조가 옷장과 다락을 열어 쇠꼬챙이로 쑤시고, 천장도 쑤셨다. 광으로 나가 쌀 뒤주를 열어젖혔다.

"쌀독이 요렇게 쓸쓸한데 뭘 먹고 사네?"

김창동이었다. 그가 다른 사복조에게 명령했다.

"임자는 장독대로 나가보라우!"

명을 받고 사복조가 장독대로 나가 뚜껑을 열어본 다음 투덜대었다.

"살림을 하는 거야? 독을 말리는 거야?"

장독대의 독에 간장과 된장, 김치, 젓갈이 담겨 있어야 하는데 하나같이 비어 있었다. 이한진이 헛간에 쌓인 거름을 쇠스랑으로 찍었다. 변소로 가서는 발 디딤대인 판자떼기를 걷어낸 후 똥바가지로 똥물을 휘휘 저었다. 역한 냄새만 진동할 뿐 나오는 것은 없었다.

그들은 이현란을 정보국으로 연행해 갔다. 사실 박정희는 집에 있었다. 그는 광의 마룻장 밑을 판 구덩이에 숨어 있다가 정보요원이 쑤신 쇠스랑에 어깨가 살짝 비껴 찍히긴 했으나 꾹 참고 버텼다. 그는 김창동과 이한진의 비정성을 알고 있었다. 그들에게 잡히면, 그의 아버지라도 꼼짝 못 하고 당한다는 것을 알고 있다. 만주군 시절 그와 안면이 있었으나, 엘리트 장교와 근성이 사나운 오장 사이로 만났다. 그런데 지금은 위치와 신분이 다르게 만났다. 하위 계급자로서 당한 분풀이를 할 수 있는 위치다.

명동의 정보국으로 이현란을 끌고 간 김창동이 정보국장 백선진이 보는 앞에서 닦달하기 시작했다.

"우리가 분명히 박정희가 집으로 들어간 것 보았댔다. 고런데 고 자가 감쪽같이 사라졌단 말이다. 내 모를 중 아니? 고 새끼가 새까만 후배들 데리구, 나라를 엎겠다구 싸댔디? 그래, 너 어디다 숨갔니?"

"몰라요. 나도 찾고 싶어요. 욕하지 마세요."

이현란이 상을 찌푸리며 대답했다. 당장 쌍욕이 떨어졌다.

"쌍간나년, 니가 모르면 누가 아니? 첩년이라서 그래니? 귀신은 속여두 난 못 속여. 어디다 숨갔니?"

이현란이 질린 얼굴로 김창동을 노려보았다.

"어디다 흰 눈깔이를 깔구 노려보니? 여기 들어오면 불지 않으면 살아서는 못 나간다. 사실대루 불구 어서 가서 몸을 풀어야 하지 않갔네? 배를 보아하니 사내아이 같구나야. 밤마다 고 자가 올라탄 중 거품이야, 하하하…"

빈정거리는 품이 자신감이 넘쳐나보였다. 하긴 그는 국군 사상 최초로 범인을 잡아 형장의 이슬로 보낸 주인공이다. 그 공으로 이승만 박사로부터 특진과 거액의 포상을 받았다. 정보국장 백선진도 그의 눈치를 살피는 처지였다.

　대한민국 정부 수립 직후인 1948년 9월 23일 경기도 수색에서 제주 9연대 문상길(23) 중위와 손선호 하사(22)가 총살형으로 처형되었다. 둘 다 자백을 받아내 재판에 넘겨 형장의 이슬로 사라지게 한 주인공이 김창동이다. 3개월 전 신임 9연대장 박진경 대령 암살범이라는 것을 캐낸 것은 고문의 수완이었다. 전기선을 귀에 꽂아 혼절시키고, 몽둥이로 주리를 틀어 어깨뼈와 무릎뼈를 탈골시켰다. 그렇게 해서 자백을 받아냈는데, 이런 허약한 임산부에게서 남편 행선지 하나 캐내는 것은 그야말로 식은 죽먹기다.

　박정희를 잡으면, 오민균 소령은 물론 김종석, 황택림, 김학림, 조병건, 이성유, 이정길, 이병주, 최남근도 잡을 수 있다. 그들은 상황의 불리를 알고 대부분 서울로 잠입해 들어왔다는 첩보를 얻어냈다. 박정희만 잡으면 고구마 줄기처럼 줄줄이 엮여져 나올 것이다. 이런 횡재 앞에 서 있으니 김창동은 속으로 으쓱해지며 이현란을 구스르고 있는 것이다. 비밀 아지트까지 캐치했으니 증거는 널널하다.

　"박정희는 이재복에게 오염되어 있댔디?"

　이현란은 허공만 바라보았다. 그녀가 아는 것이라곤 아무것도 없었다. 다만 박정희를 사랑하는 것이 전부고, 그 대가가 이렇게 가혹한 것인가만을 되뇌었다. 그의 불안한 눈빛이 결국 이것인가…

　"왜 대답이 없니?"

　김창동이 이현란의 머리채를 확 잡아올렸다. 이현란의 목이 반사적으로 따라올라갔다. 김창동이 싸늘하게 웃었다. 난폭해진 김창동을 모두들 아무렇지 않다는 듯이 바라보았다. 이현란은 그런 그들이 더 비정해보였다.

"임산부래두 이 정도면 대단한 기야. 헌데 이재복은 말이다, 박정희의 중형 박상희의 막역지우이자 동지 아니간? 김천의 김단야, 임종업, 황태성, 백락도 등과 어울려 활약하는 경북지역의 사회주의자였디. 안 그래니?"

그는 이현란으로부터 정보를 캐내기 위해 말하는 것이 아니었다. 수사의 발이 넓다는 것을 과시하는 것이었다.

이재복은 남로당 당수 박헌영의 심복이었다. 사회부와 군사부 총책을 맡고 있었고, 사회주의의 모판이라는 경북도당을 맡고 있었다. 박정희는 이재복 지휘 아래 군 책임자였다.

박정희는 국방경비대사관학교 생도대장으로 3기생부터 6기생을 지도했다. 후배 오민균은 군문에 먼저 들어와 1기생부터 3기생 생도대장이었다. 한때 근무가 겹친 박정희와 오민균은 3기생들을 포섭의 주 타깃으로 삼았다. 김지회와 홍순석이 3기의 대표적 적색분자였다. 그들을 통해 세포를 확장했다. 김창동 역시 3기생이라 적색분자들을 들여다볼 수 있는 기회였다.

북한 땅에서 김창동은 소련군에 붙잡혀 사형선고를 받았다. 일제 헌병 오장 출신으로 친일 혐의가 씌워졌다. 그러나 교묘히 탈출하여 그 길로 월남한 뒤, 국방경비대사관학교 3기로 입교했다. 장교 임관과 함께 1언대 정보장교로 복무하면서 공산당 척결에 앞장섰다. 두 번이나 그를 죽이려 한 공산주의자는 척결의 대상일 뿐 관용을 베풀 수 없었다. 그는 남하한 뒤 그들을 잡아 복수하는 것으로 삶의 의미를 찾았다. 그리는 과정에서 실적이 올라가고, 진급이 앞당겨졌다. 자연스럽게 공산주의 척결은 세속적 야망을 달성하는 도구가 되었다.

육사 교관시절 박정희와 오민균은 구대장 김학림과 함께 생도 면담이라는 이름으로 생도들의 사상 문제를 살폈다. 김창동이 이것을 환히 꿰고 있었다.

김창동이 실내를 서성거리다가 이현란을 노려보더니 혼잣소리로 말했다.

"아무도 문상길이 범인이라고 생각하지 않았디. 그의 상관두 그럴 리가 없다구 했으니까니. 워낙에 계집아이처럼 예쁘장하구, 살결도 고우니 그런 자가 암살범이라구 누가 생각했갔나? 그런데 내가 혐의를 발라내버렸디. 그리구 우리 국군사 최초의 사형수로 만들어 처형했다 이거디. 고런데 이년아, 니 남편인지 애인인지, 기둥서방인지 행선지를 모른다구 나를 속여? 입주둥일 찢어버리기 전에 불라우."

이현란이 몸을 떨었다.

정보국 전투정보과는 한국군 동태를 살피는 안테나 역할을 했다. 그 중심에 김창동과 이한진(필)이 있었다. 위로는 백선진, 김점곤, 김안일이 있었으나 거칠고 악랄한 체포조는 김창동과 이한진이 맡았다. 북한에 파견된 첩보원들의 보고는 물론 국내 고정 밀대들의 상황보고, 각 부대의 동향은 한결같이 김창동에게 보고되었다. 하수인들이 맹렬히 활동한 결과였다.

첩보사항을 살펴보니 박정희 동태가 심상치 않았다. 박정희 일당은 여전히 숨어서 움직이고 있었다. 불만과 반발이 여과없이 드러나니 안테나에 잡히지 않을 수 없었다.

"박정희 고 자, 바람둥이 아니네? 고향에 여편네 두구 당신을 가로챘댔어. 고걸 내가 묵과하갔니?"

이현란은 멋대로 씨부렁거리는 그로부터 어서 벗어나야 한다고 생각했다. 그의 악다구니가 그녀 자존심을 건드리기 위한 것이리라. 그녀는 머릿속이 하얗게 바래가는 기분이었다.

"고 자, 체구는 작은데 물건이 크네?"

그러자 곁의 정보과 사람들이 히죽히죽 웃었다. 그런 농담을 격무의 위안거리로 삼는 모양이었다.

박정희는 집안이 조용해지자 광의 밑바닥 판자떼기를 걷어내고 밖으로 나와 다시 판자를 제 자리에 붙여 평평하게 한 뒤 집을 나왔다. 이현란이 체포되어 간 사실을 확인하고 골목길로 빠져나와 냅다 달렸다. 이제는 어떤 누구의 집도 안전하지 못했다. 일본 육사 후배 장지성을 떠올렸으나 그는 신생 공군 창설 멤버로 김포비행장에 나가 있다. 김포까지 가려면 동선이 너무 길다. 그리고 공군은 더 많은 의심을 받고 있었다. 적색분자가 많다는 혐의를 받고 있었고, 실제로 몇몇 조종사들이 비행기를 몰고 월북해버린 일이 있었다. 박정희는 한웅진 집을 생각해냈다.

한웅진은 경비대사관학교 2기 동기생이었다. 그는 성정이 곧고 의협심이 강해서 어려운 친구들을 많이 도왔다.

박정희는 깊은 밤, 한웅진의 집 앞에 이르렀다. 대문을 두드린 다음 한참 동안 기둥 옆에 붙어서 있는데, 한웅진이 나와 그를 집안으로 맞아들였다. 한웅진은 그만의 비밀 아지트인 뒷 골방으로 그를 안내했다. 한웅신은 그가 쫓기는 사람이란 것을 알고 있었다.

"선배님, 술 한잔 하겠소?"

박정희가 다르게 말했다.

"아내가 잡혀갔는데, 구해낼 방도가 없겠나?"

박정희는 급박하게 돌아간 상황을 설명했다. 이야기를 듣고 난 한웅진이 단정적으로 말했다.

"어렵겠습니다. 다만 길이 있다면, 김창동의 선의를 믿어야죠. 아마도 겁박한 다음 미끼로 풀어놓을지 모르겠습니다. 선배님이 형수를 지극히 사랑하고 있다는 것을 알고, 그래서 형수를 풀어주는 것이죠. 선배님이 형수님을 만나게 되면 그때 체포할 수 있다고 보는 것이죠."

그렇기 때문에 은신처 이외 노출된 곳을 갈 수 없다는 것이다. 결국 토끼굴이 되어버린 집으로 돌아갈 수 없다. 아내는 그의 미끼가 될 뿐이다.

아—, 박정희가 절망의 빛이 되더니 울음을 터뜨렸다. 흐느끼는 모습이 너무도 처절했다. 지금 그의 앞에는 어느 것 하나 희망이라곤 없었다. 생활은 어렵고, 아내는 잡혀가고, 존경하던 중형이 죽고, 뒤이어 어머니마저 가난을 뒤집어쓴 채 병중이시고, 친구들은 알게 모르게 경계하거나 멀어지고…… 무엇 하나 붙잡을 끈이 없었다. 실로 그의 일생에서 가장 어두운 시절이었다.

박정희는 이현란을 만난 이후 자존심도 버렸다. 한웅진, 장지성, 조병건, 김학림, 후배들에게서 돈을 꾸었다. 이런 굴욕을 저지른 것은 오직 이현란 때문이었다. 생활비가 모자라 이현란을 굶긴다는 것은 상상할 수 없었다. 부잣집 딸로 자라 아무 물정 모르는 그녀에게 끼니 걱정을 하게 한다는 것은 남자로서 견딜 수 없는 수모였다. 그런데 그마저 이제 끝이 오는 것인가. 목숨보다 소중한 사랑마저 잃게 되는가. 그것은 그의 마지막 희망의 불빛마저 놓게 하는 일이다.

"선배님, 때가 올 겁니다. 용기를 내세요."

그러자 그의 흐느낌이 더 커졌다. 바위같이 단단한 사나이가 쏟는 눈물을 보고 한웅진은 처절한 청춘의 초상이 이렇게도 무너지는가 싶어서 그저 그의 손만을 굳게 잡아주었다.

"나 자수해버릴까?"

그가 울음을 그치더니 정색을 했다.

"네?"

"내가 자수하는 것은 내 사랑 때문이야. 어쩔 수 없어. 그것이 사랑을 키우는 일이라면…"

"선배님, 혁명에는 여자가 장애물이라는 게 맞군요. 나는 선배님 사상을 동의하진 않지만, 선배님의 소신을 지지합니다. 그런데 자수라니요. 고문을 어떻게 이겨내려고 그러세요. 세포들을 모두 불 때까지 조질 것 아닙니까. 그러면 선배님을 따르는 후배들의 처지가 어떻게 됩니까. 성급하게 생각하지 마시고, 사태를 관망하세요."

뒤로 물러앉은 박정희는 넋을 잃은 듯이 망연히 허공만을 바라보았다.

1948년 11월 박정희의 아들

예상한 대로 김창동은 이현란을 풀어주었다. 그리고 밀대와 사복조를 풀어 그의 집 주변을 24시간 감시하도록 조치하고, 수사망을 옥죄어갔다.

"지깟 게 검거망을 벗어날 수 있갔어?"

보름 후, 이현란에게 심한 복통이 오더니 출산의 징후가 보였다. 남편은 여지껏 소식이 없었다. 아무도 없는 집에서 홀로 출산하자니 공포심이 와락 엄습해왔다. 복통이 점점 심해지자 이현란은 보따리를 싸는둥 마는둥 하고 이웃인 김학림의 집으로 갔다.

"언니, 애 나올 것 같아요."

김학림의 아내 강희원 앞에서 그녀가 쓰러지자 강희원이 재빨리 그녀를 부축해 안방으로 들였다.

"그렇잖아도 현란 씨 집으로 가려고 했는데, 잘 왔어. 자취집 같은 현란 씨 집보다는 우리집이 몸을 푸는 데는 훨씬 나을 거야. 잘 왔어."

이현란은 안방에 들어가 자리에 누웠다. 출산 예정일이 보름 정도 남았는데 정보국에 끌려가 치도곤을 당하고, 긴장된 나날을 살아서인지 자고 나자 아침 일찍부터 배가 아프기 시작했다. 처음에는 전날 변을 보지 않아 배가 아픈 것으로 알았다. 그런데 복통이 계속되었다. 진통인지 가진통인지 구분할 수 없었다. 첫 출산이라 모든 것이 서툴렀다.

강희원이 산고로 상을 찌푸린 이현란의 이마에 뜨거운 물수건을 얹어주었다.

"불쌍한 것, 아비도 없이 아이를 낳고. 고향은 삼팔선으로 막히고, 부잣집 외동딸이 이 무슨 변고람……"

정작 당사자보다 강희원이 더 안타까워서 목이 메었다. 강희원이 산고를 토해내는 이현란을 보고 그녀의 아래를 살폈다. 자궁 경관이 열리면서 태아를 감싸고 있던 난막이 벗겨져 생기는 갈색 출혈이 보였다. 진통의 강도가 점점 거세지자 강희원도 안절부절못했다. 서툴기는 그녀도 마찬가지였다. 이러다 사고가 나면 어쩌지? 이윽고 양수가 터졌다.

"응, 힘 줘봐. 더 세게. 세게."

이현란이 안간힘을 썼다. 이를 물고 용을 쓰자 강희원이 그녀 입에 삼베를 물렸다. 밑을 내려다보던 강희원이 소리쳤다.

"와, 머리가 보인다. 힘써봐. 와, 그렇지, 그렇지."

선분홍색 피가 흥건히 바닥을 적셨다. 산모는 겁이 나 떨면서 울부짖었고, 강희원의 이마에 송글송글 땀이 맺혔다.

"그래, 그래. 한번만 더 용써봐. 얼굴만 나오면 다 나오는 거야."

기진맥진한 가운데 마저 용을 쓰자 이윽고 온 몸에 피칠을 한 푸르딩딩한 아이가 세상에 나왔다. 어려운 자연 분만으로 태어난 아이는 사내아이였다. 아기는 요란하게 울음을 터트렸다.

"고생했어. 장하다 장해, 이현란 씨."

이현란이 아이 울음소리 못지않게 요란하게 울음을 터뜨렸다.

"현란 씨, 순산이야. 걱정하지 마. 정희 씨 곧 올 거야. 지금 상황이 안 좋잖아."

그제서야 이현란이 진정을 하고 "우리 그이 괜찮을까요?" 하고 물었다.

"암, 괜찮고말고. 떡두꺼비 같은 아들을 보면 좋아서 환장할걸?"

그러나 출산이 임박한 것을 안 그가 이토록 소식이 없는 것이 내내 불길한 예감이 들었다.

그녀는 출산을 앞두고 마가 낄까 싶어서 그동안의 악몽을 입 밖에 내지 않았다. 고향 원산 앞바다의 하얀 모래밭과, 푸른 해원을 바라보며 걷다가도 험악한 동물이 나타나 그의 앞을 가로막고 으르렁거렸다. 그곳을 벗어나고자 안간힘을 쓰다 온 몸이 땀으로 흥건해지곤 했다. 어느 때는 줄을 타고 올라가다 떨어지는 꿈을 꾸었다.

"정말 우리 그이 괜찮을까요?"

그녀는 박정희의 무소식이 소바심이 났다. 남편이 불만을 품는 말을 더러 하긴 했지만, 그게 무슨 세상을 뒤집어엎을 일인가. 양심적인 지식인이라면 늘상 털어놓는 세상에 대한 불만일 뿐이었다. 별것도 아닌 것을 무섭게 다구리한다는 것을 그녀도 알고 있었다. 그녀는 세상 민심이 거칠게 돌아가는 것을 보고 그에게 명토 박았었다.

"난 공산당이 싫어서 북의 고향으로 돌아가지 않았어요. 부모님이 원산의 갑부고, 거기 가면 편안하게 살 수 있지만 난 자유가 있는 땅에서 당신을 사랑하며 살려고 해요. 그것이면 족해요. 큰 무엇을 바라는 것 아니에요. 우리 아이 낳아 기르면서 행복하게 살아요."

그는 말없이 그녀를 안아주었다. 걱정하지 말라는 위로였다. 그리고 예외없이 뜨거운 정사에 돌입했다. 그의 힘은 넘쳤고, 꿈같은 열락은 물결처럼 넘실거렸다.

그런데 그가 곁에 없다. 가장 곁에 있어야 할 사람이 부재하다. 그는 지금 어느 하늘 아래서 무슨 꿈을 꾸고 있는가. 이현란은 핏덩이 아기를 물끄러미 내려다보며 이목구비가 아비 그대로라는 것에 더 놀라며 아이를 안고 울었다.

기록상 박정희가 체포된 날은 1948년 11월 11일이다. 자료에 따르면 그의 체포를 알려주는 공식 문서는 국내에 남은 것이 없다. 대신 미국 하버드대 한국학과 과장 카터 J. 에커트 교수가 미국 국립문서보관소에서 찾아낸 '한국군 헌병사령관 담당 미 군사고문관 보고서'에 박정희의 체포에 관한 기록이 나온다. 미 고문관 W.H. 세코 대위가 한국군 참모총장 담당 미군 고문관에게 보고한 문서(1948년 11월 12일자)에는 '반란군 행위로 구금된 장교들 명단'이란 제목으로 7명의 고급 장교 명단이 적혀 있다.

— 이영섭 사령관(국방부, 1948년 11월 8일 체포, 채병덕 대령의 명령에 따라), 나학수 소령(공병대대, 10월 26일 송호성 총사령관의 명령에 따라), 안영길 소령(공병대대, 11월 11일 군수지원부대 사령관 명령), 안기수 소령(병기부대, 11월 10일, 병기부대 사령관 명령), 최남근 중령(4여단 참모장, 11월 11일, 송호성 사령관 명령), 오동기 소령(14연대장, 10월 1일, 송호성 사령관 명령), 박정희 소령(육군본부 작전교육국, 11월 11일, 채병덕 대령 명

령)…….

왜 박정희가 채병덕 대령의 명령에 의해 체포되었는지 그 이유는 확실하지 않다. 채 대령은 합참의장에 해당하는 당시 총참모장이었고, 육군참모총장은 이응준 대령이었다. 박정희를 체포한 것은 국군의 모체로 불리는 1연대의 정보주임 김창동 소령이었다. 초대 1연대장은 채병덕이었고, 그는 1연대 정보장교로 김창동을 기용했다. 김창동이 채병덕의 결재를 얻어 박 소령을 체포했다는 것은 군 지휘부가 그를 이미 적색분자로 보고 있다는 것을 말해주고 있었다. 〈조갑제·이동욱의 '내 무덤에 침을 뱉어라' 중 관련 부분 인용〉

박정희는 체포되어 사형 구형을 받았다. 그때까지 그는 가족을 만나지 못했다. 내연녀 이현란과 갓 태어난 아들을 만나지 못한 채 재판정에 끌려나가 사형을 구형받은 것이다.

제2장
8·15와 일본 육군사관학교

　일본 육군사관학교의 장교단과 사관후보생 전원이 대강당에 모였다. 교정은 이날따라 바짝 조인 활시위처럼 팽팽한 긴장감이 감돌고 있었다. 오전부터 스피커 방송을 통해 전 교관단과 육사 생도들은 낮 12시 대강당으로 모이라는 특별 지시가 내려져 있었다.

　일본 육군사관학교는 도쿄시 남쪽 외곽인 가나카와(神奈川)현 자마(座間)의 숲속에 숨은 듯이 자리잡고 있어서 얼핏 보면 숲 공원처럼 보였다. 연합군의 폭격에 대비하여 교직원과 학생 전원이 한때 나가노(長野) 임시 교사로 이동해 비어 있었다가 최근 다시 이 교정으로 돌아왔다.

　어디선가 공습 경계 사이렌이 자지러지게 울리고, 잊은 듯 아련하게 포성이 멀리서 들려오고, 일본군의 비행편대가 창공을 베듯이 쏜살같이 날아 어디론가 사라졌다. 교정은 날씨마저 후텁지근하고 눅진눅진한 열기 속에 뭔가 불길한 예감이 진하게 감돌았다.

　지난 6일 히로시마에 원자폭탄이 투하되고, 9일에는 나가사키에 또다시 떨어졌다. 알만한 사람들은 패망을 짐작했지만 철저한 보도

관제 속에 국민은 잘 알지 못했고, 알더라도 믿으려 하지 않았다. 일본 군대는 국민을 속이기 위해 더욱 전의를 드높이고 있었다. 만주 벌판에서, 태평양제도에서, 인도지나반도에서, 남중국에서 연전연승하고 있다는 방송보도가 이어졌고, 그것을 일본 국민들은 의심의 여지없이 받아들였다. 〈황국 신민〉들은 성스러운 제국 군대가 "반자이 도스케키!(만세 돌격)"를 외치며 연전연승한다는 선무 방송에 모두 집단 최면에 걸려 있었다.

이윽고 낮 12시, 정오 시보가 울리자마자 남자 아나운서의 떨리는 목소리가 흘러나왔다.

"전국의 청취자 여러분, 모두 기립해주시기 바랍니다. 천황폐하께서 전 국민에 대하여 황공하옵게도 몸소 칙서를 말씀하시겠습니다. 지금부터 삼가 옥음(玉音)을 전해드리겠습니다."

옥음은 '천황폐하'의 목소리라는 뜻이다. 아나운서의 멘트에 이어 곧바로 일본 국가 '기미가요'가 흘러나왔다. 전례없는 일이었다. 라디오 기계 앞에서 정중하게 기립해 들으라니? 상식이 있는 사람으로 보면 정신나간 일이었지만 천황폐하의 옥음이 나온다니 사람들은 두 손을 앞에 모으고 고개를 숙였다. 일본 본토와 식민지 조선 반도는 그런 전체주의적 집단 최면에 감염된 지 오래였다.

기미가요와 치요니 야치다이니 (천황의 시대는 천대고 팔천대고)
사자레이시노 이와오토나리테코케노무스마데 (자그마한 조약돌이 암석이 되어 이끼가 낄 때까지)

장중한 국가가 끝나자 뒤이어 히로히토의 떨리는 목소리가 흘러나왔다.

— 짐은 깊이 세계의 대세와 제국의 현상에 감하여 비상조치로써 시국을 수습코자 여기 충량한 그대들 신민에게 고하노라. 짐은 제국 정부로 하여금 미·영·소·중 4국에 대하여 그 공동선언을 수락할 뜻을 통고케 하였다. 생각하건대 제국 신민의 강녕을 도모하고, 만방 공영의 낙을 같이함은 황조 황종의 유범으로서 짐의 권권복응하는 바 전일에 미·영 양국에 선전한 소이도 또한 실로 제국의 자존과 동아의 안전을 서기함에 불과하고 타국의 주권을 배하고 영토를 범함은 물론 짐의 뜻이 아니었다. 연이나 교전이 이미 사세를 열하고 짐의 육·해 장병의 용전, 짐의 백료유사의 정려, 짐의 1억 중서(衆庶)의 봉공이 각각 최선을 다하였음에도 불구하고 전국은 필경에 호전되지 않으며 세계의 대세가 또한 우리에게 불리하다. 뿐만 아니라 적은 새로이 잔학한 폭탄을 사용하여 빈번히 무고한 백성을 살상하여 차해에 미치는 바 참으로 측량할 수 없게 되었다. 이 이상 교전을 계속하게 된다면 종래에 우리 민족의 멸망을 초래할 뿐더러 결국에는 인류의 문명까지도 파각하게 될 것이다. 여사히 되면 짐은 무엇으로 억조의 적자를 보하며 황조황종의 신령에 사할 것인가. 이것이 짐이 제국정부로 하여금 공동선언에 응하게 한 소이이다. (하략)

〈일왕 히로히토의 '항복' 선언문 중 일부〉

히로히토의 육성을 듣기는 처음이었고, 방송도 최초의 일이었다. 열악한 음질과 '황조황종' '유범' '권권복응' '백료유사' '정려' '중서' 따위의 이해하기 어려운 한문용어, 그리고 히로히토 특유의 웅얼거리는 듯한 분명치 않은 발음 때문에 듣는 사람은 얼핏 무슨 뜻인지 잘 알지 못했다.

내용에는 항복을 한다든지 패전을 했다든지 잘못을 시인한다는 내용이 없었다. 일본이 전쟁을 일으킨 데에는 '동아의 안전이라는 목적을 위함이었는데, 연합군이 잔학한 폭탄을 투하하여 무고한 백성을 살상했다'는 것으로 억울해한다. 포츠담선언(1945.7.26. 베를린 교외) 수용에 대하여 '동아시아 해방에 노력한 제 맹방에 대하여 유감'이며, 굳게 신국(神國)의 불멸을 믿으라는 것으로 '세계평화를 위해 선언을 받아들였으니 다시 힘을 키우자'고 말한다. 항복인지 격려인지 푸념인지 문맥만으로는 헷갈렸다. 다만 분위기로 보아 항복하는구나 하고 느낄 뿐이었다.

육사 강당은 히로히토의 방송이 끝나자마자 갑자기 들끓어 올랐다. 무릎 꿇고 엎드린 자세로 방송을 듣고 있던 교관단이 목을 놓아 흐느끼고, 생도들의 울음소리가 장송곡처럼 울려퍼졌다. 그것은 어느새 교정 전체로 감염돼 이상한 곡성으로 변했다. 흐느끼던 장교 몇 명이 격정을 못이긴 나머지 군도를 뽑아들어 스피커의 전선을 토막내며 절규하기 시작했다.

"이건 진실이 아니다. 절대로 아니다! 최후의 1인까지 천황폐하를 수호한다! 적과 맞서 싸운다! 나가자!"

"황성(皇城)으로 가자!"

"가자!"

일단의 장교단이 칼이 꽂힌 총을 집총한 채 쏜살같이 연병상 밖으로 뛰쳐나갔다. 따라나선 자가 수십 명이었다. 그들은 드리쿼터에 나누어 타고 도쿄 시내의 궁성으로 달려갔다. 이들을 이끈 장교가 육군사관학교(항공병과) 제3중대 구대장 우에하라 시게타로(上原重太郎) 대위였다.

그는 한달음에 일왕이 거주하는 궁성 수비사단(근위대)에 이르렀다. 궁성을 에돌고 있는 인공 해자의 다리 앞에서 저지하던 초병들을 간단없이 제압하고, 근위대 사단본부 부관실로 뛰어들었다.

근위대 본부에는 벌써 동부군사령부 소속 이다 마사다카 중령을 비롯해 시자키 지로 중령, 육군성 군무단의 하타나가 켄지 소령, 구보타 겐조(窪田兼三) 소령이 와 있었다. 이들은 일왕의 항복 방송을 저지하기 위해 달려온 것이었다. 항복을 철회하고 친위 쿠데타를 일으켜 결사항전하자는 뜻을 알리기 위해 와 있었지만 관철되지 않은 상태였고, 달려간 우에하라는 늦게 합류한 셈이었다. 우에하라는 알고 지내던 육군통신학교의 구보타 겐조 소령을 만나자 더욱 방방 뛰었다. 이심전심 조우했으니 서로 쿠데타에 동조하는 셈이었다. 우에하라가 사단장실 부관을 향해 소리쳤다.

"나는 대일본제국 육군사관학교 제3중대 2구대장 우에하라 시게타로 대위다! 모리 다케시 근위대 사단장 각하를 만나러 왔다! 면담을 부탁한다!"

부관이 그를 가로막았다.

"용건이 무엇인가."

"부관이 알 필요없다. 빨리 근위대장 각하를 대면시키라!"

"용건을 말하라! 대기하고 있는 다른 장교들도 마찬가지다. 내가 보고하고 응낙하시면 모시고 나오겠다."

"근위대장 각하에게 직접 말하겠으니 근위대장 각하를 대면시키라! 시간없다!"

근위대장실에서 일왕의 육성을 들은 뒤 그 역시 내내 처연한 심정으로 실내를 서성거리고 있던 모리 다케시 사단장이 밖에서 소란스런 소리가 나자 귀를 기울이다가 어두운 얼굴로 접견실로 나왔다.

"부관, 왜 또 소란인가?"

우에하라 대위가 단번에 부관을 제치고 그의 앞으로 불쑥 나서며

소리쳤다.

"사단장 각하! 천황폐하의 옥음방송을 받아들일 수 없습니다! 취소하도록 조치해주시기 바랍니다!"

고노에 사단장은 놀라지 않고 고뇌에 찬 표정을 지었다. 우국충정으로 달려온 육사 교관단의 애국적 행동은 그 자신도 깊이 헤아리고도 남았다. 이런 행동을 보인 장교단이 자랑스러웠다. 하지만 천황의 발언은 바로 하늘의 말씀이 아닌가. 하늘의 말씀을 되돌릴 수도 없고, 부정할 수도 없다. 그것은 희생을 줄이자는 단안이다. 이미 끝난 일이다. 모든 신민이 천황폐하를 위해 옥쇄(玉碎)의 각오로 오늘에 이르렀듯이, 이제 천황폐하의 뜻을 충성스럽게 떠받들어야 할 뿐, 번복할 수 없다. 전날 한밤중에 있었던 일왕의 항복 녹음 테이프를 탈취하려는 장교단을 물리친 것도 그 맥락이었다.

"옥음방송은 결단코 천황폐하께서 하신 말씀이 아닙니다! 누군가의 음모입니다! 항복이라뇨? 저희는 옥쇄의 각오가 되어 있습니다!"

"이미 늦었다. 돌아가기 바란다."

"안 됩니다. 이건 단연코 음모입니다!"

"천황폐하의 옥음을 거역할 텐가? 반역할 텐가?"

그제서야 모리 사단장이 짜증 섞어 화를 냈다. 제국 신민은, 특히 군인은 천황폐하에 대한 충성이 최고의 가치이자 덕목이 아닌가. 죽으라면 죽는 신국의 도구가 아닌가.

"사단장 각하! 세계 최강의 제국군대가 어떻게 하루 아침에 허무하게 무너집니까. 우리에겐 5백만의 제국군대가 있습니다. 그 뒤엔 일억의 보충대가 있습니다. 또한 이억의 식민지 백성이 있습니다. 그 위에 기개가 시퍼런 장교단이 있습니다. 육사 생도들이 있습니다. 이들을 보십시오. 사기가 하늘을 찌르는 저들더러 자결하란 말입니까? 안 됩니다! 천황폐하의 나라를 위해 목숨을 버리려고 여기까지 왔습니다. 절대로 안 됩니다!"

우에하라 대위는 울부짖고 있었다.

"뜻은 알겠다. 그러나 천황폐하의 뜻을 거역하면 대역죄인이 된다. 대역죄인이 어떤 길을 가는지 잘 알지 않는가? 그래서 먼저 온 장교단도 돌려보냈다. 철없이 굴지 말라! 물러가라! 안 된다!"

그 말이 떨어지기가 무섭게 한쪽에 서있던 하타나가 소위가 빵! 하고 모리 사단장을 향해 권총을 발사했다. 어깻죽지를 맞았던지 모리 사단장이 어깨를 감싸고 주춤 넘어질 뻔하다가 총쏜 자를 노려보았다. 그런데 눈 깜짝할 사이에 고노에 사단장의 두상이 바닥에 툭 떨어져 나뒹굴었다.

우에하라가 허리에 차고 있던 칼을 뽑아들어 얏! 하는 기합과 함께 허공을 가르자 순식간에 사단장의 두상이 야자열매처럼 떨어져 바닥에 나뒹군 것이다. 두상은 피를 흘린 채 한두 번 튀는 듯하더니 하찮은 돌덩이처럼 그대로 멈췄다.

난동 소식을 듣고 궁성 연대 소속 시라이시 중령이 뛰어들었다가 우에하라 대위와 구보타 소령이 휘두른 칼을 맞고 그도 현장에서 즉사했다. 궁성 내부에 있던 이시와타 소타로(石渡莊太郎) 궁내성 대신과 기도 고이치 내무대신은 사무실의 금고에 들어가 숨었다.

너무나 순식간에 벌어진 일이라서 한동안 떨며 상황을 지켜보던 부관이 정신을 차리더니 책상 옆 벽면에 붙어있는 비상전화 벨을 눌렀다. 비상 벨소리에 사단의 중대병력이 출동했다. 우에하라가 머뭇거리지 않고 다른 장교단에게 경례를 붙여 하직 인사를 하고, 따르던 생도들을 향해 소리쳤다.

"우리는 교정으로 돌아간다. 가자!"

그는 교관단을 이끌고 다시 육사 교정으로 돌아왔다. 터질 것 같은 흥분 속에 휩싸여 있던 강당은 우에하라 일행이 들이닥치자 더욱 비탄의 함성이 울려퍼졌다. 우에하라가 교단에 올라서서 외쳤다.

"나는 이 전쟁을 포기할 수 없다! 절대로 포기할 수 없으며, 우리는 절대로 질 수 없다! 항복은 대화혼의 죽음이다!"

와, 하는 함성이 일었다. 그것은 마치 사이비 종교집단의 광기어린 집회와도 같았다. 우에하라가 다시 외쳤다.

"생도 여러분, 내가 황성 근위대장 목을 치고 왔다. 천황폐하의 옥음방송을 막지 못한 죄를 물은 것이다! 우리는 굴복할 수 없다. 우리 갈 길에 훼방꾼은 없다! 나는 여러분의 기개를 믿는다. 최후의 일각까지 대일본제국을 위해 나가 싸우라! 천황폐하를 위해 한 목숨 초개처럼 버리라! 천황폐하 만세! 대일본제국 만세! 대일본제국군대 만세!"

그리고 그는 허리춤에서 군도를 뽑아들어 얏! 하는 기합과 함께 자신의 배를 갈랐다. 내장이 밖으로 쏟아져 나오고 쓰러져 숨을 거두면서도 그는 "천황폐하 만세!"를 외쳤다. 숨막히는 순간에 이루어지고 있었다. 교정은 혼란과 비탄과 절망의 절규로 요동쳤는데, 그것은 살기띤 굉린이라고 해도 무방했다.

강당의 한쪽에서 또 다른 흥분한 생도가 두 손을 높이 쳐들어 만세를 불렀다.

"조선의 독립이다! 조선의 해방이다! 만세, 만세, 만세!"

눈물과 콧물이 뒤범벅이 된 채 엉엉 울면서 만세를 외친 생도는 3학년 조선인 생도 김재곤이었다. 부산 동래고보 출신이었다. 한쪽에서는 패전의 쓰라림으로 통한의 눈물을 삼키고 있는데, 다른 한쪽에선 압제와 핍박에서 벗어났다는 환희의 눈물을 쏟고 있다. 너무도 극적이고 대조적인 장면이었다. 하지만 이 양극단의 장면은 곧 일시에 무너졌다.

"뭣이? 빠가야로! 개자식!"

한 발의 총성이 김재곤의 가슴을 관통해버린 것이다. 그는 그 자리에 나무토막처럼 나동그라졌다. 소속 구대장이 격분한 나머지 김재곤을 향해 권총의 방아쇠를 당겨버린 것이다. 쓰러진 김재곤은 숨이 멎었지만 얼굴은 기쁨에 젖어 있었다.

김재곤은 이렇게 조국의 해방과 독립의 벅찬 감격을 패망에 광분한 일본 육사 교관의 분노와 맞바꿔버렸다. 스물두 살의 젊은 생을 마감한 김재곤의 죽음은 조선인 생도들의 마음을 그대로 반영한 몸짓이었다.

일본 군대의 군율을 지켜야 하는 현실과 조국을 생각하는 식민지 청년의 고뇌, 그런 내면의 이중성으로 사관학교를 다니고 있지만, 일본 패망이 확인되자 저 가슴 속 깊이 숨겨졌던 내밀한 독립의 열망이 화산처럼 용솟음친 것이다.

1학년 생도 오민균은 김재곤이 쓰러지자 앞으로 불쑥 뛰쳐나가려다 말고 제 자리에 섰다.

"멈춰!"

2학년 생도대의 장지성과 조병건이 오민균을 향해 손을 가로젓고 있었다. 오민균의 정의감과 의협심을 잘 알고 있는 그들은 필시 그가 일을 낼 것이라고 보았다. 그러나 이런 광란의 복판에서는 자칫 개죽음을 당할 수 있다. 오민균은 1학년 생도 가운데 준수한 미남에다가 제식훈련, 마라톤, 축구, 검도와 각 학과목에서 두각을 나타낸 모범생도였다. 그래서 벌써부터 지도자급 생도로 인정받고 있었다. 일본인 생도들로부터도 신망이 높았다.

총성에 자극이라도 받은 듯 강당은 더욱 걷잡을 수 없는 살기의 광란 속으로 빠져들었다. 분을 못 이긴 일본인 생도 몇 명이 스스로 자기 배를 가르거나 팔뚝에 칼을 그어 자해하다가 피를 흘린 채 부축돼 나갔다. 강당은 어떤 무엇도 삼켜버릴 것 같은 험악한 분위기로 치닫고 있었다.

항복과 함께 일본 육군은 완전 패닉 상태에 빠졌다. 모리 근위대 사단장의 죽음을 신호로 각처에서 옥쇄의 퍼레이드가 펼쳐졌다. 그들은 자살의 광기를 사쿠라처럼 피었다가 장엄하게 지는 대화혼의 정신으로 미화하고 있었다. 모리 사단장의 살해 연락을 받고 궁성 근위대 병력이 몰려오자 하타나가 켄지와 시이자키 중령은 실패를 알고 궁성의 사카시다몬(坂下門) 잔디밭에서 권총 자살했다. 육군장관 관저에서는 아나미 장관이 할복 자살했다. 사건 진압에 나섰던 다나카 동부군관구 사령관도 며칠 후 권총 자살했다.

사이판 섬 함락에 대한 책임을 지고 내각을 총사퇴한 도조 히데키 총리는 권총으로 가슴을 쏴 자살을 시도했으나 총알이 심장을 빗나가 실패로 놀아갔다. 미 연합군은 그를 치료한 뒤 전범재판에 회부해 일급 전범으로 처형했다. 조선인 출신으로는 최고 계급장인 육군 중장을 달고 일본군 남방총군 병참감 겸 미군 포로수용소장이었던 홍사익 역시 전범으로 미군에 체포되어 해방 이듬해(1946.9.26.) 처형되었다. 젊은 사관생도 김재곤과 홍사익의 죽음은 양극단의 길을 선명히 부각시켰다.

일왕의 항복 방송 후 근위 1사단 참모인 이시하라 사다요시 소령은 교도항공통신사단의 일부가 우에노 공원을 점거하자 대치하다가 총을 맞아 숨졌다. 도쿄 경비군 요코하마 경비대장 사사키 다케오 대위와 근로동원중이던 요코하마 고등공업학교의 학생들로 편성된 국민신풍대(國民神風隊)는 수상 관저를 습격하고, 도조 히데키 후임 스즈키 수상과 히라누마 추밀원 원장, 키도 내무대신의 사택을 찾아 암살하려 했으나 행방을 찾지 못하자 집에 불을 지르고 사라졌다.

이들 중 둘이 할복 자살했다. 이때 동료 생도가 목을 쳐 그들의 죽음을 도왔다. 할복 시 옆에서 목을 치는 건 고통을 느끼지 못하도록 동료에게 배려하는 우정 행위였다. 이렇게 그들은 죽음을 미화했지만, 엄연한 광기의 굿판이었다.

모리 사단장 살해의 공모자이며 병력 사용 계획에 관여했다가 장교단을 배신한 이다 중령은 육군성에 붙잡혀 가 자살하려 했지만 실패했다(그는 후에 덴츠(電通)에 입사한 뒤 총무부장 및 덴츠영화사의 상무를 지냈다. 군국주의자들의 입장에서 비겁자는 살아남은 셈이다).

사건에 관련된 장교들은 당시 군법 및 형법에 위반하는 행동을 저질렀지만 패전 후의 혼란상 때문에 대부분 처벌을 받지 않았다(장지량 전 공군참모총장 구술과 '일본 전사총서 〈대본영 육군부 10〉 일부 인용).

일본 내각은 항복 방송 전날인 8월 14일 오전 내각회의를 열고 포츠담선언 수락을 결정했다. 그리고 15일 정오 일왕의 라디오 특별방송으로 항복을 선언하기로 결의했다.

포츠담회담은 독일이 연합군에 항복한 두달여 후인 7월 26일 독일의 포츠담에서 미국·영국·중국·소련이 수뇌회담을 열어 일본의 무조건 항복과 대일본 처리방침에 관한 공동 커뮤니케를 발표한 자리였다. 이 커뮤니케에서 '일본의 주권은 혼슈·홋카이도·규슈·시코쿠와 연합국이 결정하는 작은 섬들에 국한한다"라고 명시했다. 이는 1943년 11월 27일 발표한 카이로선언을 재확인한 것이었다.

서울에서 발행되던 조선총독부 기관지《매일신보》는 '3대 연합국(미·영·중) 카이로선언문'을 1년 9개월이나 늦은 해방 다음날 (1945.8.16.) 보도했다. 이는 조선의 독립국임을 국제적으로 재확인하기 위한 그나마 발빠른 행보였다. 1940년 8월 국내 대부분의 신문이 자진 또는 강제 폐간된 뒤로《매일신보》는 한반도 내에서 유일한 일간지로 남아 있었다.《매일신보》는 조선총독부의 기관지였으나 해방이 되자 카이로선언을 보도하면서 재빠르게 변신을 모색했다.

— 루즈벨트 미국대통령, 장제스(蔣介石) 중화민국주석 및 처칠 영국수상은 각 군사사절 및 군고문과 함께 1943년 11월 27일 북아프리카 이집트의 수도 카이로에 회합하여 일본국에 대한 장래의 군사행동을 협정하고 다음과 같은 일반적 성명을 발표하였다. 각 군사사절단은 일본국에 대한 장래의 군사행동을 협정한다. 3대 동맹국은 해로 육로 및 공로에 의하여 야만적인 적국에 대하여 가차없는 탄압을 가할 결의를 표명하였다. 이 탄압은 이미 증대하고 있다. 3대 동맹국은 일본국의 침략을 정지시키며 이를 벌하기 위하여 금차(今次) 선생을 속행하고 있는 것이다. 우동맹국(右同盟國)은 자국을 위하여 하등의 이득을 요구하는 것은 아니며 또 영토를 확장할 아무런 의도도 없는 것이다. 우동맹국의 목적은 일본국으로부터 1914년 제1차 세계대전 개시 이후에 일본국이 탈취 또는 점령한 태평양의 도서 일체를 박탈할 것과 만주 대만 및 팽호도(膨湖島)와 같이 일본국이 청국인으로부터 도취(盜取)한 지역 일체를 중화민국에 반환함에 있다. 또한 일본국은 폭력과 탐욕에 의하여 약탈한 다른 일체

의 지역으로부터 구축될 것이다. 전기(前記) 3대국은 조선인민의 노예상태에 유의하여 적당한 시기에 맹서코 조선을 자주독립시킬 결의를 갖는 것이다. 이와 같은 목적으로써 3대 동맹국은 연합제국 중 일본국과 교전중인 제국과 협조하여 일본국의 무조건항복을 촉진재래(促進齊來)함에 필요한 중대차 장기한 행동을 속행한다. 〈매일신보 1945.8.16. 일자〉

보도에 따르면, 카이로 회담 선언문은 중국의 잃어버린 영토를 회복하는 내용 중심으로 구성되었는데, 그렇더라도 '맹세코 조선의 독립'을 확약했다. 그러나 일본이 카이로선언을 거부하고 계속 침략야욕을 확대해나가자 미군 태평양사령부는 오키나와를 점령한 데 이어 대대적인 도쿄 대공습을 단행하고(1945.3~6), 마침내 8월 6일 히로시마, 9일 나가사키에 원자폭탄을 투하했다.

미국으로부터 끈질기게 참전 요구를 받았던 소련도 일본의 패망이 임박해지자 일본과 맺었던 불가침조약을 파기(1945.8.9.)하고 대일 선전포고를 하면서 붉은 군대를 투입, 일본의 만주 관동군을 공격했다. 극동 제1방면군 제25군은 한반도 동북부로 진격해 8월 9일 함경북도 경흥, 11일 웅기, 12일 나진, 14일 청진·나남을 점령했다. 공격 날짜를 보면 소련은 선전포고와 함께 한반도 북방에 들어와 있었던 것이다.

소련군의 한반도 진격은 미국이 만주 주둔 일본 관동군이 막강하다고 오판한 데서 불러들인 결과물이었다. 그런데 소련은 의외로 쉽게 만주와 한반도 38 이북을 접수했다. 사실 극동에 배치된 소련의 붉은 군대는 제대로 훈련받은 병력이 아니었다. 현지의 소년병, 불량배 따위를 쓸어모은 오합지졸이었다. 그런데 손쉽게 점령했다. 소련군이 거침없이 한반도에 상륙한 것은 세계 최강을 자랑하는 일본 관동군의 군사력이 지리멸렬했기 때문이다.

일본 관동군은 130만 병력의 주력이 전황이 불리한 태평양과 남양군도, 인도차이나반도, 중국 남부, 오키나와로 대거 투입돼 만주는 거의 진공상태에 빠져 있었다. 특히 본토 결전에 앞선 오키나와 결사항전에 대비해 만주의 정예 9사단과 24사단, 중일전쟁에 참여한 62사단, 5포병부대, 일본에 하나뿐인 27전차부대를 오키나와 전에 투입했다.

이렇게 세계 최강이라는 만주관동군의 주요 전력을 빼돌렸으니 전쟁 말기에 이르러선 만주에는 간도특설대 같은 특수부대가 주둔해 비적과 게릴라 색출작전을 벌이는 정도에 그쳤다. 매복·잠입·미행·감시 따위 밀정을 동원한 첩보활동 위주로 중국인과 조선인 항일투사를 잡는 데 국한돼 있었던 것이다.

관동군의 주력이 만주에 그대로 남아 있었다면 일본군이 허무하게 소련군에게 무너지진 않았을 것이다. 이것을 미국은 두려워했다.

일본군은 조선에 19사단(함북 나남)과 20사단(서울 용산)을 주둔시켰다. 조선 내부의 저항세력은 헌병대와 경찰, 세뇌된 민간 친일세력으로 제압이 가능했고, 그래서 이들 병력은 주로 만주관동군에 수송과 병참을 맡은 후방기지 역할을 하고 있었다. 이들은 조선반도에서 나온 식량을 징발해 보냈다. 만주 관동군을 먹여살리기 위해 2개 병참 사단이 후방에 배치되었으니 관동군의 세를 알 만했다.

관동군의 군사력을 보다 구체적으로 살펴보면, 동북 3성과 몽골에 막강 화력을 갖춘 포병, 전차부대, 화학전 부대와 보병 등 야전군의 완성판이 버티고 있었다. 일본 정부도 이들이 막강해지자 두려워할 정도였다. 실제로 관동군 사령부는 본토 정부의 말을 듣지 않았고, 육군성은 이들이 쿠데타를 획책할 것에도 대비했다.

일본 본토에는 도쿄에 동부사령부 52사단, 오사카에 중부군 53, 54사단, 후쿠오카에 서부군 사령부가 설치되어 있었고, 나머지 병력은 모두 만주로 빼돌린 상태였다. 이중 가장 북쪽에 주둔한 병력은 영하 40도가 오르내리는 하이라얼의 관동군 제6군이었고, 가장 남쪽에 주둔한 병력은 영상 30도가 보통인 광저우에 배치된 중국파견군 제23군이었다. 거리만도 수만 리였으며, 혹한에서 혹서를 견디는 세계 유일의 군대였다.

이때 만주관동군은 최고 130만 명까지 주둔하고 있었는데, 이들의 대부분이 1944년부터 전황이 불리해진 남태평양과 인도차이나 반도, 중국 남부, 오키나와로 긴급 투입되었다. 이에 따라 일본군 중에서도 막강 군대였던 관동군 주력은 항복 직전에는 정작 만주에 없었다.

만약 미국이 관동군의 허약한 군 상황을 정확히 파악하고 소련을 불러들이지 않았더라면? 한반도 역사는 달라졌을 것이다. 또 만약 먼저 진격한 소련군이 미국이 제시한 38도선을 경계로 한 분할 통고를 무시하고 계속 남하해 부산, 목포까지 내려 왔다면? 그 역시 한반도 지도는 달라졌을 것이다. 소련군은 한반도의 150km 안에 있었지만, 미군은 3천km 떨어진 오키나와 남방에 있는 데다 한반도에 대한 준비가 없었으니 소련이 마음만 먹었다면 소련의 의지대로 굴러갔을 개연성이 높았다. 사할린 4개섬을 소련이 점령한 뒤 지금까지 러시아령이 된 것을 보아도 그렇다.

태평양 전쟁을 승리로 이끌고, 일본을 항복시킨 미국은 한반도에 대해 무지했고, 관심도 없었다. 미국은 소련군의 한반도 진출보다 한달 늦은 9월 8일 미 24군단의 일부 병력이 7함대 함정을 타고 인천에 상륙했다.

미국이 조선에 대해 무지했다는 것이 한반도 비극의 단초였다. 세계 2차대전을 승리로 이끈 유럽의 맹주는 소련이었으나 대독전에서 가장 많은 피해를 입어 기진맥진한 상태였다. 이 때문에 미국에 합세해 극동의 태평양전쟁에 참여할 여력이 없었다. 따라서 미국 주도로 태평양 전쟁을 이끈 만큼 미국은 한반도 문제에 있어서도 주도권을 행사할 수 있었다. 그런데 우유부단했다.

소련도 마찬가지였다. 한반도에 적극적이지 않은 소련은 본의아니게 한반도 38 이북을 점령하게 되었다. 물론 38선이 처음부터 영원한 분단선으로 여긴 것은 아니다. 38선에서 미소 양 군대가 만나 전쟁 승리의 팡파레를 울리자는 소박한 제안선에 지나지 않았다. 그런 것이 분단의 영속화와, 그 땅에 사는 민족을 갈기갈기 찢어놓고 피투성이가 된 채 냉전의 고도에 갇혀 살게할 줄은 어느 누구도 상상하지 못했다.

이런 문제들을 해결해야 할 당사자들이 한반도의 정치 지도자들인데, 그들이 먼저 외세에 기대어 더욱 분열하고 대립하고, 쫓고 쫓기는 상호 '패배의 질주'를 한 것이 분단 영속화의 큰 원인이었다.

미·소 양국은 연합국의 일원으로서 대단히 협조적이고 우호적이었다. 2차 세계대전을 승리로 이끌었다는 자부심 또한 컸다. 당초 독일에게 밀리는 소련을 가장 통크게 지원한 사람이 미국의 루즈벨트 대통령이었다. 그의 사후 양국이 냉전 대결로 맞짱을 뜨리라고는 어느 누구도 예상하지 못했다.

하지만 소련은 그동안 일본의 항복을 앞당기기 위해 미국의 끈질긴 참전 독촉에 침묵했다. 일본에 무조건 항복을 통고한 2주전의 포츠담회담에서도 소련은 참전 독려에 애매한 태도를 취했다. 일본과 맺은 불가침조약을 지킨다는 것이 그 이유였다.

그러나 근본적으로는 유럽에서 독일과의 전쟁에서 독일군보다 더 많은 피해를 입은 것이 소련군이다. 영국과 프랑스 연합군의 지원이 독일의 전선을 분산시키는 효과는 가져왔지만, 무차별적으로 당하는 소련을 구할 수는 없었다. 이때 러시아의 옛 수도 상트 페테르부르크는 3년간 독일군에 포위되어 함락 상태였다. 이 함락전이 2차 세계대전 중 가장 참혹한 전쟁이었다(다음이 독일의 모스크바 진격전, 세 번째가 노르망디 상륙작전).

1941년 6월 독일이 독소 불가침조약을 폐기하고, 300만 병력을 동원해 상트 페테르부르크를 공격했다. 개전 두 달 만에 독일군은 상트 페테르부르크를 완전 포위했다. 인구 350만 명의 상트 페테르부르크 시민은 독일군에 포위된 상태에서 기아상태에 빠져 톱밥, 말 사료, 퇴비, 심지어 아사자의 인육까지 먹었다. 겨울철이 되자 라도가 호수가 얼어붙으면서 50만 명의 시민들이 탈출했고, 말이 이끄는 수송부대가 호수를 통해 물자를 실어날라 최소한의 아사는 면했다.

그러나 1944년 1월까지 1천일 가까이 상트 페테르부르크는 고립되어 인구의 반이 죽거나 행불이 되었다. 여기에 모스크바를 진격하는 독일군과도 싸워야 했으니 소련은 무너질 판이었다.

이런 상황이었으니 일본과의 극동 전쟁에 군사력을 집중할 여력이 없었다. 그런데 일본이 미국의 원자폭탄 하나로 패망이 앞당겨지자 언제 그랬더냐 싶게 재빨리 일본에 선전포고했다. 다된 밥상에 순가락 하나 얹은 셈이다. 이런 '사소한 인연'의 잔상들이 한반도 운명을 갈랐다. 힘이 없으면 하찮은 우연에도 운명이 비참하게 찢기고 만다는 현실을 적나라하게 보여주었다. 힘이 있는 자는 반대로 어떤 실패를 해도 자기 것으로 만들어간다. 힘이 없으면 의지대로 움직이지 않는다는 것이 역사의 교훈이다. 이때 예지력 있는 지도자가 나타나 내일을 기약하는 행군을 이끌어야 하는데, 고작 강대국의 소모품으로 전락하거나 이간책에 무너지고 만다. 한반도 정치지도자는 소소한 명분론에 빠져 내일을 내다보는 디테일한 방법론에 취약했고, 파벌로 인해 결속력을 담보하는 지도력 또한 결여되었다. 이상국가를 건설한다는 메시지는 서로 피흘리는 치킨게임에 빠져들어 어디서건 구사되지 못했다. 신생 독립국이 방향조차 모르고 마냥 싸웠다. 공작에 익숙한 외세가 핸들링하는 데도 싸우려고만 하는 관성 때문에 갈수록 나라는 극단으로 치달았다. 결국 내부자끼리 치명적 상처를 입고 침몰한 상태가 되었다.

항복 방송을 위해 일본의 히로히토는 14일 밤늦게 NHK 제작진을 왕궁으로 불러들여 군복을 차려입고 2차례 녹음했다. 녹음은 철저하게 기밀에 붙여졌다. 강경 군부의 기습에 대비해야 했기 때문이다.

항복 문서는 몇 번의 문구 수정을 거친 끝에 밤 11시 20분 녹음했다. 히로히토는 "첫번째 녹음이 시원찮다"며 재차 녹음했고, 두 번째 것이 채택되었다. 방송시간은 4분30초였다. 이 녹음 SP판을 도쿠가와 의전비서관이 보관했는데, 어떻게 기밀을 알아챘는지 육군 강경파 장교단이 SP음반 탈취사건을 벌였다. 호전주의자들은 돌격의 관성에만 매몰되어 있었기 때문에 반발은 어쩌면 당연한 수순이었다.

일본 군국주의는 이렇게 '죽음의 행진'을 하나의 가치로 생각하는 악마의 주술에 깊숙이 빠져들어 있었다.

오민균은 피를 흘린 채 숨져있는 김재곤을 바로 눈앞에서 지켜보았다.

— 이렇게 헛되이 희생될 수 있나……

압제를 벗어난 희열. 그런데 쓸쓸한 주검으로 돌아오고 말았다. 그의 죽음이 뭔가 조국의 앞날을 예고하는 것 같은 불길한 예감이 들었다. 조국은 준비되지 않은 해방과 독립을 맞이하고 있었다.

기간 병사들이 단상의 우에하라 구대장과 단 아래 김재곤의 시체를 거둬 단가에 싣고 어디론가 사라졌다. 그 후 김재곤의 시신이 어디에 있는지 알려진 것이 없다. 일부 기록에는 단순히 '김모, 종전 직후 사망'으로 기재되어 있고, 창씨개명된 일본명 가네미쓰(金光秀雄)로 이름이 나와 있는 정도다. 가네미쓰란 이름도 김재곤의 동명이인인지 확인이 필요하다. 극도의 혼란 상황이었고, 일본의 입장에서 초상집에서 만세 부른 격이어서 배신감으로 그를 불명예자로 기록에서 지워버렸을 수 있다.

대한민국 정부 수립 이후 우리 스스로 그를 방치했다는 것은 독립 국가로서의 의무를 다했다고 볼 수 없다. 이 광경을 직접 목격한 조선인 생도들만이 그 날의 그를 아련하게 기억하고 있을 뿐이다. 그들도 이제는 자연사했거나, 해방 공간의 좌우 대결로 갈려서 지냈다. 그리고 일본 육사의 젊은 생도들은 대부분 숙군 과정에서 처형당하거나 행불이 되었다.

일본 육사는 1868년 창설되어 1945년 제61기로 폐교되기까지 총 5만 7천여 명의 졸업생을 배출했다. 이중 조선인은 제11기(1886) 박유굉을 시작으로 제61기 오민균까지 모두 114명이다. 만주군관학교 예과 출신으로 일본육사 본과에 편입하여 졸업한 27명까지 더하면 141명이다. 졸업생 총수 5만 7천 명의 0.3%에 준하는 수치다. 그러나 이들이 한국현대사에 끼친 영향력은 막강하다.

이 학교 조선인 졸업생 중 노백린 이갑 박승훈 유동열 김광서(김일성) 지청천 등은 일본군 장교 복무 중 중국으로 망명해 항일 독립운동을 벌였고, 일본 반혁명사건(혁명 일심회)에 연루되어 처형된 졸업생들도 있었다. 반면 일제 군국주의 체제 아래서 핵심적인 일본군 장교로 성장한 졸업생도 있는데, 이들이 숫자로는 압도적이다.

1945년을 기준으로 조선인 출신은 만주군관학교 편입생을 포함해 졸업반 생도 8명, 3학년 8명, 2학년 13명, 1학년 8명이다. 만주군관학교 편입 생도들을 합해도 일본 육사 조선인 출신은 학년당 13명을 넘지 않았다. 이를 보면 일본 육사는 조선인 청년들에게 입학이 거의 허용되지 않았다고 볼 수 있다. 차별이라고 할 정도로 인색했다. 군 엘리트 특수조직이었기 때문에 근본적으로 조선 반도인에 대한 경계에서 초래되었다고 보여진다. 다른 관점으로 평가하자면, 조선인 젊은이들의 민족적 자각과, 비범한 천재성을 알게 모르게 경계했던 것으로 보인다.

생도들은 각 출신 고보에서 교련 선생과 교장 선생을 통해 엄격하게 성적·신체조건·품성이 걸러진데다 본고사에서도 어려운 관문을 뚫었기 때문에 수재 중의 수재라고 해도 과언이 아니었다.

일본 육사는 일본 황실이 직접 관장하는 교육기관이었다. 그래서 복장·총검·학습도구를 포함한 모든 로고는 황실을 상징하는 국화 문장을 사용하였다. 그러나 이념적 스펙트럼은 생각보다 넓었다. 육사 생도답게 군사학과 군사훈련을 주로 배웠으나 철학 세계사 물리 화학 어학(독어·불어·러시아어 중 택일)도 집중적으로 배웠다. 독학으로 생소한 몽골어를 공부하는 학생도 있었으며, 학문적으로 마르크스 엥겔스를 읽는 생도도 있었다.

초중등학교 시절 전체 조회와 수신 시간에 외던 천황폐하 칭송문 따위는 생략되었다. 대신 깊이있는 사상 서적 탐독까지 암묵적으로 허용되었다. 일제를 위해 한 몸 바치겠다는 머리 좋은 학생들이 입교했으니 중고교 시절 익혔던 상투적인 이념의 세뇌까지 주입시킬 필요가 없었던 것이다. 대신 고급 교육커리큘럼을 통해 인생관과 세계관을 확장하는 교육이 있었다. 품격있는 지휘관을 배출하자는 의도였다. 그런 교육 커리큘럼 때문인지 생도들의 인문학적 소양은 의외로 풍부했다.

이런 교육환경 탓인지 조선인 생도의 경우, 민족의식이 내면화한 경우가 많았다. 일본육사 출신은 모두 친일파라는 등식은 피상적일 수 있다. 그 단적인 예가 김재곤의 죽음이다. 조국의 해방을 갈망하고 있었음을 그의 격정적인 행동을 통해 살펴볼 수 있다. 일본 황실의 지원으로 월급까지 받아가며 학교를 다니고 있지만, 근원적으로 조국의 독립과 해방을 희구해왔던 자기 내면의 이중성이다.

일본 육사에 입교하기 전에는 민족의식이나 애국심이 무엇인지 몰랐으나 육사를 다니면서 역설적으로 민족의식이 체화한 세계관을 가졌다. 즉 다른 차원의 민족 정체성을 지니고 살았던 존재였던 것이다. 이는 엄격한 군율 속에서도 열린 학풍의 산물이었다.

일본 육사 교정은 김재곤의 죽음 이후 조선인 생도에 대한 태도가 확 달라졌다. 일본인 생도들로 급조된 극단적 과격파 동구대가 결성돼, 사회주의 사상과 반일 사상이 있는 자들, 특히 조선인들을 주 공격 타깃으로 삼고 있었다. 폐교와 함께 생도들이 수용소에 수용된다는 괴소문이 돌아 이들을 더욱 자극하고 있었다. 조선인 생도들은 해방의 기쁨을 맛보기도 전에 또 다른 위험에 노출되어 있었다.

"이 자식들, 대일본제국에 충성한 것이 아니라 그들 조국 독립만을 꿈꾸던 배신자들이었어. 그들이 적국 미국놈과 무엇이 다르단 말인가?"

김재곤에게 모욕을 당한 듯 그들은 조선인 생도에 대해 노골적으로 적의감을 품고 다녔다. 그중 타깃은 청주고보 출신 이성유 생도였다. 8월 23일 밤 일본인 생도들이 이성유에게 위해를 가할 것이라는 첩보가 들어왔다. 비밀문서 창고를 자주 드나들었으니 제국 군대 비밀을 많이 알고 있고, 총맞아 죽은 김재곤과 가깝게 지냈으니 이적행위를 할 것이라고 본 것이다.

그들은 관동대지진(대진재)과 다를 바 없는 음모를 꾸미고 있었다. 지진 재앙의 보복극으로 근거없는 재일 조선인을 표적 삼아 살인을 저지른 사건을 또다시 범하려 한 것이다. 1923년 9월 1일 일본 간토·시즈오카·야마나시 지방에서 일어난 대지진은 12만 가구의 집이 무너지고 45만 가구가 불탔으며, 사망자와 행방불명자가 총 40만 명에 달했다.

이로 인해 혼란이 극심해지자, 일본 정부는 국민의 불만을 돌리기 위해 한국인과 사회주의자들이 폭동을 일으켰다는 괴소문을 퍼뜨렸다. 이에 격분한 일본인들이 자경단(自警團)을 조직해 경찰과 헌병들과 함께 조선인을 눈에 보이는 대로 체포·구타·살해했다. 이 사건으로 적게는 2천 명, 많게는 6천 명의 조선인이 무고하게 희생되었다.

조선인 생도들은 하나같이 의젓하게 생겼다. 범접할 수 없는 품격이 있었다. 그런 자들이 해방이 되어 고국으로 돌아가면 지도자가 되어 일본에 보복할지도 모른다. 김재곤 사건으로 볼 때, 그들은 황실의 국비로 제국 군대의 정신을 익힌 것이 아니라 그들 조국의 해방과 독립을 갈구하지 않았는가. 동구대는 그런 논리로 조선인 생도에게 적의를 품고 공격할 명분을 축적해나가고 있었다.

"이성유 그 자가 공부한다면서 군사기밀을 빼내 적과 내통하려고 했던 거야! 배신자는 대가를 치러야 한다는 거를 분명히 보여줘야 돼."

마타도어는 격동의 혼란기일수록 기승을 부린다. 그리고 극단적인 상황에서는 언제나 강경파가 상황을 주도해나간다. 진위 여부를 살필 것도 없이 그것이 조직을 결속시키는 힘이 된다. 예상대로 "없애버리자!" 라는 방침이 정해졌고, 디데이는 8월 23일 밤이었다. 패전의 분풀이를 어떤 식으로든 분출하고 싶은 그들에게는 이렇게 폭발의 출구를 향해 방아쇠를 당길 시간을 재나가고 있었다.

밤이 깊어지자 2학년 동기생 오카다가 이성유를 찾았다. 오카다는 그가 정말 배신자인가를 알고 싶었다. 동구대원들이 배신자가 확실하다고 방방 뜨니까 그는 직접 확인하고 싶었다. 그는 이성유를 불러내 연병장 귀퉁이로 이끌었다.

"너 나 믿나?"

이성유는 오카다의 갑작스런 질문이 의아했지만 스스럼없이 대답했다.

"새삼스럽게 왜?"

이성유는 오카다의 고향도 함께 여행한 사이였다. 오카다는 일본으로 귀화한 조선인 아버지와 일본인 어머니 사이에서 태어난 재일동포 2세였다. 그러나 그를 조선인 출신으로 아는 사람은 없었다.

"김재곤과 나눈 대화들이 반동이란 거 모르나?"

"반동? 그와 무슨 말을 나눴는데?"

"그건 니가 더 잘 알 것 아닌가."

"고향 얘기하고, 앞으로의 장래 얘기하고, 부모님 얘기를 했다. 너하고 얘기한 것과 비슷하게."

"내가 널 배신한다면?"

오카다가 엉뚱한 얘기를 했다.

"네가 날 배신할 친구인가. 네가 만일 날 배신하더라도 난 너를 배신할 수 없다. 우리의 우정이 그렇게 값싼 것이 아니다."

"군사 기밀을 팔아먹었다는 소문이 파다하다. 맥아더 태평양사령부 알고 있나?"

"잘 알고 있다."

"너 지금 뭐라고 했나."

"잘 알고 있다고 했다. 일본 함대사령부가 진주만 습격을 한 것은 맥아더에게 보복할 빌미를 제공했다. 석유 보급로를 확보한다고 했지만 오류를 범했다. 그것이 잘못됐다고 생각했다. 시간은 그들 편이었고……"

"뭐라고? 그럼 어떻게 해야 하나."

오카다는 소문대로 이성유가 정체불명의 생도라고 생각했다.

"야마모토 이소로쿠 사령관 전사 이후 전열을 재정비했어야 했다. 전선을 확장하는 것이 아니라 좁히서 신댁과 집중을 했어야 했다. 공격 대 공격, 확전 대 확전만 거듭하다 수습도 못하고 역공을 자초했다. 난 군사(軍史)와 전술, 그런 쪽에 관심이 많다. 전쟁은 벌여놓은 것보다 수습하는 것이 더 중요하지. 지나치면 부족함만 못하다. 거친 탐욕이 패인을 불러온다."

"그럴싸한 말이다."

오카다가 고개를 끄덕였다. 근래 그가 생각하는 것과 비슷했다.

이성유는 의문의 여지없이 진지한 학구파였을 뿐, 이적행위를 한 친구는 아니라고 판단되었다.

"가능하다면 빨리 이곳을 떠나라. 분위기가 살벌하다. 폐교가 결정됐잖나?"

전승국은 패전의 상징으로 사관학교부터 폐교한다고 포고했다. 그래서 더욱 비탄과 자조와 절망의 절규가 들끓었다. 이런 때 누군가 희생양이 요구되는 것이다.

"고맙다. 하지만 나 홀로 피할 수 없다. 내가 탈출하면 다른 동포 생도들이 위험하다. 난 동포생도들과 생사를 함께 할 거다. 비록 내가 잘못된다 해도… 그리고 너와의 우정은 평생을 지고 가겠다. 잊지 않을 것이다."

"네 생각이 그렇다면 알았다."

그들은 굳게 악수를 나누고 어둠 속에서 헤어졌다.

2학년 생도 장지성은 사토 구대장이 찾는다는 전갈을 받았다. 뒤숭숭하게 나날을 보내던 그도 긴장했다. 조국이 해방과 독립이 되었다고는 하지만 인신(人身)은 구속되어 있는 상태다. 자유의 몸은 커녕 또 다른 위협 속에 노출돼 있다. 그는 마음속으로 각오를 다지며 구대장실을 찾았다. 사토 구대장 앞에 서자 사토가 단도직입적으로 물었다.

"돌아가겠느냐, 남겠느냐."

고국으로 돌아가겠느냐, 아니면 일본에 남겠느냐는 질문이다. 어떻게 대답해야 할까, 장지성은 잠시 망설였다. 장교단이 오히려 더 거칠고 강경하다. 말 한 마디가 목숨과 바꾸는 긴박한 순간이었다. 그를 해치기 위한 질문이라면 피하기 위해서라도 그들이 원하는 답을 내놓아야 했다. 하지만 어느 것이 정답이 될지 알 수 없었다. 장지성은 정직하게 짧게 대답했다.

"돌아가겠습니다."

"돌아간다고?" 사토가 상을 찌푸렸다. "정말로 돌아간다고? 구대장으로서 말하마. 네가 일본에 남는다면 대학을 보내주고, 취업을 원한다면 취직시켜 줄 수 있다. 학교 방침이 그렇다. 학교에서 그렇게 결정했다. 어떤가?"

"아닙니다. 돌아가야 합니다."

"돌아가서 뭘 할 건가."

"신생 조국에서 우리 군대를 만들어야 합니다."

"일본의 적국이 될 텐데?"

"내 나라를 지켜야 합니다."

한참 동안 침묵을 지키고 있던 그가 갑자기 허리에 찬 군도를 쑥 뽑아들었다. 50cm 정도 되는 긴 칼이다. 그는 칼날에 손을 대더니 위에서 아래로 쭈욱 훑어 내려갔다. 장지성은 순간 현기증이 났지만 애써 태연한 표정을 지었다. 사토가 칼을 좌우로 가볍게 흔들어보였다. 휘두를 때마다 칼날이 번쩍거렸다. 만감이 교차하는 듯 그의 표정이 복잡해졌다.

일본 무인은 선동적으로 예측이 불가능하다. 사무라이 정신 그대로 그들이 믿는다고 하면 그대로 결행하는 기질이 있었다. 사토는 한동안 침묵하다가 칼을 칼집에 집어넣고는 테이블로 가서 서랍을 뒤졌다. 권총을 꺼내 이리저리 바라보더니 갑자기 장지성을 향해 총구를 겨눴다. 장지성은 일순 숨이 멎어버리는 것 같았으나 곧바로 담담해졌다. 극단적인 상황에 이르면 도리어 의연해지는 것이다. 사토가 천천히 말했다.

"이것은 내가 소위 임관 때 장만한 것이다."

그는 권총을 장지성에게 내밀었다. 장지성은 무슨 뜻인지 몰라 한동안 멈칫거렸다.

"이건 너의 것이다."

팽팽한 긴장감이 허물어지자 장지성은 머릿속이 하얗게 새버린 느낌이었다.

"사나이로서 자기 조국을 지키겠다는 것은 옳다. 너는 너의 조국으로 돌아가는 거다. 그것은 정당하다. 너는 바른 생도다. 다른 놈은 위기를 벗어나고자 얼버무리는데 너는 사나이다. 그런 네가 내 생도답다. 나는 네가 일본에 남아 혼도 없이 살아갈 것이 두려웠다."

사토가 장지성에게 다가와 칼을 손에 쥐어주었다. 칼집도 풀어서 건넸다.

"패전국인 나는 무기를 소지할 수 없다. 무장해제가 되었다. 그래서 네가 내 대신 맡는 거다. 지금 사회가 불안하고 민심이 흉흉한데 신변을 보호하라. 일본은 지금 전국적으로 패닉 상태에 빠졌고, 극도의 카오스 사회가 되었다. 자살자가 속출하고 조선인·중국인·대만인에 대한 폭력이 도처에서 감행되고 있다. 무사히 일본을 빠져나가야 한다. 지금 목숨을 잃으면 개죽음이다. 내가 너를 위해 해줄 수 있는 것은 이것밖에 없다."

그는 권총집과 권총도 내주었다. 장지성은 선 자리에서 소리내어 울었다. 사토 구대장은 한동안 그를 지켜보다가 그의 등을 가볍게 토닥거리며 말했다.

"조선인 생도들이 무사히 돌아갈 수 있도록 최선을 다하겠다. 그러기 전에 스스로 지켜야 한다. 일본은 걷잡을 수 없는 혼란 상태다."

장지성은 숙소로 돌아와 권총과 군도를 침낭 깊숙이 숨겼다. 그는 밤 깊도록 잠을 이루지 못했다. 절대적 위기에 우정은 꽃핀다고 했던가. 일본 무관의 배려는 그의 가슴 속 깊이 진한 감동으로 남았다. 국가나 사회는 몰이성적으로 광분해 있는데, 개인은 이런 사람도 있다. 일본의 패망과 조국의 미래, 사토 구대장과 일본인 생도들, 그리고 조선인 생도들을 생각했다. 동구대의 극단주의자들 얼굴도 떠올랐다. 따지자면 그들은 호전적인 장교단에 놀아난 것이지만 미래에 대한 불확실성 때문에 더욱 광란에 빠져 있었다.

밖에서 똑똑똑 노크 소리가 났다. 뒤이어 장지성, 장지성 하고 낮은 목소리로 부르는 소리가 이어졌다. 그는 침낭에서 권총을 꺼내 옆구리에 찔러넣었다. 방문을 열자 동기생 이성유가 문앞에 서 있었다.

"잠깐 나가자."

그는 어둠침침한 복도 끝으로 장지량을 이끌더니 말했다.

"오카다가 나를 구출했다. 오카다는 동구대 멤버잖나. 오카다가 나를 만나고 가서 그들을 설득한 모양이다. 오해에서 풀려났다."

"오카다가 변호했다니 다행이다. 그래도 안심이 안 된다. 이곳을 빠져나갈 때까지는. 그가 뭐라고 말하더냐?"

"그가 동구내를 찾아가 '이성유는 내가 잘 안다. 기밀문서를 탐독했던 것은 학구열 때문이고, 변함없이 순수한 청년이다. 그런 그를 해치겠다는 것은 우리 뜻을 잘못 전파하는 것이다'라고 말렸다는 거야."

"그렇지. 무턱대고 분풀이하면 끝이 없지."

"그런데 내 대신 오민균을 타격하자는 모의를 했다."

"1학년 생도 오민균?"

오민균은 일본인 생도들에게 콤플렉스를 자극할 정도로 지적 풍모가 풍기는 생도였고, 부정의 눈으로 보면 위험인물이었다. 잘 생기고 늠름하고 생도로서의 기개와 품위를 잃지 않은 정의파 청년이다. 그는 전승국의 일원이 되어 고국으로 돌아가면 만행을 저지른 일본에 대해 보복할지 모른다고 일본 생도들은 우려하고 있었다. 그는 일본의 폭력성을 비판하지 않았던가. 과격파들은 스스로 설정한 도그마에 빠져서 이렇게 허우적거리고 있었다.

"오민균을 만나러 가자."

1학년 생도반은 연병장 끝머리에 있었다. 오민균도 자신이 테러의 대상이 되고 있다는 것을 알고 있었다.

"걱정하지 마세요. 제까짓 놈들 한 주먹감도 안 되니까요."

"넌 너무 용감해서 탈이다. 일본 애들은 널 제2의 장제스, 노백린, 이갑, 김일성으로 몰아가고 있다."

장제스가 일본 육사를 마치고 고국으로 돌아가 항일전선을 편 것을 일본인 생도들은 배신자라고 비난했다. 제26기 김광서에 대해서도 그랬다. 일본군을 탈출해 김일성이란 가명으로 만주벌판에서 신출귀몰하며 일본군을 타격한 영웅으로, 그들에게는 대일본제국의 반역자였던 것이다. 노백린 이갑 지청천도 마찬가지다. 오민균도 그중 일원이 될 것이라고 판단하고 있었다.

독일의 예에서처럼 육사 생도는 모두 사살된다는 풍문이 유포되자 교정은 갈수록 분위기가 흉흉해졌다. 절망감을 못 이기고 스스로 할복해 목숨을 끊은 생도도 나왔다.

"도쿄를 벗어나 센자키현에서 소형 선박을 마련해서 탈주할 계획을 세우고 있습니다. 그렇게 해야지요?"

오민균이 의외의 말을 했다.

"탈주계획이라고?"

"그렇습니다."

오민균은 며칠 전 자신을 따르는 일본인 동급 생도에게 제의했다. 동급생도는 부친이 센자키 현에서 배를 여러 척 가지고 있는 어선단의 주인이었다.

"난 도요카 읍내에 있는 유우키 씨 집에 집결해 귀국할 계획을 세우고 있었는데……."

장지성은 장씨 성을 가진 유우키를 생각하고 있었다. 그는 장지성의 먼 일가뻘 되는 재일동포였다. 아버지가 힘들면 찾아보라는 사람이었다. 그는 유우키의 집으로 가서 준비를 한 다음 니가타에서 폐선박을 구입해 해안을 타고 아래로 내려와 현해탄을 건너 부산항에 입항한다는 계획을 세워놓고 있었다. 험한 파도를 건너야 했지만, 대신 육지와 가까운 코스를 택하는 것이 최상의 방법이라고 생각했다.

"계획을 세웠으면 빨리 행동하자."

그러나 모든 길은 차단돼 있고, 민심은 흉악해지고 있었다. 장지성은 도쿄 시내 이시하라 상을 생각했다. 이시하라 상은 경찰 사찰계로부터 감시받아온 인물이었다. 하지만 지금 세상이 바뀌었으니 감시망이 사라졌을 수 있다. 어쩌면 이제 그의 세상이 올지도 모른다. 일본 패전이 그에게는 더 안전할지 모르고, 그래서 그가 그들의 신변을 보호해줄 적임자일 수도 있었다. 이시하라 상은 일본 군국주의를 반대하면서, 그 대안으로 아나키즘 사회를 꿈꿔온 사람이었다.

"이시하라 선생 계속 만나나?"

"공습이 심해서 요즘 찾지 못했습니다."

오민균은 주말 외출 시 늘 이시하라 선생댁을 찾았다. 지적 욕구를 충족하는 데 부족함이 없었고, 그것은 그의 이상과 합치되는 부분이 많았다.

"그럼 모임 장소는 두 곳 중 하나로 정하겠다. 유우키 씨 댁과 이시하라 선생 댁….."

센자키 방향은 일단 접기로 했다. 그들은 각자 숙소로 돌아갔다.

제3장
일본의 양심

　1944년 2월 일본 육군사관학교 입교식이 끝나고 몇 주 지나서였다. 저녁을 마치고 일석 점호도 끝나고 잠자리에 들 무렵, 조선인 출신 졸업생 두 명이 갓 입학한 제60기 장지성 생도를 찾아왔다.

　"이성유와 조병건을 불러내라."

　이성유 조병건은 장지성과 함께 입학한 동기 생도들이었다. 제60기로 들어온 조선인 생도는 모두 6명이었다. 이중 장지성 이성유 조병건은 구대는 달랐지만 같은 중대 소속이었다. 그를 불러낸 졸업생은 경성 제일고보(경기고보) 출신 김영수와 김호량이었다.

　"연병장 건너편 관목 숲으로 와라."

　낮게 말한 두 사람은 곧바로 사라졌다. 장지성은 선배들의 말을 듣고 두 사람을 불러냈다. 그들이 관목 숲에 이르니 벌써 동기생 두 명이 와 있었다. 모두 빙 둘러서자 김영수가 낮은 목소리로 말했다.

　"여기 모인 졸업 선배들은 내일 새벽이면 전선으로 떠난다. 이번 졸업생 중 일부는 만주로 떠난다. 나머지는 오키나와 전선으로 간다. 떠나기 전 너희들에게 할 말이 있다."

어두운 가운데서도 유독 작달막한 키의 신입 장교가 눈을 번뜩이며 자기 소개를 했다.

"나 박정희다. 만주군관학교 출신은 만주로 떠나고, 일본 육사를 풀로 다닌 생도들은 본토와 오키나와로 배치된다."

곁의 김호랑이 받았다.

"나는 남양군도 전선에 배속된다. 레이테도 쪽이 될 것이다. 너희를 만나 우리 뜻을 전달하는 것은 우리만의 전통이다. 그러니 말을 잘 새겨들어라. 육사 선배로서 하는 말이 아니라 피를 나눈 형제가 하는 말로 새겨라. 일본은 반드시 패망한다. 조국을 찾을 때를 대비하라. 철두철미 군사학을 익히고 지식을 쌓아라. 그리고 꼭 살아남아라. 살아남는 자만이 최후의 승자가 된다. 우리의 영도자를 위해 죽을 때가 올 것이다. 조국을 되찾을 때 그때 죽어도 여한이 없을 것이다."

머리가 쭈뼛 서는 발언이었다. 초등학교 시절부터 지금까지 줄곧 '천황폐하 만세'를 외치며 목숨을 던지자는 교육을 받아온 그들이 빼앗긴 조국을 되찾기 위해 목숨 바칠 날이 올 것이라니, 한 마디로 무서운 이야기였다.

일본 군국주의의 심장이라는 육사 교정에서 이런 말이 나온다는 것은 상상할 수 없었다. 어디에서도 그런 말을 들어본 적이 없었다. 신문과 방송에서는 연일 태평양에서, 남양군도에서, 난징에서, 만주 벌판에서 승전보가 군가의 후렴처럼 쏟아져 나오고 있었다. 그런데 패망이라니, 현실감이 없으니 믿어지지가 않았다. 패망 얘기가 나오는 자체가 불경(不敬)이고 이적행위로 몰리는 시대였다. 육사의 학풍이 의외로 자유롭다고는 해도 이렇게 노골적으로 패망 얘기를 할 정도로 해이된 것은 아니다. 그래서 그런 말을 듣는 자체가 살 떨리는 일이었다.

"기밀과 자존감을 지켜라. 일본인 생도에게 절대로 져서는 안 된다. 일당백이다. 나라를 되찾으면 우리 군대를 만들 것이다. 무능한 왕조에 조종을 고하고 총통제든, 공화제든, 대통령제든 우리 국체를 정해 우리나라를 지킬 것이다."

신입생들 모두 비장감을 느꼈다. 피로 맺은 동지적 결속력과 신뢰가 없이는 불가능한 엄숙한 발언이었다(김영수는 1944년 6월 필리핀 레이테도 전투에서 전사했고, 김호량은 1950년 한국전쟁 때 전사했다).

1945년 2월 58기 생도 졸업식이 있었다. 조선인 생도들이 소위 임관을 하고 부대 배속을 받아 떠나기 전날, 그들도 선배들이 했던 것과 마찬가지로 조선인 생도들을 일석점호 후 관목숲으로 불러냈다. 그리고 똑같은 말을 했다. 오히려 내용은 더 구체적이고 노골적이었다.

신입 생도 오민균은 일본 패망의 기류를 느끼지 못했다. 군율과 군기는 엄격했고, 라디오방송은 연일 승전 소식이어서 그는 거기에 알게 모르게 순치되어 있었다. 신입생으로서 학업에 충실해야 한다는 것 뿐, 다른 생각을 가질 수 없었다. 높은 경쟁률을 뚫고 들어온 선택받은 사람들 아닌가.

"히틀러는 러시아와의 싸움에서 대패한데다 러시아진격사령부 총사령관마저 소련에 투항했다. 최후의 일전을 위해 연합국 군대는 노르망디에 집결중이라고 한다. 추축국 중 일본제국 군대만이 명맥을 유지하는데 그것도 잔명이 다했다."

그리고 졸업생도가 잠시 생각하는 듯하더니 더 낮은 목소리로 말했다.

"언제나 최후를 대비해라. 조국을 위해 이 한 몸 원없이 쓸 때가 올 것이다. 그리고 이 메모를 받아챙겨라."

그가 종이쪽지를 오민균에게 내밀었다.

"너희들은 2학년 생도들이 인도해줄 것이다."

말을 마치자 그들은 밤안개가 내린 숲 속으로 사라졌다. 잠자리에 들었어도 1년전 장지성이 그랬던 것처럼 오민균은 잠을 이루지 못했다. 조국, 강토, 인민, 해방, 그리고 아버지 어머니, 동생들⋯⋯.

영친왕 이은이 조선인 입학생들을 왕궁으로 초청했다. 입학 축하 다과회였다. 왕궁에서 만난 이은은 일본 육군중장 복장을 하고 있었고, 부인 이방자 여사는 기모노 차림이었다. 이은은 일본 육사 29기 (1915년) 출신이었으니 오민균보다 32기가 앞선 대선배였다. 그는 말수가 적은데다 우리 말이 서툴고 기력이 쇠해보였다. 힘이라고는 없는 사람으로 보였다. 요요기 연병장에서 그를 처음 보았을 때와 비슷한 얼굴이었다.

그날 그의 모습에 오민균은 실망과 비애를 느꼈다. 우리의 왕이 저렇게 초라하게 멀리서 온 손님처럼 연병장에 서 있어야 하는가. 요요기 연병장에서는 히로히토의 생일인 천장절을 맞아 엄청난 규모의 관병식이 열리고 있었다. 그 엄청난 규모의 신무기들과 하늘을 찌를 것같은 열병 함성, 지축을 울리는 탱크부대와 창공을 수놓은 기세 좋은 제로센 비행편대, 그 규모와 짜임새로 보면 어떤 나라도 밟고 넘을 수 없을 것이라는 자신감이 생겼다. 문자 그대로 무적의 군대였다. 거기에 비해 무기력한 회색분자로 보이는 우리의 왕은 초라하기 그지없었다.

그런 그가 생도들을 초청한 자리에서도 표정없는 얼굴로 말없이 서 있다.

왕비 이방자 여사가 센베이 과자와 오차 한 잔씩 따라주는데 돌멩이도 소화시키는 청년들에게는 빈약하기 짝이 없는 대접이었다. 청년들의 정서를 모르는 사람들이었다. 오민균은 고향의 따뜻한 숭늉과 누룽지가 차라리 낫다고 생각했다. 그들은 돌아오는 길에 한결같이 투덜대었다.

"일본인이야, 조선인이야?"

"글쎄, 중간자도 아니고….."

"초청해주신 것만도 고맙다고 생각하자."

"센베이 과자가 그렇게 중요한가. 보리밥 한 그릇보다 못해. 완전 일본인이야. 하긴 아기 때 일본으로 건너왔으니 보고 배운 것이 어쩌겠나."

생도들은 저마다 실망하였다.

일요일 봄날 아침.

오민균은 장지성과 함께 외출증을 끊어 도쿄로 나가 해안선이 길게 펼쳐진 만을 걸었다. 장지성은 입학하면서부터 두각을 나타낸 오민균을 눈여겨보았고, 그를 가까이했다. 일년 선후배 사이였지만 동시 실았다. 가는 노중 이정길 조병건과 합류했다. 교정에서는 각자 따로 행동을 했다가 시내에서 조우하는 길을 택했다. 학칙이 엄격해서 교내에서부터 단체로 움직이면 단속 대상이 되었다. 조선인에게는 알게 모르게 더했다.

메모지가 가리킨 대로 만의 뒷골목을 따라 언덕을 올랐다. 예상대로 숲에 가려진 조그만 집이 나타났다.

"눈부신 청년들이군."

이시하라 상이 반갑게 그들을 맞았다. 사십대 초반쯤 돼보이는 그는 머리칼이 하얗게 새어서 생각보다 나이 들어 보였다.

"선배님들이 찾아뵈라고 했습니다."

오민균이 메모 쪽지를 펼쳐보였다.

"잘 왔소. 이정길 군은 누구인가요."

그는 일행을 하나씩 훑듯이 살펴본 뒤 물었다.

"접니다."

이정길이 앞으로 나섰다.

"그렇군. 형이 이정남 씨지요?"

"네."

"내가 이군 맏형의 주오(중앙)대학 선배요. 활동을 같이했소. 지금 몽양(여운형) 선생 밑에서 일하고 있다지요?"

"잘 모르겠습니다."

그는 형의 일을 잘 몰랐다. 이시하라는 생도들을 안방 뒤 다른 방으로 안내했다. 뒷방은 서재였다. 수천 권의 책이 사방 벽을 둘러싸고 꽂혀 있었고, 한쪽 면 서가엔 체호프, 고리키, 톨스토이, 도스토에프스키 등 러시아작가 전집이 꽂혀 있었다.

"소개를 받고 나를 찾았을 것이니, 의례적인 말은 삼가겠소. 나는 길게 얘기하는 사람인데 견딜 수 있겠소?"

"좋은 말씀을 듣고자 왔는데요."

장지성이 고개를 숙였다.

"결론부터 말하면, 나는 일본 군국주의가 망해야 세계평화가 온다는 것을 확신하는 사람이오."

뜻밖의 발언이었다. 그는 방 안의 다기를 풀어 차를 끓여 내놓은 뒤 말을 이어갔다.

"이정남 동지는 몽양 밑에서 선전부 일을 보고 있다는데 동생은 잘 모르고 있군. 몽양은 내가 존경하는 사람이오. 동경강연도 내가 주선했소."

벽에 걸려있는 머리를 박박 깎은 죄수복 차림의 액자 사진 속 청년의 눈매가 날카롭고 강인해보였다. 그의 젊었을 적 사진이었다.

"어느 민족이든 자국의 체제와 문화로 평화롭게 살 권리가 있소. 여러분은 그런 행운을 가진 청년들이 되지 못했소. 그것은 외세 때문이 아니라 지도자들을 잘못 만난 탓이오. 여러분은 일본 패망 뒤를 대비하시오. 일본은 종말에 이르렀소. 제국의 결말이 어떠하리라는 것은 인류문명사가 말해주고 있소. 로마제국, 오스만제국, 합스부르크 제국이 다 그렇소. 오만의 종말이 어떻게 가리라는 것은 결과로써 말해줄 것이오. 여러분은 무지개보다 찬란한 조선의 청춘들이오. 조국 해방의 내일을 짊어지고 나갈 주인공들이란 점 꼭 명심하시오."

일본인이 일본의 패망을 갈구한다. 그리고 조선의 해방, 빛나는 무지개 계절을 사는 청춘들의 희망. 말만 들어도 가슴이 뜨거워졌다. 생도들은 그의 짙은 눈썹과 형형하게 빛나는 안광에 압도되었다.

"일본 패망이 옵니까?"

장지성이 물었다.

"탐욕의 질주가 수명을 다하고 있소. 진주만 습격이 그것을 자초했소."

"패망하기 위해 진주만을 습격했다구요?"

젊은 생도들은 일본이 왜 진주만을 습격하고, 왜 미국과 싸워야 했는지를 알지 못했다. 어느 누구도 명쾌하게 가르쳐준 사람이 없었다. 대일본제국이 하는 일은 모두 옳았고, 강대국 미국을 밟았다는데 자부심을 가졌고, 그렇게 하여 열도가 열광했던 것이다.

"일본은 조선 병탄, 대만 병탄, 러일전쟁, 청일전쟁, 만주사변, 난징사변, 진주만 습격 모두 승리했소. 패배를 모르는 불패제국이라는 명망을 얻게 되었지. 그러나 그것은 자멸을 자초하는 출발점이오."

생경했다. 1930년 전후 일본의 기술 산업은 세계 정상급이었다. 서구의 전투기보다 성능이 뛰어난 제로센 전투기를 생산하고, 전함과 항공모함을 건조할 수 있는 능력을 갖추고 있었다. 보병은 배부르게 먹고, 전쟁터에 나가서는 불패의 위력을 발휘했다. 해군은 태평양 해역과 러시아·중국 해상권을 장악했다.

전비는 식민지에서 조달했다. 조선과 대만, 만주, 중국 등 식민지의 생산물을 가져와 고스란히 군수산업에 투입했다. 놋그릇 숟가락은 물론 깨, 파마자, 잔디씨, 송진까지 식민지 산하에서 훑어갔다. 젊은 군인들의 성욕을 채워주고, 사기를 북돋아주기 위해 식민지 처녀들을 잡아다가 각 부대에 배분했다. 병사들은 사기가 충천했다.

그러나 인류사를 통해서 볼 때 그것은 가장 치욕스럽고 더러운 전쟁 행위였다. 씻을 수 없는 인류의 모독이었다. 그러므로 그 뒤끝은 처절한 패배를 몰고올 것이 자명했다. 전쟁은 무기 부족 때문에 지는 것이 아니라 부도덕성 때문에 무너지게 되어 있다. 그것은 인류사가 가르치는 교훈이다. 이시하라 상은 이 점을 강조하고 있는 것이다.

잘 훈련된 절도있는 일본군은 1931년 9월 만주사변을 일으켜 중국의 동북 3성과 몽골까지 침공해 만주국을 세웠다. 1937년에는 중일전쟁을 일으켜 6개월 정도면 중국 전역을 장악할 것으로 확신했다.

주요 도시는 점령했지만 끝없이 펼쳐진 중국 대륙을 장악하기는 쉽지 않았다. 마오쩌둥이 이끄는 홍군의 지구전과 미국의 지원을 받은 장제스의 국부군과 토착 유격대들이 도처에서 출몰해 전쟁은 장기전으로 변모했다. 끊임없이 소탕작전을 펴도 솜이불에 박힌 이처럼 중국 군대와 게릴라들은 제거되지 않았다. 내륙 중심으로 들어갈수록 험한 지형과 민병대의 저항으로 일본군은 수렁에 빠져들어 되돌아 나오기 힘들었다. 일본군대는 전선 경계가 불분명한 게릴라전에 익숙하지 못했으며, 병참선의 차단과 함께 공세 지속력이 떨어져 지구전을 감당하기 어려웠다.

광활한 영토에서 지구전의 성패는 안정적인 군수물자 보급에 있고, 그 핵심은 식량과 에너지원이다. 그중 석유 조달이 중요했다. 본토는 물론 이미 점령한 식민지 땅에서는 석유 한 방울 나오지 않았다. 대안을 찾다 보니 동남아 유전 지역을 점령해 조달하는 방법밖에 없었다.

그러나 인도네시아 말레이반도 인도차이나 반도는 서구 열강이 먼저 깃발을 꽂은 땅이었다. 다행히도 프랑스와 네덜란드는 독일에 패배해 식민지 관리에 헉헉거렸다. 일본에게는 기회였다. 그런데 말라카 해협이 문제였다. 맥아더가 지휘하는 미군 태평양사령부가 필리핀에 주둔히고 있으니 말라가 해협을 통과하는 데 목에 가시가 걸린 형국이었다. 동남아시아 지역의 미곡과 석유자원이 절대적으로 필요한데 미 태평양사령부가 진출 해역을 지키고 있으니 자유로운 내왕이 쉽지 않은 것이다.

미국은 일본의 침략 야욕이 끝 모르게 이어지자 일본의 팽창 정책을 억제해야 할 과제에 직면해 있었다. 뒤늦게 유럽전쟁에 개입해 유럽 전선에 깊숙이 발을 들여놓고, 다른 한 발은 태평양에 걸치고 있어서 전선이 이분화되어 있었다. 유럽 서부전선을 공략하기 위해 태평양을 사이에 둔 일본과는 충돌 없이 지내려는 것이 미국의 입장이었다.

미국 내에는 이민의 나라답게 많은 일본인이 미국에 들어와 대도시마다 큰 상권을 형성하고 있었다. 정치·행정조직에도 취업해 우호 관계가 깊었다. 그러나 외교적으로 더 가까운 중국 본토를 침공하자 미국은 묵과할 수 없다는 결론에 도달했다. 끝없는 탐욕을 방치할 수 없다고 본 미국은 일본에 석유 금수조치를 단행했다. 석유 공급 차질이 생기자 일본은 독자적으로 에너지 공급선을 찾아나서야 했다.

일본이 점령한 조선과 중국 동북 3성, 내몽고는 넓은 영토와 인구, 여타 지하자원이 풍부하게 매장되어 있었던 데 반해 단 석유가 한 방울도 나오지 않았다. 중국 대륙의 중심까지 깊숙이 들어간 일본군은 에너지 보급이 없으면 전쟁을 치를 수 없었다.

일본군은 군사 비밀문건을 통해 '중국을 점령하려거든 만주를 정복하고, 세계를 정복하려거든 중국 대륙을 정복해야 한다'고 군사들을 고무시켜 왔다. 그런데 석유 금수조치가 단행되자 군사작전이 치명상을 입고, 중국 대륙 깊숙이 진격한 일본군이 고립되었다.

가설을 붙인다면, 만약에 만주에 석유가 풍부하게 매장되었더라면 미국과의 태평양전쟁에서 일본이 쉽게 무너졌을까. 또 만약에 태평양전쟁이 일어나지 않고 미국과 공존이 유지되었다면 한반도는 물론 만주, 중국 본토까지도 운명이 달라지지 않았을까.

그런데 일본군 수뇌부는 최악의 수를 두고 있었다. 수뇌부는 중·일전쟁의 장기전에 대비하기 위해 미 태평양사령부의 본부인 진주만을 치기로 결정했다. 그것은 말라카 해협을 뚫는 길이고, 동남아 제해권을 확보하는 동시에 그 지역에 매장된 석유자원을 확보하는 길이었다.

말라카 해협 확보 전략에 따라 야마모토 이소로쿠 일본 해군연합함대사령관은 미군 태평양사령부의 심장인 진주만 기습작전을 감행했다. 예상치 못한 기습에 미국은 혼비백산했다. 필리핀까지 올라온 맥아더 태평양사령관은 호주로 도망쳤다. 말라카 해협을 뚫은 일본은 여세를 몰아 미얀마, 라오스, 베트남, 중국 남부를 접수했다. 뒤이어 보르네오 수마트라 말레이시아 싱가포르에 상륙해 꿈에 그리던 석유자원을 확보했다. 미국의 식민지 필리핀도 접수했다. 이윽고 전쟁은 일본군 승리로 끝나가고 있었다.

이시하라 상이 천천히 입을 열었다.

"여러분이 열광했던 진주만 습격은 벌써 3년 전의 일이 되었군. 1941년 12월 8일 일본은 선전포고 없이 진주만과 필리핀·말레이 반도를 동시에 공격했지. 미 태평양함대를 무력화시킴으로써 중부태평양과 동남아시아 전 해역을 장악하고, 이 일대에서 풍부한 에너지 자원을 확보하게 되었소. 그 지역은 3모작이 가능한 쌀생산지여서 세 배의 식량 자원도 확보한 셈이지."

이 전쟁에서 450대의 항공기를 실은 6척의 일본군 항공모함이 하룻만에 미 태평양함대를 격침시켰다.

"진주만에 주둔해 있던 미해군의 전함 7척 가운데 5척이 격침되고, 200여 대의 항공기가 파괴되었으니까 한 마디로 대과를 얻은 셈이오. 맥아더가 주둔했던 필리핀에서도 공습을 받고 절반 가량의 항공기 손실을 입었소. 싱가포르에서 영국 공군력이 초토화되고, 괌, 레이크도, 홍콩 등지에서 연합군 기지들이 차례로 파괴되었소. 야마모토 해군은 가는 곳마다 연전연승이었소."

일본군은 침공 6개월 만에 태평양 제해권을 장악했으며 상륙전에서도 25만 명의 연합군 포로를 획득하고, 인구 2억이 넘는 점령지를 확보했다. 그러나 이시하라 상은 야마모토 이소로쿠 사령관의 전과를 인정하지 않았다.

"나는 그를 군인으로 평가하지 않소."

야마모토 제독이라고 하면 일본 국민에게 천황 다음으로 우러르는 존재가 아닌가. 그래서 그가 전사했을 때, 원수 계급이 추증된 인물이다. 하지만 이시하라 상은 그를 매도한다. 전쟁영웅을 단칼에 잘라버린다는 것은 육사 생도들로서는 쉽게 받아들일 수 없었다. 생도들은 어느 일면 모욕을 당한 기분이었다.

"저희는 야마모토 장군의 위대한 전술과 군인정신을 배웠습니다."

"야마모토 제독은 세계전쟁사에 기록될 전과를 올린 것은 분명하지만 그는 미국이 제2차 세계대전의 관망자 입장에서 당사자로 돌아서게 한 수훈갑이 되었소. 그게 전쟁 영웅인가? 세상을 보는 소양이 그렇게도 부족하단 말인가?"

야마모토는 미국 유학파였고 주미 일본대사관 무관으로 근무한 경력을 갖고 있었다. 주미대사관 시절 미국의 산업생산력과 과학기술력을 직접 지켜보았다. 미국의 저력을 정확하게 파악하여 어떤 나라도 미국과의 전쟁에서 승리할 수 없다고 내다본 사람이었다.

"야마모토는 초기에는 미국과의 전쟁을 주장하는 도조 히데키 육군 강경파에 맞서 전쟁을 반대했소. 고노에 수상이 승리 가능성을 묻자 그는 '만약 이기더라도 유지할 수 있는 시간은 1년'이라고 했소. 이 발언 때문에 그는 강경파로부터 암살 위협을 받았소. 그런데 신념을 꺾었소. 그들에게 굴복하고 변절했소. 그의 예측대로 결과가 빤한데 왜 끝까지 전쟁 반대를 관철시키지 못했나? 그런 반대가 무슨 의미가 있소? 이중적이지 않은가? 조선의 이순신 장군은 자기정신을 끝내 관철시키고, 죽어서 나라를 건졌지만, 야마모토는 소신도 버리고 목숨까지 잃었소. 비전이 없는 기능적 전쟁기술자와 세상의 물리를 아는 장군과의 차이요. 과연 그가 전쟁영웅으로 칭송받을 자격이 있소?”

생도들은 그의 독특한 논지에 빠져들긴 했으나 거부감이 없는 것은 아니었다. 천황폐하 만세만을 외치는 그들에게는 그런 말이 거북했다.

“야마모토 사령관은 어떻게 해서 죽었습니까.”

이시하라 상이 물었다. 그리고 자답했다.

“야마모토는 중부 태평양에서 미군을 몰아내고, 호주와 미국의 병참선을 끊기 위해 과달카날 비행장을 건설하기 시작했소. 이때 징용으로 끌려간 조선인 노동자가 만 명이었소. 강제노역에 동원되었다가 이름도 없이 사라져간 사람들이오. 노임 한 푼 받지 못하고 목숨까지 잃었으니 원혼인들 왜 할 말이 없겠소? 이런 한 맺힌 귀곡성이 하늘에 닿고, 그래서 가해자는 당연히 대가를 치러야지. 그 원성이 제로센 전투기 날개에, 엔진에 떨어지지 않았다면 거짓말이지. 그들이 야마모토를 잡아간 거요.”

1943년 4월 18일 야마모토 이소로쿠는 일본군 전선과 비상 활주로 건설 상황을 시찰하기 위해 과달카날 섬 시찰에 나섰다. 이때 미군사령부는 이미 일본군 사령탑의 동태를 파악하는 암호를 해독해 놓고 있었다. 미군은 야마모토가 라바울 상공을 시찰한다는 암호문을 해독하고, 호위기 편대와 공격기 편대를 편성했다. 호위기 편대가 일본군 호위기들과 공중전을 벌이는 사이 공격기 편대가 야마모토의 전용기에 기총소사를 퍼부었다. 야마모토 전용기는 태평양 깊은 바다에 수장되었다.

"인구 2억의 식민지를 장악하고 태평양 제해권을 확보했으니 오만이 극에 달했지. 그들의 남은 문제는 광활한 점령지역을 어떻게 유지할 수 있는가의 문제였소. 전쟁을 일으키는 것보다 끝내기가 어려운 것이 전쟁의 속성인데, 그럴 능력이 있는가. 열강들이 휴전에 동의해 달라고 요청해왔는데도 거절하다가 폭망하게 되었지. 공격의 관성은 그렇게 이성을 마비시키는 아편이 되었소. 암호문자 하나로 패망의 길로 들어서는데도 말이오. 세상에 불패 제국은 영원히 존재하지 않는 것이오."

오민균이 물었다.

"미군이 어떻게 암호문을 해독했습니까."

"영국이 독일군 정보탐지를 위해 개발한 것을 미국에 기술 이전을 해준 것이오. 레이더와 애니악 컴퓨터를 이용한 암호해독 기술이었소. 일본 해군은 신식 항공모함 5척을 이끌고 당당하게 미군함대를 향해 진격했는데 미군은 일본의 공격 날짜와 시간, 장소, 전함과 병력 규모를 모두 간파했소. 미군 항모는 진주만에서 다 깨지고 고물 2척밖에 없었지만 대신 레이더 장치 하나로 수평선 너머로부터 진격해오는 일본 함대의 동향을 손금 보듯 꿰뚫으면서 미드웨이 섬에 도달하기 전에 전투기로 정밀 타격했소. 폭탄을 가득 싣고 오던 일본 함대가 미군기의 공격으로 폭발해 항모전단을 모두 잃었소. 이렇게 해서 태평양의 제해권은 다시 미국으로 넘어갔지. 호주로 퇴각한 맥아더가 필리핀으로 돌아와 대대적인 일본 본토 진격계획을 세웠소."

"선생님의 군사 정보가 놀랍군요."

"감옥에 있으나 사회에 있으나 나는 경계 없이 세상을 보는 눈을 가졌소. 인간의 영감은 놀랍소. 나는 일본이 난징대학살을 자행하면서 패망의 길로 가는구나, 단정했소. 무력으로 세상을 지배하는 나라가 온전히 버틴 역사가 있었소? 독재자가 영원한 길을 열어간 역사가 있었소? 침략으로 세운 문명은 결국 멸망했소. 호전성이 세상을 지배하는 것이 아니오. 그것이 짧게는 몇 개월에 머문 경우도 있소. 나폴레옹이 이겼다고 10년을 갔나, 히틀러가 이겼다고 5년을 갔나? 그 시기를 산 백성들만이 고스란히 희생을 강요받는데 그 원혼인들 가만 있겠냐 말이오. 이건 미신이 아니오. 사람을 죽이면 미치게 되어 있소. 이런 미친 전쟁에 조선의 인민들이 끌려가 억울하고 비참하게 죽었소. 난징에선 아버지와 어머니를 멋모르고 따라간 어린아이들을 물건처럼 구덩이에 집어던지는 게임을 했소. 누가 멀리 던지나 내기를 하면서 호탕하게 웃었소. 누가 많이 찔러죽이나 내기를 했소. 이런 나라가 망하지 않는다면 신이 필요하겠소? 종교가 필요하겠소? 양심이 필요하겠소? 농사짓는 농부의 어린 딸을 병사들 우리에 던져주고, 또 불쌍한 농부를 데려다가 일을 시키고, 돈 한푼 주지 않고 죽이거나 쫓아버리니 이런 자들이 온전하겠소?"

그는 어느새 선동가처럼 열을 뿜었다.

"제군들이 군인이 되려는 것은 전쟁광이 되려는 것이 아니지요? 이 나라엔 그런 미치광이들이 수도 없이 많고, 그런 전쟁광을 배출하려고 난리요. 나라를 위한다고 분식하고 수천 명, 수만 명의 미치광이를 만들어내고 있소. 당신들도 어느 사이에 그 도구가 되어 함께 미쳐갈지 모르겠소. 하지만 힘을 가지고 욕망을 배설하는 것이 아니라 평화를 산다는 것 명심하시오. 아무리 좋은 전쟁도 나쁜 평화보다 못하오. 아무리 비싼 평화도 값싸게 지불하는 전쟁보다 염가요. 물론 염가의 전쟁은 없지만 말이오. 사람을 죽여야 평화가 온다는 것은 문명사가 가르친 배덕일 뿐이오. 당대의 무고한 백성들만 희생시켰을 뿐 남은 것은 처절한 자기파괴와 자기부정뿐이오. 난징 대학살의 인권유린 행위에 대한 국제적인 여론이 어떠한 것인지 알고 있지요?"

생도들은 난징 학살사건을 알지 못했다. 전쟁 승리만을 알았다. 그가 덧붙였다.

"난징대학살을 보고 국제연맹은 물론 일본내 양심세력도 침묵하지 않았소."

국제연맹은 일본제국이 점령했던 조선반도와 대만의 영유권을 인정할테니 더 이상 중국과 여타의 나라를 침공하지 말라고 일본에 요구했다. 일본은 묵살했다. 오히려 잔혹하게 아시아 곳곳에서 침략 학살을 자행했다. 석유를 얻어서 '팍스 저패니스'를 달성하려는 야욕만이 팽배했다.

"분명 광기의 시대요. 그래서 내가 생각해낸 것이 아나키스트 운동이오."

생도들은 아나키스트가 무엇인지 잘 알지 못했다. 그것이 뭐길래 일본 군국주의를 증오하며 생명과 맞바꾸려 하는가. 오민균은 그가 조선인보다 더 반일감정이 강한가.

"선생님께서 일본을 반대하신 점을 이해할 수 없습니다. 일본인이신데요."

그러자 이시하라 상이 희미하게 웃더니 정색을 했다.

"나는 일본에 분노하는 것이 아니오. 군국주의 범법자들을 욕하는 것이오. 배웠다는 사람이 죽은 지식 팔아서 뭘하게? 먹고 살기야 쉽겠지. 하지만 고귀하게 얻은 지식을 그런 괴기스러운 것과 맞바꿔먹는 것이 얼마나 빈약한 영혼입니까. 자, 보세요. 1923년 9월 관동대진재(關東大震災) 때 조선인이 무차별적으로 학살당했소. 지진이 난 후 도쿄, 요코하마, 사이타마, 이바라기지에서 지진 여파로 각처에 불이 나고 건물이 타고 사람이 죽자 관청놈들이 조선인이 저지른 만행으로 날조했소. 자기들 구호의 실책을 엉뚱한 방향으로 돌려서 증오심을 촉발시킨 거요. 일본 우익 군경과 자경단(自警團)이 '조선인이 우물에 독을 넣어 일본인을 죽였다', '조센징이 방화와 약탈을 저지르고 있다'고 벽보를 써붙이고 조선인 사냥에 나섰소. 일본 정부가 민심을 돌리려고 유언비어반, 공작반, 타격반을 조직해 이 짓을 한 것이오. 공권력이 그 따위요. 그것을 누가 고발한 줄 아시오? 일본 지성들이오. 이건 인간의 짓이 아니다, 사기 치지 말라, 선량한 사람을 부려먹고 불구덩이에 집어넣는 게 인간의 할 짓이냐 라면서 그만두라고 고발했소. 조선인들이 우물에 독약을 풀었다니요? 조선인이 건물에 불을 질렀다니요? 조선인이 약탈을 했다니요? 숨죽이며 불쌍하게 머슴살이했을 뿐인 그들이오. 그런데 이런 식으로 증오를 심어서 재해의 분풀이로 삼았소."

관동대진재의 참상을 모르는 것은 아니지만 조선인이 이토록 처참하게 타격의 대상이 됐다는 것이 피부에 와닿지 않았다. 그것을 일본인으로부터 직접 들으니 묘한 감정에 사로잡혔다. 조선에서는 그런 일이 있는시소자 몰랐다.

박정희, 만주관동군

박정희가 1940년 4월 만주군관학교(신경군관학교)에 입교해 예과 2년과 일본 육사 본과를 마치고 1944년 육군 소위로 임관해 배치된 곳은 만주 관동군 제5군관구 보병 8단이었다. 병과는 포병이었다. 부대에 배치돼보니 만주군관학교 1년 선배인 방원철이 보병장교로 복무 중이었다. 동기생인 중국인 고경인도 함께 배치되었다.

보병 8단은 열하성 남부 승덕에 본부를 두고 제5군관구의 예하부대로 반벽산에 주둔하고 있었다. 주 임무는 준화 인근의 공산당과 팔로군 11,12단 토벌이었다. 단장은 당제영 상교(대령), 부연대장 밑에 3개 대대를 거느리고 있었는데, 장교는 부단장 등 일본인 8명, 조선인 4명이었다. 병사들은 모두 중국인들로 구성된 안동(단둥) 출신들이었다.

단장 휘하 부관처에는 갑, 을 두 종류의 부관이 있었는데 갑종은 일본인 시모노(下野) 대위가 부관장을 겸해 맡았고. 을종 부관은 총 3명으로 선임 반 중위는 행정담당, 이 중위는 인사담당, 박정희 소위는 예하부대에 작전명령을 하달하고 단기(團旗)를 관리하는 단장 부관 역할을 맡았다. 이에 앞서 박정희는 잠깐 소대장직을 수행했다.

박정희가 잠깐의 소대장 시절, 방원철이 마른 갈대가 서걱이는 강가에서 병사들이 얼음물을 깨 빨래를 하고 있는 모습을 발견했다. 방원철이 이들 중 한 병사를 불러 물었다.

"누가 시키더냐?"

"박정희 소대장입니다."

"그는 어디 있나?"

"모르겠습니다. 금방까지 곁에 계셨습니다."

방원철이 화가 나서 주변을 두리번거리다 생각나는 게 있어 주보로 향했다. 군대 내에서 과자나 일용품을 파는 매점인데 몰래 밀주도 팔고 있었다. 주보에 들어서자 과연 박정희가 과자 봉다리를 앞에 두고 막걸리를 마시고 있었다. 방원철을 발견한 박정희가 술잔을 내려놓고 벌떡 일어나 부동자세를 취했다.

"근무중에 술 먹을 수 있어?"

당장 조인트를 깠다. 퍽하니 앞으로 고꾸라지면서도 박정희가 다시 발딱 일어나 부동자세를 취했다. 이번에는 그의 아구창을 날렸다. 작은 체구인지라 또 그대로 나가떨어졌다. 그러나 다시 발딱 일어나 차렷 자세를 취했다. 그는 일과중 주보에서 술을 먹는다는 것이 군율을 어긴 것임을 잘 알고 있었다. 그러나 참새가 방앗간을 스쳐지나갈 수는 있어도 막걸리를 보고 가만 있지 못하는 것이 박정희였다. 방원철은 이 점 잘 알고 있었고, 그래서 주보로 달려온 것이었다. 신경군관학교 시절부터 박정희의 막걸리 사랑을 잘 알고 있었다. 아무리 그렇더라도 부하 병사들더러 얼음장을 깨서 빨래를 하도록 시키고 자신은 군 매점을 찾아 술마시고 있다는 것은 생각해도 바른 일이 아니었다.

"부하들을 얼음장 속에 밀어넣고, 박 소위는 주보에서 술을 마셔? 간나새끼 아니간?"

이번에는 뺨을 갈겼다. 박정희는 변명하지 않고 고스란히 맞았다. 단순히 술을 먹기 위해 주보를 찾은 것이 아니었지만 그는 변명하지 않았다. 박정희는 부하들의 내무반에 들어설 때마다 코를 싸쥐었다. 역한 냄새가 숨을 못 쉬게 하였다. 똥냄새 같기도 하고, 시궁창 냄새 같기도 하고, 또는 무슨 씩는 냄새 같기도 했다. 그는 병사들을 소집했다.

"모두 관물대를 열어라."

관물대를 여니 빨지 않은 더러운 팬티와 내의, 양말들이 한꺼번에 쏟아져 나왔다. 더러운 팬티 중에는 똥이 묻은 것도 수두룩했다. 그 속에서 녹두알만한 이들이 득시글거렸다. 옷들은 하나같이 더럽게 쩔어있는 소금기있는 것들이었다. 병사들은 살을 에는 추위에 빨래를 하는 것이 귀찮았고, 일일이 빨아야 하는 번거로움을 피하기 위해 더러운 옷들을 관물대에 접어넣어두고 있었다. 현재 입고 있는 옷들도 몇 주 빨지 않은 것들이었다.

"0.5초 안에 모두 군장을 하고 연병장에 집합!"

박정희가 명령하자 병사들이 군장을 메고 연병장을 돌았다. 신병이든 말년 고참이든 예외가 아니었다.

"군대 말년에 이 무슨 수모야. 저 좁쌀만한 새끼가 지휘관 행세 단단히 하는구면."

고참이 씨부렁거렸다. 그는 성질이 더러워서 어떤 소대장도 건드리지 않은 자였다. 두려운 건지, 참견하기 싫은 건지 그를 내버려두고 제대하기를 바라고 있었다. 박정희는 예외 없이 그를 불러 세웠다.

"너 뭐라고 했나."

박정희가 병사들이 보는 앞에서 그의 아구통을 날리고, 관물대의 빨랫감을 모조리 통에 담아 냇가로 가져갈 것을 지시했다. 커다란 통 세 개에 빨랫감들이 가득 들어찼다. 박정희는 병사들을 모두 동원해 빨래 사역을 시켰다. 빨랫감이 섞여도 상관없었다. 대개는 그것이 그것인지라 아무거나 나눠서 입거나 신으면 그만이었다. 다만 깨끗하면 되는 것이었다. 반발하던 병사들이 하나같이 얼음을 깨 빨래를 하는 모습을 보고 박정희는 주보로 향했다.

"사병들이 잘 먹는 과자가 무엇인가."

박정희가 주보 당번병에게 물었다.

"센베이하고 사탕이죠."

"그럼 센베이와 사탕을 내봐."

셈을 하면서 보니 한쪽에 밀주통이 있었다. 옥수수를 발효시킨 만주산 막걸리였다.

"한 주전자 주게."

그리고 맛있게 막걸리를 마시고 있는데 들이닥친 방원철 중위에게 걸린 것이었다.

일과를 마치고 귀대하는데 중국인 고경인 소위가 물었다.

"찰지게 맞더군. 왜 그랬나?"

"뭐, 잠깐 주보에 갔다고 조지는 기라."

"방 중위 곤조 모르나. 피하는 게 보약이다."

"한번 봐버릴 기다."

그리고 그로부터 16년 후 박정희는 5·16 군사정변을 일으켜 정권을 잡은 뒤 방원철을 반혁명분자로 체포했다.

대대장 부관으로 자리를 옮긴 박정희는 동료 고경인을 불러내 날씨 매서운 강변을 거닐었다. 칼바람에 서걱이는 마른 갈대들이 을씨년스러웠지만 이제 그런 정도는 견딜만했다. 박정희는 그동안 궁금했던 것을 고경인에게 물었다.

"고 소위는 일본군 장교로서 중국인을 토벌하는데, 혼란스럽지 않나?"

그러자 고경인이 똑같이 되물었다.

"박 소위는 항일운동을 하는 조선독립군을 토벌하는데 혼란스럽지 않나?"

"나는 토벌작전에 직접 참가하지 않았어."

"그게 말이 되나. 구조의 문제지. 직접 참가하지 않았다고 해도 적으로 돌리는 것은 마찬가지 아닌가?"

"그래서 이런 전쟁이 짜증난다."

"짜증나는 전쟁이 있고, 좋은 전쟁이 있나? 박 소위는 소위 임관하자마자(1944.7~8) 팔로군 대토벌 작전에 나가지 않았나?"

8단에서 2개 대대가 전투에 참가한 적이 있었다. 박정희는 부관이 되기 전 3개월간 2중대 소속 소대장으로 있었다. 이때 그는 이상한 것을 발견했다.

"중국인들이 일본군 지휘 아래 동족을 대토벌한단 말이야. 그 동족은 가난한 농민들이란 말이야. 사상이 공산주의에 물든 것이 아니라 전통적인 생활방식으로 사는 사람들이잖나. 그런데 토벌한단 말이야. 혼란스럽지 않나?"

"그대도 그대의 항일투사들이 활동하는 근거지를 토벌하지 않나? 그 대답부터 해봐."

"그렇다면 똑같은 처지란 말인가?"

그들은 쓸쓸하게 웃었다. 뭔가 잘못되었다고 생각하지만, 어디서부터 잘못되었는지 알 수 없었다. 고경인이 말했다.

"거대한 음모에 갇힌 것처럼 머리가 복잡하지만 지워버리기로 했다."

그 표정에 허무의 빛이 어렸다. 혁혁한 전공을 쌓으리라는 각오지만, 내적으로는 옳은 일인가, 하는 고민이 깊어졌다.

제4장
폐허에 피어오르는 사랑

"왜 하필 이런 때 사고를 치나. 철이 없는 거야, 한가한 거야?"

이시하라 상 집으로 숨어들기로 모의했는데 사고가 터지고 말았다. 항공사관학교 3년생 생도 홍태화가 종적을 감춰버린 것이다. 그가 사라졌으니 남아있는 생도들이 힘들게 되었다. 홍태화는 장지성과 같은 고향 나주 출신에 광주고보 1년 선후배 사이였다. 장지성이 늦게 초등학교를 들어가서 나이는 오히려 장이 한 살 더 많았다.

조선인 생도들은 동구대 블랙리스트에 올라 있었다. 그래서 뭉쳐 있지 않으면 위험했다. 엉뚱하게도 패전 보복의 타깃이 되어 있었나. 극단주의자들의 행동이 불안한데 홍태화가 사라지니 장지성에게 의혹의 시선이 쏠려졌다. 동구대원 두 명이 찾아와 그에게 따졌다.

"그의 소재지를 대라."

장지성이 모른다고 하자 한 대원이 그의 어깨를 찍어눌렀다.

"앉아. 니들은 불량선인들 아닌가. 밖에 나가면 튀니까 꼼짝 말고 여기 있어!"

그들이 방 안을 샅샅이 뒤졌다.

"조선인 몇 놈 쥐도 새도 모르게 사라진 것 알고 있을 거야. 너희도 그 꼴 날 줄 알아."

뚜렷한 물증을 발견하지 못하자 그들이 이렇게 위협하고 사라졌다. 며칠 뒤 오카다가 찾아왔다.

"홍태화가 여학생 집에 있대."

"뭐, 여학생? 지금이 어느 땐데 여학생 집이야?"

"무슨 일로 여학생 연락을 받고 뛰쳐나갔대."

하긴 홍태화는 매사 어려운 일도 쉽게 보는 친구다. 오카다가 걱정스럽게 말했다.

"너희들 어떻게든 이곳을 빠져나가라. 분위기가 심상치 않아. 동구대가 도쿄 시내에 쫙 뻗쳤다. 갱단이 돼버렸어."

이런 상황에 홍태화가 사라졌다. 홍태화가 사라졌으니 교내 감시는 더 심해지고 있었다.

"그가 돌아올 때까지 꼼짝하지 않겠다."

장지성은 생도 기숙사에 눌러있는 것이 더 안전하다고 생각했다.

소노 아사코의 집은 미군기의 폭격으로 지붕 한쪽이 날아가고, 이때 그녀 어머니가 허리를 다쳐 움직일 수 없었다. 병원은 부상자들로 넘쳐났고, 그녀 어머니는 대기자 중에서도 한참 뒷줄에 서 있었다. 환자들이 모두 절박한 상황이어서 새치기할 수도 없었다.

"얘야, 집으로 돌아가자. 집에서 치료하는 것이 더 쉬울 거 같아."

미나미 여사가 말하자 아사코는 엄마를 부축하고 집으로 돌아왔다. 그러나 어디서부터 손을 써야 할지 몰랐다. 한 여름인지라 엄마의 허리 환부는 곪아터져서 괴사가 진행중이었다. 파괴된 집과 널부러진 가재도구, 통증을 못이긴 엄마의 신음소리로 인해 아사코는 절망에 빠졌다. 상황을 헤쳐 나가기엔 열일곱 살의 소녀로서는 힘겨운 일이었다. 휴교령이 내려져서 집에서 가사를 돌보고 있는 것이 그나마 도움이 되었지만 모든 것이 역부족이었다.

— 태화 짱, 집으로 와줘요. 엄마 간호가 힘겨워요.

그녀는 홍태화에게 쪽지를 보냈다. 홍태화는 쪽지를 받자마자 교정 뒷담을 넘어 그녀 집으로 달려갔다. 그리고 도리없이 발이 묶였다. 그가 돌아오지 않자 조선인 생도들이 인질이 되어버렸다. 그가 돌아올 때까지 기숙사에 갇히는 신세가 되었다. 며칠이 지나자 홍태화가 아사코에게 말했다.

"오빠가 학교에 다녀오면 안 되겠니?"

"하지만 다시 돌아올 수 있나요? 무서워요."

"붕대랑 소독제랑 구비해 놓았으니까 어머니 상처는 덧나진 않을 거야. 생도들 데리고 올게. 힘들면 유우키 씨한테 알려. 도와주실 거야."

"센베이집도 문 닫았잖아요."

그녀 집은 유우키 씨 집과 조그만 언덕을 사이에 두고 있었다. 완만한 언덕은 잡초와 키작은 잡목이 우거져 있었고, 그래서 소요 코스로 인성맞춤인 곳이었다. 그 언덕에서 아사코는 홍태화를 만났다. 홍태화는 장지성을 따라 유우키 씨 집에 놀러갔다가 황혼녘, 언덕에 올랐다. 그 언덕에서 둘은 운명적으로 만났다.

사관학교로 간 홍태화는 오카다를 불러냈다. 일본인 생도들은 재일동포 2세인 그를 의심하지 않았다. 일본에 동화되어 있었기 때문에 그가 조선인이란 사실을 아는 생도들은 없었다.

"장지성을 불러달라."

"안 돼. 심각한 일이 벌어졌다. 동구대원들끼리 내분이 일어나서 폭력사태가 난 뒤 몇 명이 병원으로 실려갔다. 지금 살벌해. 누군가 걸려들면 뼈도 추리지 못할 거야. 위험한 짓은 안 하는 게 좋아."

"이게 마지막 부탁이야."

그는 귀국하면 두 번 다시 일본에 오지 않겠다 마음먹고 있었다. 그러니 어떻게든 탈출해야 한다. 기숙사로 돌아갔다 나온 오카다가 그를 변소 뒤로 가라고 알리고 사라졌다. 그곳에 장지성이 와 있었다.

"당장 귀교해!"

장지성은 그를 만나자 짧게 호통쳤다.

"일이 생겼다. 아사코가 문제야."

"단체행동을 해야 한다는 것 알고 있지? 다른 생도들 생각도 하라구."

엉뚱한 생각을 하고, 엉뚱한 행동을 하는 자유인. 그래서 본의아니게 오해를 사는 친구였다.

"여학생 데리고 놀러다닌 것이 아니야."

"이 새끼들, 여기 숨어 있었군."

자경단 동구대원 둘이 들이닥치더니 둘을 사정없이 몽둥이로 갈겼다. 소리죽여 순찰을 돌던 도중 두런거리는 소리를 듣고 기습한 것이다. 장지성은 뻗은 채 기숙사로 돌아가고, 홍태화는 학교 영창에 갇혔다. 학교 무단이탈 죄목이었다. 조선인 생도들의 탈출 시도는 좌절되었다.

며칠 후 장지성은 밤늦은 시각 오민균을 찾았다.

"이시하라 선생 댁을 집결지로 삼는다. 내일 결행할 테니까 오 생도가 일학년 생도를 인솔해오도록."

"그 시간까지 홍태화 선배가 석방되겠습니까."

"홍태화가 잡혀 있으니까 결행하는 거야. 그놈들은 홍태화 때문에 우리가 더 이상 불필요한 행동을 하지 않을 것으로 볼 거야. 그걸 이용하는 거지. 그를 볼모로 삼는 거야."

"그럼 홍선배를 희생양 삼는 겁니까."

"그는 무슨 수를 쓰든 빠져나올 친구야. 그로 인해 우리가 묶여 있다는 건 말이 안 돼. 홍태화 면회했나?"

"어제 면회했습니다. 걱정하지 말라더군요."

"거봐. 내일 저녁식사를 마치고 일석점호 시간대 어수선한 틈을 타 빠져나가자구. 개별행동이야. 일차 목표지점은 이시하라 선생 댁이고. 만약을 대비해 2차로 유우키 씨 집을 이용하자."

다음날 저녁 식사를 마친 뒤 일석점호가 시작되었다. 각방에서 관등성명을 대느라 시끌벅적했다. 그때 오카다가 칼을 맞았다. 이중첩자 노릇했다는 것이고, 밀대에 대한 응징이라고 했다. 더 이상 머물 수 없다는 것을 알고 장지성은 권총을 옆구리에 찌르고 군도는 배낭에 숨겨넣은 뒤 창문을 뛰어넘어 관목 숲으로 내달렸다. 숲 가장자리에 이르러 돌담을 가볍게 타고 넘었다. 이시하라 선생 댁에는 이성유가 와 있었다.

그들은 이시하라 선생의 서재로 자리를 옮겼다. 이시하라 상은 표정이 몹시 어두웠다.

"지금이 가장 위험한 때니 각자 신변안전에 각별히 신경써야 할 것이오. 무정부상태가 가장 무섭소. 패전을 국민들이 받아들이지 않소. 일본인들 다 돌아버렸소. 귀국선은 준비가 돼가고 있소?"

"밀선을 구하려고 합니다."

이정길이 여자복장을 하고 나타났다. 그는 여자 옷차림으로 변장해도 어울렸다.

"다 빠져나가니 경계가 더 심해서 감시망 뚫기가 어려웠지. 탈출을 포기한 생도들도 있어. 난 식당 아줌마 옷을 빌려입고 왔어."

오민균은 그때까지 나타나지 않았다.

"나가이 군, 스기하라 대장은 시내 본부에 있나?"

오민균은 신주쿠의 나가이 집을 찾아갔다. 나가이는 오민균과 같은 구대 소속의 벗이었다. 동구대 멤버였으나 조직이 폭력화하자 탈퇴했으며, 스기하라는 동구대 대장이었다.

"요즘은 학교보다 시내 본부에 있다. 상황이 무섭게 돌아가고 있다. 모두 무장하고, 사무라이 야쿠자 조직과 연결되어 있다."

"스기하라 대장을 만나게 해다오."

"왜? 어제 조선인 생도를 제압했다는 얘길 들었다. 허튼 짓하지 마. 난 너와의 의리를 지키지만, 의미만으로 보호해줄 수 없다."

나가이는 오민균과의 의리를 생각했다. 육사에 갓 입학하자 20km 단축 마라톤 대회가 열렸다. 모두들 다퉈 달리다가 나가이가 15km 지점에서 가슴을 쓸어안고 쓰러졌다. 앞서 달리던 오민균이 뛰어가다 말고 되돌아와 그를 부축하며 뛰었다. 고통스러워하는 그를 부축하면서도 오민균은 끝내 완주했다. 등수에 관계없이 성취해 냈다는 것이 화제가 되어 이 소식이 육사 교내에 널리 회자되었다. 의리와 전우애는 군의 최상의 덕목이다. 오민균이 시상식에서 의리의 감투상을 받았다. 그 이후 둘은 누구보다 가깝게 지냈다.

"난 조선인 생도들이 모두 무사히 귀국한 걸 보고 떠날 거야. 대장을 만나봐야 사라진 조선인 생도 소식도 알지 않겠나?"

"본부는 메이지 신궁 옆 숲속에 있다."

"입구까지만 길을 안내해달라."

나가이는 메이지 신궁 뒷골목 숲으로 오민균을 안내했다. 그는 나가이를 돌려보내고 동구대 본부로 사용하고 있는 절로 들어섰다. 사찰은 폭격을 맞아 한쪽 지붕이 무너져 내려앉아 있었다. 대웅전으로 들어서자 대(臺)에 있는 촛대, 놋그릇, 불상 등 불기(佛器)들이 나동그라져 있었다.

"겁도 없군."

의자에 비스듬히 앉아서 손톱깎이로 손톱을 밀고 있던 동구대 대장 스기하라가 대웅전 실내로 들어서는 오민균을 노려보며 뇌까렸다. 그가 오민균의 위아래를 눈으로 샅샅이 훑었다. 장교복을 입고 허리에 군도를 찬 행색이 벌써 장교가 된 모습이었다. 하긴 몇 개월 후면 임관을 앞두고 있는 처지인데, 무조건 항복을 한 바람에 졸지에 놈팡이가 되어버린 처지다. 나라의 패망과 함께 장교 자리가 물 건너 가버렸으니 가짜 계급장을 제모에 달고, 장교복을 입고 장교 행세를 하고 있는 것이었다. 침침한 귀퉁이 소파엔 세 명의 대원이 서로 붙어앉아 졸고 있었다. 밤새 놀음을 했거나 갈보 집에서 몸을 탕진했는지 졸개들은 기울 듯이 쓰러져 자고 있었다.

"스기하라 선배, 조선인 학생에 대한 부당한 폭력행위를 중단해주십시오! 행불이 된 조선인 생도를 찾으러 왔습니다."

오민균이 꼿꼿이 선 자세로 말했다.

"폭력행위라구? 근거가 있나?"

"스기하라 대장이 더 잘 알 것입니다. 조병건 생도가 붙잡혀 갔습니다."

"조 세이또? 네가 어떻게 조 세이토까 행불이 됐다는 걸 알고 있나?"

"친구니까요."

"조 세이또, 소노 이누노 코가 후자케루?(조 생도! 그런 개자식이 까불어?)"

"우리의 귀국길을 막는 것은 전승국 포고령에 어긋나는 일입니다. 해방이 되었으니 우리는 자유의 몸입니다."

"포고령? 그딴 것도 있나? 조 세이또가 우리를 습격했다. 용서할 수 없다."

"요 며칠 사이 봉변을 당한 조선인 생도와 용역 근로자도 여럿입니다. 그들을 잡아 패는 것은 비겁합니다."

"그들은 이제 육사 구성원이 아니잖나."

"육사생도건 아니건 조선인들이 당하고 있습니다. 나도 타격 대상이 돼있습니다."

"그래서 호랑이굴에 들어왔다?"

"조병건 생도를 내놓으십시오."

오민균은 어려운 것일수록 정면 돌파해야 한다고 믿었다. 험하고 힘들지라도 누군가 해야 할 일이 있다면 그 자신이 나선다는 신념을 갖고 있었다.

"돌아가라."

스기하라가 상대하지 않겠다는 듯 몸을 돌려앉았다.

"내놓으세요. 이유없이 조선인이란 이유로 위해를 가한다는 것은 맞지 않습니다."

"그래서 대일본제국에 반역을 했던 거야? 대일본제국 세금으로 학교 다니고 책과 공책을 지급받고, 월급까지 받고, 그렇게 천황폐하의 은총을 받은 놈들이 반란을 꾸몄던 거야? 위선자고 배신자 아닌가. 대가를 치러야지. 무사히 돌아간다는 것이 말이 돼?"

스기하라가 홱 몸을 돌려앉더니 오민균을 노려보았다.

"조선 민족이 대일본 제국의 전쟁 승리를 위해 바친 희생은 큽니다. 그렇다고 어떤 보상을 바랐던 것도 아닙니다. 전쟁이 끝났는데도 부당하게 억압하다니요? 우린 자유롭게 조국으로 돌아갈 권리가 있습니다. 당연한 절차고 순서입니다."

"해방? 독립? 그리고 신생정부를 차린다? 대일본 제국을 노린다 이것이군? 정말 웃기는 놈일세."

"원점으로 돌아갔으니 제자리로 돌아가야 합니다. 우리 가는 길을 막는 것은 전승국 포고령에 벗어납니다. 그것을 주지하고 경고합니다!"

"빠가야로! 경고라고? 포고령, 나와는 상관이 없다. 좋게 말할 때 나가라."

"뒷골목 조무래기들 데려다 놓고 무슨 짓입니까. 육사 생도가 깡패 두목이 되는 겁니까?"

건너편 소파 쪽에서 대원 중 한 대원이 걸어왔다. 불쾌하다는 뜻이었다.

"너 우리를 조무래기 양아치라고 했나?"

그가 한 순간에 수먹을 날렸다. 오민균이 가라테 일격으로 그를 쓰러뜨렸다. 그가 개구리처럼 쭉 뻗었다. 소파에 있던 두 놈이 일시에 달려들었다. 오민균은 차례로 그들을 바닥에 매다꽂고, 하이킥으로 몸을 날려 밟아버렸다. 일시에 사무실을 평정해버렸다. 오민균은 청주고보 시절 검도 대표였고, 유도와 가라테 유단자였다.

"못난 놈들, 물러가라!"

스기하라가 쓰러진 대원들을 향해 소리쳤다. 그들이 일어나 비실 비실 구석쪽으로 가는데, 갑자기 한 놈이 뒤돌아 서서 오민균에게 달려들었다.

"서!"

오민균이 끄떡없이 버티고 서서 소리치자 그가 제풀에 자리에 멈췄다. 이 광경을 지켜보던 스기하라가 일어나더니 그에게 다가가 발길로 냅다 걷어찼다.

"못난 새끼들, 나가!"

그들이 허리와 머리를 감싸고 문 밖으로 사라졌다. 스기하라가 오민균을 노려보더니 옆구리에 찬 단도를 뽑아 책상에 내리찍었다. 꽂힌 칼이 파르르 떨었다. 오민균은 눈 하나 깜짝하지 않고 버티고 서 있었다.

"여기가 어디라고 객기를 부리나?"

"불의를 피하면 생도가 아닙니다."

"조센징한테도 정의감이 있나?"

"나를 욕해도 되지만, 조국을 모욕하면 참을 수 없습니다."

"네가 일학년 생도들의 리더라는 말은 알고 있다만 이렇게 건방진 줄은 몰랐다. 죽기 싫으면 돌아가라! 너의 용기를 생각해서 돌려보내준다."

"그렇게 못합니다! 조병건을 내놓으십시오."

그러면서 책상에 꽂혀있는 단도를 뽑아들었다. 이 광경을 밖에서 지켜보던 두 대원이 위험하다고 느꼈던지 몽둥이를 들고 쫓아왔다.

"추태 보이지 마라. 물러나라."

스기하라가 그들을 제지했다. 그는 오민균의 실력을 간파하고 있었다. 몽둥이를 들어도 이길 수 없다는 것을 알고 있었고, 오민균은 지금 칼을 쥐고 있다.

"무기 내려놓아라."

오민균이 스기하라의 말을 묵살하고 자신의 손을 책상에 올려놓고 단도로 내리찍었다. 배짱은 배짱으로 맞선다. 손등에서 피가 솟구쳤지만 그는 움직이지 않고 버텼다.

"저는 선배님이 우리를 놓아주기 전에는 여기서 벗어나지 않습니다. 무모한 짓 거두어 주십시오. 세상이 바뀌었습니다."

스기하라가 다가오더니 그의 손등에 꽂힌 단도를 뽑아 냅다 구석으로 던졌다.

"나가이와 친하나?"

"친구입니다."

"과연 듣던 대로다. 역시 육사 생도답다. 니가 내 자존심을 지켰다. 일본 놈 열 놈이 조선놈 한 놈을 당하지 못한단 말이 맞다. 대신 일본 놈 한 놈이 조선 놈 열 놈을 이긴단 말이야, 하하하….."

스기하라가 그의 등을 토닥거렸다. 그리고 책상으로 가더니 서랍에서 붕대와 아카징키를 가져와 내밀었다.

"약을 바르고 붕대로 감아라. 네 뜻 알겠다. 조 생도는 비겁하게 먼저 센팅을 날렸다. 남자들 세계에서는 죽을 때까지 완력의 사용이 본능 속에 숨어있다. 승자가 되기 위한 방법으로 휘슬이 울리기 전에 선제공격을 감행하지. 그러나 그건 육사생도에게선 볼 수 없는 반칙이다. 그건 육사 선배로서, 그리고 사나이로서 용서할 수 없지. 그래서 잡아두었다. 너 정도였다면 놓아주었을 것이다. 너의 부탁을 들었으니 너를 보고 풀어준다. 데리고 가라."

그는 승복할 것은 깨끗이 승복한다는 자세를 취했다. 그는 남자의 기질을 그런 결단을 통해 과시하고 있었다. 오민균은 지하실에 감금되어있는 조병건을 데리고 나왔다.

"오빠, 기다렸어요. 어떻게 빠져나왔어요?"

아사코가 마당으로 달려나와 홍태화의 목에 감기듯이 엉기며 기뻐했다. 시국이 시국인지라 오지 못할 줄로 알았다.

"엄마가 태화짱을 얼마나 기다렸다구요."

방으로 들어서자 지붕이 뚫려서 하늘이 환히 보이는 한쪽 구석에 미나미 여사가 누워 있었다. 유탄이 떨어져 지붕을 박살 낸 것을 아직 고치지 못하고 있었다. 햇살이 방 안으로 뻗어내려 무수한 먼지의 입자가 떠 있었다. 부엌 벽체도 허물어져 밖이 훤히 내다보였다. 다다미는 헤지고 미닫이문도 망가져 있었다. 일본집의 미닫이문은 안방과 뒷방 사이에 형식적으로 칸막이한 것이라서 본래 튼튼하지 못했다. 다행히 골조는 망가지지 않았다. 목조 건물은 콘크리트 집보다 내구성이 강해서 폭격이 휩쓸고 지나가도 형체는 온전했다.

미나미 여사가 누웠던 자리에서 반쯤 일어나 앉았다.

"아사코 짱이 우리 태화 짱 얼마나 기다렸다구요."

"그대로 누워 계세요."

"통증이 심해요. 학교가 폐교되었다구요?"

"네. 폐교되었습니다. 항복 조인문에 맨먼저 서명한 항목입니다. 무정부 상태로 교내 사고가 빈발하자 학교측에서 긴급 교무위원회를 열고 학생들을 풀어주기로 결정하고 우리를 풀어 주었습니다. 그래도 남아있는 생도들이 많습니다. 모두들 공황 상태에 빠져서 갈팡질팡입니다. 주먹이 세상을 지배하는 듯이 기강이 엉망입니다."

"갑작스런 일이라 경황이 없겠지요. 당장 할 것이 없을 테니……조선인 생도들은 어떠나요?"

"먼저 탈출한 생도들이 많습니다."

미나미 여사는 손수건을 꺼내 눈물을 훔쳤다. 새파란 사십대의 중

년인데 눈 주변이 다크 서클처럼 검은 것이 내려앉아 있어서 나이보다 훨씬 늙어보였다. 누렇게 뜬 피부로 인해 그동안 급식 상태가 좋지 못하다는 것도 알 수 있었다. 모두 전쟁이 남겨준 상처라고 생각하니 홍태화는 저도 모르게 가슴이 저렸다.

"군인의 길을 가지 않아도 되니 아사코가 안심이에요. 나도 그렇고요."

그녀는 그를 사위로 맞아들이고 있었다.

"저도 그렇게 생각합니다."

홍태화는 애초에 군인의 길을 가려고 생각하지 않았다. 교사를 꿈꾸었다. 그런데 광주고보 담임 선생님이 진로를 결정했다. 성적 좋고 신체 건강하니 일본 육사를 지망하라고 했다. 옷을 제공하고, 월급까지 주는 국비장학생이니 상급학교에 진학시켜 줄 경제력이 못되는 집안에서는 그 길이 최상의 길이라고 했다. 뚜렷한 목표의식을 가지고 진학한 것이 아니고, 특전이 주어졌기 때문에 진학한 것이었다. 그리고 얼떨결에 일본의 패망과 조국의 해방과 독립을 맞았다.

해방과 독립. 실감이 나지 않았다. 제 자리에 돌려지고 마는데도 왜 이렇게 모두 처절하게 망가지고 파괴되었을까. 돌이켜보니 꼭 소꿉놀이한 것 같다. 어느 먼 행성에서나 이루어진 일 같다.

"전쟁은 평범한 사람들이 가장 큰 피해를 입어요. 그들이 저지른 것이 아니지만 피해의 몫은 송두리째 그들이 감당해야 해요. 이런 모순을 어떻게 극복해야 하지요?"

그렇다. 전쟁으로 얻은 것이 무엇인가. 무슨 행복을 주었나. 승전은 한때의 마약과 같은 것, 그러나 패배를 예약한 고통일 뿐이다. 지금 모두가 커다란 내상(內傷)과 절망과 허무 속에 넋을 잃고 있다. 아시아 평화를 위해 전쟁을 한다고? 대동아공영권을 위해? 야마토다

마시(大和魂)를 위해? 그 이름으로 희생을 강요한다? 주술 치고는 너무 악질적 주술이다. 인간이 인간이길 거부하고, 짐승으로 살도록 몰아가는 행위. 그런데도 고상하게 성전이라고 외친다. 그것이 아니라고 외치면 범죄가 된다. 반전을 외치고, 살육을 하지 말자고 말하면 가혹하게 처단된다. 전쟁에 나가도 죽고, 전쟁을 반대해도 죽는다. 이래저래 죽는다. 그러면서 어느덧 사람들은 전쟁놀이에 깊숙이 빠져들어 왜 죽여야 하는지도 모르고 죽이고 죽는다. 누가 이런 사기극을 벌이는가.

결국은 지금 모두가 만신창이가 되어서 제 자리로 돌아오고 말았다. 제 자리에 서자 이윽고 넋을 잃고 있다. 얻은 것이라고는 공허뿐이다. 부수고 쏘고 찌르고 죽이고 박살내는데 남는 것은 빈 손의 공허뿐이다….

"왜 모두들 분노하면서 좌절하지요? 왜 모두들 불경죄를 저지른 것처럼 미안해 하지요?"

넋두리처럼 미나미 여사가 읊조렸다. 그렇다. 패전이 신민 자신들의 과오 때문에 온 것처럼 그들 모두 하나같이 죄송하고 황송해한다. 적을 더 죽이지 못하고, 식민지 백성을 더 약탈하고 성노예로 더 보내지 못한 것을 후회한다. 그렇게 하지 못해서 억울해 한다. '덴노헤이카(천황폐하)'에 끝없이 불충을 저지른 것만 같다. 내 목숨 내놓지 못해 미안하고, 타인의 목숨을 불구덩이 속에 더 쳐박지 못해서 미안하고 미안하다. 패배는 오직 내 탓이고, 덴노헤이카는 영원하며, 여전히 터럭 끝도 다쳐선 안 되는 영험한 불사신이다. 놀라운 상징조작인가?

불사신은 지금도 패전을 인정하지 않는다. 도대체 이게 무슨 개수작인가. '덴노헤이카 반자이!'를 외치며 "도쓰케키!(돌격)" 하면 적은 귀신 만난 놈들처럼 모두 도망간다고 했다. '신민'은 전쟁이 끝날 때까지 그렇게 '반자이 어텍'을 믿었다. 반자이 어텍이 계속될수록 시체는 수북히 쌓였다. 역설적이게도 쌓일수록 천황에게 미안하기만 하다.

세계전쟁사에서 유례를 찾아볼 수 없는 이런 변태극이 눈앞에서 펼쳐졌다. 새파란 젊은이와 식민지 청년들이 죽음의 구보를 하면서도 한결같이 미안한 얼굴이다. 지구보다 무거운 무게의 목숨을 스스로 내던지고도 미안해 한다. 시체가 층층이 더 쌓이지 못해서 미안하다. 더 많이 목숨을 내놓지 못한 게 패배를 불러왔다고 엎드려 통곡한다. 그들 심리의 근저에 무슨 마법이 있길래 이런 광기에 사로잡혀 있는가.

천황과 그 부역자들을 끌어내 토막내 죽여도 부족할 판에 여전히 그들에게 황공하다며 눈물짓고 있다. 이것이 사람이 사는 나라인가. 이성이 있는 집단인가. 식민지 백성을 향해 '통석의 념'을 가진다는 수사적 레토릭 하나로 모든 것이 용서되고 이해되는가. 이런 개같은 위선이 어디 있나.

한꺼풀 벗기면 금방 들통날 불장난을 왜 그들은 외면할까. 그리고 지금 미친 듯이 패배를 괴로워할까. 마구 내달리던 누우떼들이 그 관성으로 모두 강물에 뛰어들듯이 집단 투신하는 저 공동 자해의 모습은 어디서 연원하는가. 그것이 '야마도다마시'라는 것인가. 그것이 제국주의 팽창 야욕의 거울인가. 그러면 앞으로도 변함없이 그것을 정당화하며, 기회가 오면 또 그 짓을 반복하겠다는 것인가.

홍태화는 한동안 함정에 빠진 듯 허우적거렸다. 정말로 꼭 어린아이 소꿉장난을 하다 나온 것 같은 기분이 들어서 그의 머리는 텅 비었다. 다만 현실은 사랑하는 소녀의 상처받은 영혼과 몸의 부상으로 신음하는 그 어머니가 실존의 전부가 되었다. 전쟁이 남긴 소녀의 내면의 상처와 그 어머니의 고통스런 육신의 상처를 대신 치유해주어야 할 당위 앞에 서있는 것이다.

"집이 누추해서 미안해요."

미나미 여사가 생각에 잠겨있는 홍태화에게 부끄럽다는 듯이 말하고 아사코가 접시에 담아온 사과 조각을 포크로 찍어 내밀었다.

"어머니 잘못이 아닙니다. 걱정하지 마세요. 집을 멋지게 수리해드릴 게요."

그녀에겐 몸의 상처보다 마음의 상처를 치유하는 것이 더 시급하다. 희망을 심어주는 일이 긴요하다. 그래서 그는 집을 새롭게 단장해주겠다고 마음 먹었다.

"오빠가 집을 고쳐준다구요?"

아사코가 놀란 표정으로 물었다.

"그렇지. 어머니를 행복하게 해드릴 거야."

"아이 좋아라. 그럼 우리집에 머물겠네요? 우리 산보 나가요."

그는 아사코와 함께 그들이 처음 만났던 언덕으로 올라갔다. 언덕길 양옆으로 잡초가 무성해 바람이 지날 적마다 물결처럼 출렁거렸다. 폐허 위에서도 언덕의 풍경은 아름다웠다. 잡초를 헤치고 커다란 스기나무가 서있는 그늘 아래 앉자 아늑한 보금자리에 숨어든 것 같다. 아사코는 홍태화에게 몸을 맡겼다. 열일곱의 향기가 그의 코에 스쳤다. 그는 그녀 허리를 안았다.

"난 언덕에 올라오면 슬퍼져요."

그가 말없이 그녀 입에 자신의 입술을 갖다 댔다. 그녀의 가냘픈 입술이 꽃잎과 같았다.

"오빠와 헤어질 것만 같은 운명인 것 같아서 숨이 막힐 때가 있어

요."

홍태화는 아무말 없이 그녀를 안았다. 사실은 그 역시도 미래가 불확실했다. 이 소녀를 어떻게 조선 반도로 데려갈 것인가.

아사코는 홍태화를 만난 일을 되짚었다. 유우키 씨는 센베이를 구워 팔면서 생계를 유지하고 있었지만, 시내 폭격이 심한 이후부터 일손을 놓고 있었다. 그러나 가족들이 먹을 수 있을 만큼 센베이를 구워 비상식품으로 쓰고 있었다. 아사코 집도 별도로 식사준비를 할 수 없어서 유우키 씨 댁의 신세를 졌다. 폭격이 거듭될수록 시장을 보아오는 일이 힘들어서 언덕의 풀숲을 헤치며 유유키 씨 집으로 찾아갔다. 어렵게 가져온 센베이를 분말 우유를 물에 풀어서 찍어먹거나 다쿠앙과 함께 먹으며 나날을 견뎠다. 모녀는 그렇게 힘겹게 연명하고 있었다.

그날도 아사코는 유우키 씨 집에서 네 펙의 센베이를 구해 언덕을 올랐다. 잡초가 무성한 언덕을 오를 때면 아사코는 눈물이 났다. 누군가가 그리웠다. 그가 나타나지 않은 것이 슬퍼서 풀더미 속에 묻혀 실컷 울고 싶었다. 폭격기가 무섭게 허공을 가르고 쏜살같이 지나가면 어디선가 쿵 대지가 무너지는 소리가 났고, 멀리 산너머에서 검은 연기가 솟아오르고, 그런 다음 무서울 정도로 적막이 흐른다. 폭격기가 하늘에 남긴 흰 띠가 묽어지면서 사라지는 모습 또한 한없이 슬펐다. 언덕 아래로 쏟아지는 햇살들, 흡사 빛의 폭포수 같은데 그 빛속에 잠겨있는 도시는 너무도 황막하다.

아사코는 언덕을 오르면서 웬 귀공자 같은 청년과 시선이 마주쳤다. 청년은 언덕 위에서 도시를 내려다보고 있었다. 아사코는 큰 키에 단정한 제복 차림의 그가 마치 그녀를 기다리고나 있는 것처럼 느껴졌다. 그 역시 피부가 하얗고 코가 우뚝 선 소녀가 눈물 머금은 채 언덕을 오르는 모습을 아까부터 아끼듯이 지켜보고 있었다.

"꼭 서양 인형 같구나."

그가 말하자 아사코가 놀라지 않고 스스럼없이 대답했다.

"애들이 아이노코라고 해요."

"아이노코? 그래? 집이 이 근방이니?"

"네. 저 아래예요."

그녀가 올라온 반대 방향의 언덕 아래를 눈으로 가리켰다.

"슬픈 일이 있니?"

그녀는 대답 대신 청년을 바라보았다.

"육사 생도인가요?"

"그래, 나는 홍태화 생도야."

소녀는 눈이 부신 듯 그를 바라보다가 눈을 내리깔았다.

"조금만 건드려도 커다랗게 울 것 같군. 슬픈 일이 있니?"

아사코는 긍정도 부정도 아닌 표정을 지었으나 벌써 그녀 눈망울에 눈물이 가득 고였다.

"일루 와. 여기 풀밭에 같이 앉자."

그녀가 스스럼없이 그의 말을 따랐다.

"아이노코라고 했지?"

"네. 일미(日美) 혼혈이에요."

홍태화는 아이노코란 말에 스민 차별의식과 요즘 유독 민족주의를 내세우는 일본사회를 생각했다. 근래에 아이노코에 대한 편견이 심했다. 일본은 본래 혈통을 중시하는 민족이 아니었다. 때문에 혼혈에 거부감을 크게 보이지 않았다. 하체가 짧고 안짱다리에 치아가 고르지 못한 토종에 비해 아이노코는 키가 크고 하체가 길고 이목구비가 시원시원했다. 그래서 부러움의 대상이 되었다. 일본이란 나라는 성 윤리나 문화의 수용 측면이 개방적이고 모방적인 성향을 지니고 있어서 외향성이 짙다. 그러나 지금은 독일의 예에서처럼 혈통이 강조되는 민족주의 정서가 만연했다. 귀축영미(鬼畜英美)라는 전쟁 현실도 감안되었을 것이다.

아사코는 본의아니게 민족주의를 강조하는 일본 군국주의의 피해자가 되었다. 학교에서도 배척되고, 왕따되었다.

"너희 나이 때는 모든 것이 슬프고 아프고 아름답지. 웃음도 많고……."

홍태화는 어른스럽게 말하며, 그녀의 슬픔이 소년기의 감수성만은 아닐 것이라고 생각했다.

"육사 생도인지, 해사 생도인지 잘 구분하지 못하겠어요."

"이건 분명 육사 생도 제복이지. 제모에 꿩깃 같은 것이 있지."

아사코는 슬펐던 감정들이 사라지고 홍태화에 대한 호기심으로 눈을 반짝였다. 그녀 시야에 그냥 스치고 지나쳤던 풀꽃들이 소담하게 피어있는 것을 발견했다. 그를 의식하자 잊었던 풀들의 존재도 새로워지는 것이었다. 발 아래 덩굴을 끌고온 나팔꽃이 잡초들을 붙들고 어디론가 길게 뻗어나가고, 이곳저곳에 쑥부쟁이 쇠무릎 패랭이꽃이 예쁘게 피어있는 것을 발견했다. 세상에나 그동안 보지 못했던 들꽃들이 여기저기 생명력을 지니고 피어있는 것이 너무도 신기했다. 저런 여린 풀들도 꽃을 피우고 아름다움을 뽐내며 서로 사랑할 텐데 나는 이게 뭐람.

"생도들 럭비대회에 응원을 간 적이 있어요. 요요기 연병장에요."

"그래? 그럼 넌 나도 보았겠구나."

"보지 못해서 미안해요."

순진한 아사코는 사실로 믿고, 그리움의 대상을 만난 것처럼 금방 그에게 끌렸다. 감수성 예민한 나이엔 어떤 무엇에도 감격하고 눈물 짓는다. 아사코는 들고 온 센베이를 풀어놓았다.

"비상식량일 텐데 먹어도 되니?"

홍태화가 제복 주머니에서 씨레이션 건빵과 초컬릿을 내놓았다. 포장을 뜯자 부스러기부터 쏟아져나왔다. 아끼느라 호주머니에 며칠째 넣고 다녔으니 그 사이 바스러졌을 것이다.

"비상식품은 아껴야지. 내일을 알 수가 없잖니."

그가 건빵가루를 손에 쏟아 입에 그대로 털어넣었다. 언제 그랬더냐 싶게 그녀가 까르르 웃었다. 아사코는 초컬릿을 입 안에 녹였다.

그는 그녀를 집에 바래다주고 학교로 돌아갔다.

"언제 오셔요?"

아사코는 그날부터 그를 몹시 기다렸다.

"엄마가 우릴 만나게 해주었어요."

그들은 키가 웃자란 풀숲으로 갔다. 허리까지 자란 풀들을 쓰러뜨려 눕히자 누구도 넘볼 수 없는 아늑한 보금자리가 되었다. 아사코가 아이처럼 뛰어들어서 자리에 풀썩 주저앉았다. 쓰러지지 않은 풀들이 보초를 서듯 둘러서 있는 게 마치 장난치기 좋은 구석진 방에 들어온 것 같다. 포근하고 평화롭고 아늑한 고요. 언덕 아래 폭격을 맞아 까맣게 불에 탄 집들이 풀들 사이로 보였고, 그런 집들 사이로 키 큰 나무들이 무성하게 잎사귀를 늘어뜨리고 햇빛을 받아 반짝이고 있었다.

그녀의 몸을 당기자 아사코가 그대로 그에게 안겨들었다. 몸은 의외로 가벼웠다. 손가락은 길고 허리는 가늘었다. 전쟁 통에 제대로 먹지 못하고 시달린 나날을 소녀의 몸이 말해주고 있었다. 하지만 가슴은 봉긋 솟아있었다. 그는 그녀 입에 입술을 갖다 대고 길게 키스했다. 입술이 꽃잎처럼 부드러웠다.

"오빠는 고국으로 돌아가시겠죠?"

"그래. 전쟁은 이제 안녕이야. 영원히."

"슬퍼요. 이별이라는 것이요."

그는 다시 아사코의 몸을 깊게 안았다. 그녀 가슴이 새의 심장처럼 할딱거렸다. 눈은 젖어 있었다. 그녀가 그의 품을 파고들면서 조그맣게 울었다.

"이별은 정말 슬퍼요."

"걱정하지 마. 난 아사코 곁에 있을 거야."

"꼭 그렇게 해야 해요. 태화 짱이 고국으로 돌아가면 난 숨을 못 쉴 것 같아요."

"만나게 될 거야. 살아있는 한 우린 만나는 거야."

"이별은 무서워요. 아버지와도 영영 이별했잖아요. 그 슬픔을 아시나요?"

"아버지?"

"미국인 아버지가 미국과 싸우다 죽었어요."

"미국인 아버지?"

"네. 아버진 귀화한 미국인이에요. 나보다 엄마가 더 슬퍼해요."

"그래, 남편 잃은 엄마들이 더 슬프겠지."

"우리 반 애들 반 이상이 아버지 삼촌 오빠를 잃었어요. 언니가 전선으로 끌려가서 소식을 모르는 애도 있어요."

"우린 전쟁이 나쁘다는 걸 몰랐어. 대가를 치르고 나서야 알았으니 우린 지진아인가 보지?"

"그래요. 전쟁은 모든 걸 아프고 슬프게 만들어요. 저기 봐요. 꽃과 나무와 풀과 새의 조화들. 이걸 부정하며 사는 삶이 무슨 의미가 있나요? 저는 문학을 포기했어요. 시 한 줄이 안 나와요. 매일 방공호로 뛰어들고 비상식품 구하느라 쩔쩔매는데 무슨 시를 생각하겠어요?"

"문학은 그런 세상을 얘기하는 거야. 나무, 숲, 푸른 바다, 높은 하늘, 오색 무지개만이 시가 되는 건 아니지. 현실을 외면하면 문학이 의미가 없어…."

"그래요. 세상은 전쟁중인데 매화꽃이 어쩌고 난초가 어쩌고, 그게 말이 되나요? 풀잎의 생명력과 이슬의 영롱함을 찾는 게 무슨 의미가 있죠? 그보다 더 큰 생존의 문제가 걸려 있는데…….."

그녀가 자조하듯 말하며 동의했다. 모든 사람들이 전선에서 이겼다고 환호하는데 결말은 가족 누구에게도 돌이킬 수 없는 슬픔을 안겨준다. 그런데도 괜찮다, 괜찮다 말하고, 자랑스럽다고 말한다. 어떤 사람은 사랑하는 사람을 사지로 몰어넣고도 영광이라고 했다. 신이라고 했다. 이게 집단 광기가 아니고 무엇인가.

"엄마는요, 살아있다는 게 참을 수 없는 모욕이라고 했어요. 일본 여자로 태어난 게 슬프다고 해요. 밤이면 천지 사방에서 귀신소리가 들려온다고 해요. 모두가 선택하고 모두가 영광이고, 모두가 즐겁게 맞이한 전쟁이라는데, 왜 그럴까요. 눈만 뜨면 황국의 자랑스런 신민, 덴노헤이카를 외치며 두 팔 번쩍 들어올려 만세를 부르죠. 그런 것들이 지금 장난같이 우스워요. 태화 짱은 그런 군인이 왜 되려고 해요?"

"글쎄. 굳이 말한다면 그 길밖에 없었으니까. 자기가 원하지 않는 곳에 갈 수도 있는 게 인생이지."

"그래도 전쟁은 사람을 악마로 만들잖아요. 모두를 돌게 만들잖아

요."

"맞아. 사실 우린 미친 줄도 몰랐지. 이 자리에 서고 보니 비로소 꼭 야수처럼 날뛰었던 것 같아. 그 길이 아닌데도 미친 짐승처럼 날뛰었어. 너처럼 순수의 눈으로 보면 모두 보이는데, 그게 악마의 짓이란 걸 아는데, 우린 장님이 되어버렸어. 오히려 영광으로 알았지. 돌아보니 누군가에게 사기당한 기분이야. 시시하고 우스운 마술에 빠져들었다가 나온 것 같애. 싸구려 연극같이……."

"학교에선 늘 일본인은 정직하고 질서를 잘 지키고 남에게 피해를 입히지 않는다고 자부심을 가지라고 얘기해요. 조센징은 더럽고 야비하고 훔쳐먹고 물건을 팔면서도 남을 속인다고 해요. 그게 사실인가요?"

"그게 무슨 의미가 있니. 더 못된 일들이 벌어지고 있는데… 더 큰 악마는 왜 볼 줄 모르지?"

그는 파괴된 도시를 내려다보며 길게 한숨을 내쉬었다. 마타도어와 데마고기는 어린 소녀의 영혼에도 검은 망토를 씌운다.

"그런 이간질과 음해들이 무서워요. 오빠, 나 안아줘요."

홍태화가 아사코를 깊숙이 끌어안자 그녀는 그의 품에서 다시 소리죽여 울었다. 절망을 삭이는 것 같다.

"난 태화 쌍와 헤어지면 숙어버릴 거예요."

"우린 헤어질 수 없어. 영원히, 영원히…."

"그래요. 영원히 영원히…."

바람이 스쳐 지날 적마다 풀들이 물결처럼 출렁거렸고, 하늘은 모처럼 평화롭게 푸르렀다.

생도들이 별다른 부담없이 이시하라 상의 집을 찾은 것은 편안한 환대 때문이었다. 이시하라가 조선의 청년들을 따뜻하게 받아들이는 것은 순전히 자기 정신의 실천력 때문이었다.

생도들은 마루로 나와 정오의 한때를 즐겼다. 배만 준비하면 떠난다. 그러면 조를 짜서 일사불란하게 움직이면 된다. 오민균과 조병건이 집마당으로 들어섰다.

"어떻게 된 거야?"

오민균의 한쪽 손이 붕대로 감겨져 있는 것을 보고 장지성이 놀라서 물었다. 오민균은 대답없이 웃기만 했다.

"무슨 일 저지른 거야?"

"스기하라를 만났죠."

"동구대 대장을? 그래서?"

"치기를 좀 부렸죠."

"그 친구한테 치기가 통하나."

"담판을 지었죠. 내부 토론 투쟁의 의제를 하나 주고 왔습니다. 약소민족에 대한 오만은 이제 거두라고. 그 시대는 거했다고요. 그리고 육사 생도답게 행동해야 한다고 충고해주고 왔습니다."

"그런 충고가 통할까?"

"시정잡배처럼 나가진 못할 겁니다."

이런 혼란기엔 저런 용기도 필요하다. 밀리고 두려워하면 더 짓밟는 것이 그들의 속성이다.

"모두 서재로 들어오시오."

이시하라 상이 생도들을 서재로 불러들였다. 모두 서재로 들어가 둘러앉자 조병건이 먼저 입을 열었다.

"조선 청년들을 헤아려주시는 은혜는 잊지 않겠습니다만 조금은 불안합니다."

"은혜를 받기 위해서 하는 일이 아니오. 여러분들이 내 뜻에 공감하니 그것으로 나는 족하오. 하지만 제군들, 걱정이 되지 않소? 준비 없이 해방을 맞았으니 불안하지 않아요? 나로서는 군국주의가 멸망하는 것이 기쁘지만, 세상은 그렇게 간단하지 않소. 무정부 상태가 더 무서운 거요. 해방 조선 관리를 누가 할까."

그에 대한 답 대신 조병건이 다시 물었다.

"선생님, 왜 이렇게 일본제국보다 조선에 더 많은 관심을 갖고 계시나요?"

그가 웃으면서 대답했다.

"개인적인 연분부터 말할까요? 제주도 구좌리에 내 아내가 있소. 내가 감옥에 있을 때 고국으로 돌려보냈소. 그후 만나지 못했지. 꼭 그런 사적인 이유에서만이 아니라 내 사상의 실천 현장이 조선에 있다고 보는 사람이오. 나는 일본제국에 핍박당한 조선, 조선에 핍박당한 제주도, 이런 걸 아나키즘과 연관시켜 보아왔소. 흥미롭지 않소? 그런데 지금 한반도에 이보다 더 힘겨운 일이 벌어지고 있소."

"힘겨운 일이라니요?"

"나진 청진 웅기 함흥에 벌써 소련군이 진주했다지요? 그러면 좀 복잡해지는데…."

귀국하면 미래가 환히 펼쳐질 것 같은 기대를 안고 있는데 소련군이 먼저 진주하다니. 이해가 되지 않았다.

이때 홍태화가 들어왔다. 방으로 들어오는 그를 향해 모두들 힐난했다.

"도대체 어디로 사라졌던 거야?"

"여학생에게 완전히 녹아버렸군?"

"일본에 눌러앉을 모양이지?"

그러나 홍태화는 일일이 대꾸하지 않고 한 곳에 앉으며 이시하라 상에게 조그만 상자를 내밀었다.

"선생님께 센베이 과자를 가지고 왔습니다."

"유우키 씨, 지금도 센베이를 굽던가?"

장지성이 금방 표정이 달라져서 물었다.

"그래. 안녕들 하서. 그런데 우리가 이렇게 있을 일이 아니다. 귀국선이 준비될 때까지 일을 좀 해야겠어."

"부두 하역이라도 해서 노자를 벌자고?"

"폭격을 맞은 집들이 많아. 그중 힘없는 모녀가 사는 집이 있는데 집이 반파되었어. 부인은 크게 부상 당하셨고. 귀국 날짜만을 기다리고 있으니 그런 도움이 필요한 사람들을 돕자구."

이시하라 상이 환히 웃으며 응수했다.

"아, 그것 잘된 일이군. 나는 감옥에서 목공기술을 배웠소. 그 기술로 의자를 만들고 책상, 서가를 만들었소. 그걸 나누어주니 감옥 생활이 즐거웠지. 만기 출소하는 날짜도 잊어먹을 정도로 일이 즐거웠소. 봉사는 그렇게 기쁨을 주오. 나에게 연장통이 있으니 가지고 가서 쓰시오. 아름다운 기부요."

다음날 그들은 홍태화를 따라 아사코의 집으로 갔다. 조병건이 대번에 폭격을 맞은 지붕에 올라가 서까래가 드러난 곳에 판자를 덧대 못질하고 점토를 바르고 기와를 올렸다. 장지성은 부숴진 문짝과 복도의 다다미를 손질했다. 이정길은 주방의 싱크대를 고쳤다. 이렇게 모두들 나서자 며칠 사이에 집꼴이 되어갔다.

"온돌방이 좋은데 일본 사람들, 다다미방을 고집한 이유가 뭘까?"

일하다 말고 이성유가 궁금해서 이정길에게 물었다.

"일본의 여름은 덥고 습기가 많아서 환기가 잘 되도록 목조 집을 짓고 다다미를 까는 거야. 또 산에 나무가 많고, 대신 지진이 많기 때문이지. 벽돌집보다 목조건물이 더 내구성이 있다는 거 몰라? 벽돌집은 지진이 나면 와르르 무너지는데 목조건물은 서로 붙잡아주는 성질이 있어서 무너지지 않는다는 거야."

"화재엔 취약하잖나?"

"그래서 쪽바리 놈들 온돌을 사용하지 않잖아. 화재 사고는 방에 불을 땔 때 난다고 보는 것이지. 주의력 하나는 그만이야."

기품있는 집안인지 방 안에는 도코노마(床の間)가 차려져 있었다. 안방에 별도로 방바닥을 반자 정도 높여 단을 만들고 벽에 족자를 걸고 자기와 화병을 세워놓는 공간이었다. 아사코 집으 도코노마에는 난과 매화그림이 그려진 족자가 파괴되어 아무렇게나 놓여 있었다.

아랫목에 미나미 여사가 죽은 듯이 누워 있었다. 쿵쾅거리는 소리가 나도 그녀는 움직이지 않았다. 오민균은 손의 부상으로 힘든 일을 하지 못하는 대신에 방 안의 흩어진 가재도구들을 챙겼다. 미나미 여사를 내려다보던 오민균은 문득 고향의 어머니를 생각했다. 5남 4녀의 자식을 낳은 어머니. 방학이 되어 고향집을 찾을 때마다 어머니는 늘 배가 불러있었다. 수건을 머리에 두르고 호미를 들고 밭에 나갔다가도 어느새 부엌으로 들어와 그릇들을 달그락거렸다. 그런 가운데 밥상이 차례대로 차려졌다. 배를 뒤뚱거리면서도 아무렇지 않다는 듯이 할아버지 밥상, 아버지 밥상, 그리고 형제들의 밥상을 차렸지만 막상 어머니의 밥상은 정해져 있지 않았다. 어머니가 언제 밥을 먹는지를 그는 본 적이 없었다.

충북 청원군 현도면 우록리 불목, 석수정, 갈골. 마을을 감싸고 있는 고남산, 높지 않은 산이지만 산이 수려하고 인자해서 마을 사람들은 언젠가 인물이 나올 것이라고들 믿었다. 어머니 또한 그것을 구체적으로 믿었다. 잘 생기고 총명하고 또래 아이들보다 몸도 큰 맏아들이 그 주인공이 되리라고 확신하였다. 실제로 담뱃대를 문 동네 할아버지가 지나가면서 "그놈 참 왕상이로구나. 인물이 훤해" 하는 말을 들을 때마다 충만감이 가득 찼다. 그는 어머니의 자존감의 전부였다.

오민균은 그런 어머니 생각으로 부끄러운 듯 홑이불을 머리끝까지 뒤집어쓰고 누워있는 미나미 여사를 물끄러미 내려다보았다. 그녀 옆구리가 보였다. 헐어서 고름이 흘러내리고 있었다. 그녀가 꼼짝하지 못한 이유를 알 수 있었다.

"어머니, 바르게 누워보세요."

그가 미나미 여사 곁에 다가앉았다. 미나미 여사가 움직이는 듯 마는 듯하며 홑이불을 젖히며 가늘게 눈을 떴다. 그리고 이불 깃으로 환부를 가렸다.

"방치하면 더 큰 일 납니다. 괴사가 심합니다."

그가 이불을 제치고 환부를 세심히 살폈다. 상처는 짓무르고 덧나 있었다. 누런 고름이 옆구리를 타고 흘러내렸다. 환부를 유심히 살피던 그가 거즈로 상처 부위를 눌러 고름을 씻어내더니 환부에 입을 갖다 대 빨기 시작했다. 그가 어렸을 적 무릎이 깨져 덧나서 고름이 흘러내릴 때 어머니가 입으로 빨아서 고름을 빼주고 된장을 발라주던 생각이 떠올랐다. 신기하게도 그 며칠 후 무릎은 거짓말같이 말끔히 나았다.

미나미 여사가 부끄러운 듯 몸을 움츠렸으나 어쩔 수 없다는 듯 그에게 몸을 맡겼다. 그녀가 머리맡에 있는 타올을 집어 그에게 내밀었다. 그가 타올을 받아 빨아낸 입 안의 피고름을 뱉어냈다. 그러기를 몇 차례. 그런 다음 멸균 거즈로 피부 표면을 깨끗이 닦아내고 소독제를 발랐다. 알코올 성분이 함유되어 있기 때문에 바를 때마다 환자가 반사적으로 움찔했지만 곧바로 바른 자세를 취했다. 치료해주는 사람에 대한 예의로 통증을 견뎌내고 있었다.

"외부 세균에 감염되는 것을 막아줘야 합니다. 아카징키가 마를 때까지 말려둬야 합니다. 그러니 피부를 노출시켜야죠. 피부에 지속적으로 아카징키를 발라도 안 됩니다. 딱지가 앉는 것을 봐가면서 주기적으로 소독해주어야 합니다."

그는 학교에서 비상치료법 시간에 배운 대로 상처 치유법을 설명했다.

"고마워요. 태화 짱의 친구인가요?"

미나미 여사가 가느다란 목소리로 물었다.

"네. 저는 일학년 생도고, 홍태화 선배는 3학년입니다. 홍 선배가 아사코 양의 집이 망가졌다고 동원령을 내렸습니다. 저희는 귀국선이 마련되는 대로 고국으로 떠날 것입니다. 그때까지 시간이 남아서 달려왔습니다."

"나 좀 일으켜 세워줄까요?"

오민균이 그녀 등에 팔을 넣어 그녀를 일으켜 세워주었다. 그녀 몸은 마른 수수깡처럼 가벼웠다. 벽에 등을 기댄 그녀가 가볍게 탄성을 질렀다.

"어머나, 눈부신 청년이군요."

미나미 여사가 눈에 가득 눈물을 머금었다. 그 눈엔 어떤 쓸쓸함과 슬픔이 배어 있었다. 한때 폭풍처럼 다가왔던 청춘의 열정이 시들어버린 자신을 돌아보고 있는지도 몰랐다.

"내 남편도 미남이었죠. 깎아놓은 듯이요. 헌데 한줌의 재로 돌아왔어요. 가지 않아도 되는 길을 가서 끝내 재로 돌아왔어요. 누구를 위해 가야 하는지도 모르고 가서 그리됐어요. 유골함을 부여안고 나는 사는 것 같지가 않았죠. 남편이 죽고 보살펴주는 사람은 없고, 돈도 떨어지고, 폭력은 계속되고, 비참한 나날이었죠. 인생의 진지함이란 찾을 수 없는 삶, 이런 게 무슨 의미가 있는가. 여자로 사는 것이 이렇게 힘들고 어려운가, 그래서 누운 채로 영영 눈을 감아버리고 싶었어요."

그래서 치료도 포기하고 몸을 내버려두었던 것인가. 불행한 시대를 사는 현실이 괴로워서 마음도 몸도 쇠약해져가고 있었다는 것인가. 하지만 그녀만이 아니라 따지고 보면 모든 사람들이 그렇다. 누구나 불행을 달고 이 시대를 살고 있는 것이 아닌가.

"좋아질 거예요. 용기를 내십시오. 예쁜 따님이 계시잖아요."

"저 아이도 상처받을 텐데요. 태화짱이 고국으로 돌아가면… 아이에게 과연 희망이 있겠어요?"

"하지만 조선과 일본은 다른 나라에 비하면 지척지간입니다."

"마음으로는 더 멀지 않나요? 행성과 행성처럼. 우리가 조선 민족에게 너무도 가혹한 짓을 했잖아요. 그러면 가까워도 먼 적이 될 텐데…… 모든 이에게 상처를 주는 이런 전쟁을 왜 하죠?"

오민균은 달리 할 말이 없었다. 그런 명제는 지금 이 순간 어떤 해답을 내놓을 수가 없다. 너무 크고 무거우면 그 질량감을 잴 수 없듯이. 다만 그녀를 위로해주는 것이 도리라고 여겼다.

"용기를 가지십시오, 간밧떼 구다사이(힘내세요)가 우리 힘을 길러주는 응원가죠."

"네, 생도님도 간바레(힘내라)! 실로 조선 청년들이 용기를 주네요. 이렇게 선량한 젊은이들인데… 고마워요. 생도님의 따뜻한 치료가 나를 곧 일으켜 세워줄 거예요."

그녀가 푸른 핏줄이 도드라진 앙상한 팔을 들어올려 눈으로 살피다가 웃었다. 희망의 기운이 보이는 모양이었다.

"여사님을 보고 저희 어머니를 생각했습니다. 어머니가 제가 다쳤을 때 꼭 그런 방식으로 치료를 해주셨지요."

"그래요. 세상에 그런 어머니를 두었다는 것이 얼마나 행복한 일인가요."

홍태화가 망치와 못상자를 들고 방으로 들어왔다. 그가 미나미 여사 곁에 앉아있는 오민균을 보더니 만면에 웃음을 띠었다.

"어머니, 민균 짱 보기만 해도 회복될 것 같으시죠? 민균 짱이 치료했으니 금방 나을 거예요."

"그래요. 고마운 청년이에요. 태화 짱과 마찬가지로……."

"이웃집에서도 집 고쳐달라고 찾아왔네요. 아래쪽 세 번째, 네 번째, 다섯 번째 집에서도요. 이러다 우리 여기 건축 토목업으로 눌러앉는 것 아닌가? 하하하."

그들은 모처럼 환하게 웃었다.

제5장
1945년 8월과 9월, 서울

　몽양 여운형의 계동 집에 젊은 청년들이 모여들었다. 청년들은 선
전부장 이정남의 부름을 받고 찾았는데 주로 전문학교 학생들이었
다. 몽양은 응접실에서 마당과 방을 왔다갔다 부산하게 움직이는 청
년들을 바라보면서 잔잔한 웃음을 지었다. 젊은 날, 쓰라림을 안고
일본으로, 중국으로, 시베리아로 정처없이 헤매면서도 오직 희망을
안고 지냈던 지난 날들이 오버랩되어 가슴을 덥혀오고 있었다.
　"이정남 동지, 젊은이들을 응접실로 잠깐 들어오도록 하게."
　건준 선전부장 이정남이 곧바로 청년들을 응접실로 불러들였다.
몽양이 의자에 먼저 앉고 청년들이 뒤따라 앉았다.
　"방송국 경비하랴, 은행 보초 서랴, 밀려오는 손님 접대하랴, 고생
들 많군."
　"선생님께서 연설하시는 것 보고 심장이 뛰었습니다."
　전문학교 학생이 며칠 전의 감격이 아직도 뇌리에서 사라지지 않
는 들뜬 목소리로 말했다. 휘문고보 운동장을 가득 메운 청중들, 교
문 밖 길바닥은 물론 안국동 로터리까지 인파가 이어졌다. 사람들은

3·1운동 이후 가장 많은 인파였다고 했다. 이날 몽양은 다음과 같이 연설했다.

— 나는 총독부로부터 치안권을 이양받았습니다. 이 땅에다 합리적이고 이상적인 낙원을 건설하여야 합니다. 개인적 영웅주의는 단연 없애고 끝까지 집단적으로 일사불란의 단결로 나아갑시다! 머지않아 연합군 군대가 입성할 터이며, 그들이 오면 우리 민족의 모양을 그대로 보게 될 터이니 우리들의 태도는 조금도 부끄럼이 없이 합시다. 세계 각국은 우리들을 주시할 것입니다. 그리고 백기를 든 일본의 심흉을 잘 살펴야 합니다. 물론 우리는 통쾌한 마음을 금할 수 없습니다. 그러나 그들에 대하여 우리들의 아량을 보입시다. 세계문화건설에 백두산 밑에서 자라난 우리민족의 힘을 바칩시다. 이미 전문부학생·대학생·중학생의 경비대원이 주요 시설에 배치되었습니다. 이제 곧 여러 곳으로부터 훌륭한 지도자가 들어오게 될 터이니 그들이 올 때까지 우리들의 힘은 적으나마 서로 협력하지 않으면 안 될 것입니다. 〈1945년 8월16일 휘문중학교 운동장 연설〉

명 연설가답게 그의 목소리는 우렁찼고, 적극적인 제스처와 뿜어내는 열변은 그대로 사자후였다. 훤칠한 키에 잘생긴 외모와 카리스마 넘치는 안광, 그리고 폭포수처럼 내쏟는 달변이 사람들의 마음을 사로잡았다. 해방과 독립을 실감하는 순간이었다.

연설이 있던 날 아침 몽양은 동생 여운홍을 불렀다. 여운홍은 부랴부랴 원서동 집을 나와 형님 집이 있는 계동으로 달려왔다. 몽양은 의외의 말을 했다.

"지금 경성방송국을 접수해야겠다."

"방송국이라니요?"

"아침에 엔도 류사쿠 정무총감을 치안권을 넘기겠다고 했어."

"치안권을 넘겨준다니요?"

금시초문이었다.

"오늘 일본이 항복을 한다. 재류(在留) 일본인 무사 귀환을 상의하자고 만나자고 하는 거야."

"그런데 왜 방송국을 접수한다는 말씀입니까."

"우리가 해방과 독립을 맞으면 맨 먼저 우리말은 물론이요 영어로도 방송을 해서 전 세계 인민에게 알려야 할 것 아닌가. 치안을 맡아야 하고."

여운홍은 형님의 뜻을 헤아리고 이정남을 불러 당부했다. 일이 커질 것 같으니 선전활동을 확대하는 한편 청년들을 모아 주요 기관 경비를 강화하라고 지시했다.

몽양은 해방정국을 주도해나가고 있었지만 벌써 방해자들이 나타나고 있었다. 조선총독부가 아니라 조선 내부의 우익 단체들이었다. 그래서 이에 대처하기 위해 고위인사회의도 소집해놓았다.

"제군들, 방송국으로 나가봐야지?"

"선생님의 경호가 더 중요하지 않습니까. 요즘 돌아가는 정세가 불안합니다."

그러자 특유의 환한 얼굴로 몽양이 말했다.

"신생 조국에서 나를 해칠 사람은 없어. 왜놈들한테도 견딘 목숨인데… 좌우간 외부 세력이 침투하지 않도록 방송국 경비 잘 서게!"

권력의 진공상태인 지금 사실은 그의 안위가 무엇보다 중요했다. 비토 세력이 만만치 않았다. 그는 개의치 않았지만 상황은 유동적이었고 혼란스러웠다.

"방송국 인근 설렁탕 집에 말해두었으니까 점심때 가서 배부르게 먹게. 이제는 잘 먹고 일해야지. 그리고 내 걱정일랑은 접어, 천하에 나를 해칠 사람은 없어, 하하하."

몽양은 모든 사물이나 인간관계를 로맨틱하게 보았다. 사람들도 그를 소탈하고 솔직한 성격을 칭찬했을지언정 탓하지는 않았다.

회의 참석자들이 하나둘 마당으로 들어서고 있었다. 민세 안재홍을 비롯 최근우 정백 이만규와 그의 동생 여운홍 등 측근들이었다. 청년들이 그들을 안내한 뒤 모두 각자의 일을 위해 밖으로 나가고, 방문 인사들이 응접실 의자에 앉았다. 녹차가 나오자 최근우가 먼저 말을 꺼냈다.

"우리 건준을 인정하지 않는단 말이올시다."

"누가요?"

"고하지요."

고하 송진우는 《동아일보》 사장이었다. 몽양은 고하가 건국준비위원회(건준)를 반대할 이유가 없다고 생각했다. 그런데 부정하고 나온다. 그간의 조직체인 건국동맹을 해방이 되자 건준으로 확대 개편했고, 자리를 깔아 놓았으니 모두 모이면 되는 것이었다. 자력으로 국가를 건설하고, 민족 자치를 바탕으로 국가 틀을 짜면서 외세를 활용하면 되는 것이었다. 그런데 고하는 거부했다. 수도권을 빼앗기지 않겠다는 고집으로 보였다.

여운형은 조선총독부 2인자인 정무총감 엔도로부터 치안유지권을 물려받았다. 치안유지 절차를 밟아나가면서 국가 구성을 펼쳐나가면 된다고 그는 보았다. 그것이 정권을 인수받는 데 자연스런 수순이다. 이미 깔아놓은 자리에 모든 단체, 모든 기구, 모든 인사가 참여하면 성대하게 국가 인수 기구가 발족하는 셈이다. 거기에 무슨 이론(異論)이 필요한가.

몽양은 1940년대 초 비밀리에 조선건국동맹을 결성했다. 탄압으로 인해 국내 독립운동이 지리멸렬한 가운데 국내 및 해외독립운동 단체들 간의 구심체 역할을 하는 창구로 등장했다. 해방이 되자 건국준비위원회라는 정부 인수기구로 개편했는데 총독부를 대체할 수 있는 기구였다. 이런 발빠른 조치는 누구로부터 외면받을 성질의 것이 아니었다. 없어도 있도록 만들어야 하는 판에 이미 존재했고, 또 누군가는 해야 했기 때문에 기존의 조직을 확대 개편해 건국준비 기구로 결성했다. 이로인해 엔도 정무총감도 치안유지를 제의해왔던 것이 아닌가. 이 기구를 정부 인수 기구로 전환하면 되는 것이다.

엔도가 몽양을 만나자고 요청한 것은 일본인이 무사히 한국땅을 빠져나가는 일 때문이었다. 그들이 한반도에서 저지른 악행이 있었기 때문에 피를 부르는 보복이 있을 것이라고 두려워했다. 한반도에 재류 일본인은 80만을 헤아렸다.

몽양은 그를 만나 준비해간 메모를 내밀었다.

"5개항의 요구사항이올시다. 첫째 정치범 석방, 둘째 3개월 식량 확보, 셋째 치안 유지와 건설산업 불간섭, 넷째 학생훈련, 청년조직 불간섭, 다섯째 전 조선 각 사업장 노동자들의 민족 건설산업 협력이오."

엔도가 메모를 읽고 난 다음 고개를 끄덕이며 받았다.

"어떻게든 우리 일본인이 다쳐서는 안 됩니다. 그러면 오케이입니다."

일본인이 무사 귀국할 수 있도록 돕기만 한다면 어떤 요구도 거부하지 않겠다는 것이 엔도의 기본 자세였다. 실제로 그들은 떨고 있었다. 전과가 있기 때문에 두려워하는 것이었다. 재산 다 내놓고, 자리도 내놓고, 세간살이까지 내놓고 갈 테니 몸만 빠져나가게 해달라고 애걸하는 입장이었다. 어차피 떠나가는 마당이라면 요구사항을 받아들여도 선심쓰는 효과가 있다.

휘문고보 운동장에서 열린 연설회에서 몽양이 이같은 합의사항들을 발표하자 관중들이 일제히 환호했다. 눈물을 흘린 사람들도 있었다. 해방과 독립, 자주국가 건설을 눈앞에 두고, 일본놈을 쫓아낸다는 순간, 누구도 감격하지 않은 사람이 없었다. 자연 총독부 접수, 신생국가 건설이 진행될 것이다.

그런데 최근우가 이상한 말을 했다. 최근우에 따르면, 엔도는 몽양을 만나기에 앞서 8월14일 《동아일보》 사장 고하 송진우를 먼저 만났다.

"고하 사장, 재류 일본인이 무사히 떠나가도록 치안을 보살펴 주시오."

고하는 단번에 이맛살을 찌푸렸다. 패망해서 떠나가는 놈이 무슨 치안유지를 부탁하고, 재류일본인의 안전을 당부한단 말인가. 엔도는 나름으로 그간의 친교를 무기 삼아 그에게 부탁했는데 이맛살부터 찌푸리는 것이 내내 섭섭했다. 영향력 있는 《동아일보》 사장이 치안을 맡아주면 좀더 안심하고 떠날 수 있다고 생각하는데 당장 거부감을 보인다.

"고하 선생, 우리에게 필요한 조치는 생명을 보호받는 거요. 일어날 수 있는 불상사를 방지해야 하는 것 아니겠소?"

"나는 적임자가 아니오."

"존경받는 고하 선생이 치안 문제를 받아주는 것이 현실적인 방법이라고 생각하는데 적임자가 아니라니요?"

고하는 충칭에 가 있는 임시정부가 있는데 굳이 자신이 정권을 인수할 당사자가 될 수 없다고 생각했다. 또 굳이 말한다면 그것은 새로 들어오는 연합군과 협상할 내용이지 패망한, 이른바 썩은 동아줄을 잡고 홍정할 수는 없다고 보았다. 일제가 식민지 민중에 가한 가혹한 탄압정책에 대한 보복이 두려워서 뒷바라지해 달라는데 전통적 애국자로서 그리고 싶은 마음도 없었다.

법도와 질서와 품위를 지키는 보수 우익 지도자 고하는 누가 봐도 존경받는 인격자였다. 일본 유학파로서 일본 입장에서도 대화가 통하는 적임자였다. 그런데 뿌리치고 돌아가버렸다. 송진우가 돌아간 뒤 엔도는 조선총독부 조사과장인 최하영을 불렀다.

"고하가 거부하고 갔소. 최 선생이 맡아줄 수 없소?"

최하영 역시 난색을 표했다. 최하영은 동경제대 출신으로 덕망있는 사람이었다. 그는 총독부 고급 관료라는 한계가 있다는 점을 내세웠다. 대신 박석윤을 소개했다. 박석윤(1946년 월북) 역시 동경제대 출신으로 육당 최남선의 매제였으며, 외교관과 사업가로서 상하이 임시정부와도 선이 닿고 있는 이념적 스펙트럼이 넓은 지식인이었다. 박석윤은 몽양과도 친했다.

"나보다는 적임자가 몽양이오."

박석윤은 엔도를 만난 자리에서 자기 대신 몽양을 추천했다. 그역시 건국동맹에 일정 부분 관여하고 있었다. 엔도가 다르게 물었다.

"조선치안유지협력회 사람들은 어떻소?"

"어용 조직이라 당장 반발이 나올 수 있습니다."

해방된 나라에서 그런 조직은 정통성 문제와 함께 화를 불러올 것이 자명했다.

"하지만 몽양은…."

엔도는 고개를 갸웃했다. 몽양과 친면이 없는 것은 아니지만 그는 중국 유학파에, YMCA를 중심으로 사회주의 운동을 펼쳐오고, 중국과 시베리아를 누비며 항일운동 세력과 연대한 인물이라는 점이 거슬렸다.

"그는 유연합니다. 만나보십시오."

박석윤의 간곡한 권유로 엔도는 부랴부랴 몽양을 찾았는데, 의외로 문제가 쉽게 풀렸다. 그런데 이 소식을 들은 고하가 즉각 반발하고 나섰다.

"지하조직 건국동맹을 건국준비위원회로 개편하고 전국 각지에 건준 지부를 조직했다고? 물러가는 일본에 대한 보복을 방지해주는 대가로 실권자로 나선다고? 이게 프랑스 페탱의 비시(Vichy) 정권과 무엇이 다른가?"

고하는 건준을 나치 지배 시절의 프랑스 비시 정권과 동일시하고 있었다. 충칭 임시정부의 법통을 이어받는 것이 선결과제이고, 전승국인 미국으로부터 통치권을 인수받아야 하는 것이 순서인데 건준이 나선다고? 총독부로부터 권력을 이양받는다는 것은 의심해볼만하다. 강경한 우파의 원칙주의자 고하는 이런 이유로 몽양을 비난했다.

"그래도 형님, 몽양 쪽 사람 만나서 협의는 해봅시다."

낭산 김준연이 사무실을 서성거리며 울끈불끈해 있는 고하에게 조심스럽게 주문했다. 고하보다 다섯 살 아래인 동경제대 출신의 판단력 빠른 낭산은 고하 밑에서 《동아일보》가 1941년 폐간되기 전까지 논설위원과 주필직을 맡아오고 있었다.

"자네, 정신 있나? 일본놈한테 정권을 물려받으라고?"

고하가 화를 냈으나 낭산의 생각은 달랐다. 패닉 상태에 빠져있는 저들이 목숨을 구걸해올 때, 선심 쓰듯 받아들이면 모든 것을 얻어 낼 것이다. 그렇게 권력을 이양받는 것도 전략 중 하나다. 굴러온 호박을 이런저런 명분으로 거부하면 기회를 놓칠 수 있다. 권력의 현실적 실체로서 조선총독부는 여전히 존재하고 있고, 그들이 숨돌릴 새 없이 당황할 때 몰아붙여야 한다. 시간 여유를 확보하면 무슨 꾀를 낼지 모른다. 일본의 기질 중에는 언제나 그런 꾀를 내 뒤통수를 치는 습관이 있다.

"형님, 저놈들은 패망했다지만 무기를 갖고 있습니다. 우리는 각목밖에 없습니다. 저들이 철수하면서 조선인들을 쏘고 떠나지 말란 법도 없습니다. 민중은 보복의 자세로 저놈들을 칠 수도 있고요. 서로 싸움질이 벌어지면 더 큰 낭패 아닙니까. 저들이 인수인계 절차를 밟자고 요구할 때 응하는 것도 방법입니다."

그것은 몽양의 생각이기도 했다. 진영은 달랐지만 몽양의 생각과 낭산의 생각은 같았다. 둘은 기본적으로 타협주의자였다. 결과론적으로 말하면 이런 타협주의 정신이 국면 타개의 힘이 되었을 수 있다.

한국은 전승국도 아니고 패전국도 아닌, 어찌 보면 2차 세계대전의 손님이었다. 전승에 기여한 바가 없기 때문에 발언권이 있을 리 없다. 이럴 때 취해야 할 자세는 기회가 왔을 때 재빨리 붙들어야 하는 것이다. 국익 우선의 기본 전제는 실리를 챙기는 일이다. 현실은 한반도가 일본 제국주의의 희생물이었지만, 전승국의 입장에서는 한반도 역시 전범국가다. 지도자들이 이런 전쟁 피해국의 입장을 전달하고, 전후 처리 과정에 주체적으로 참여해야 한다. 그 힘은 협상력이고 외교력이다. 그 전제는 정보를 빠르게 입수해 가공하여 순발력있게 대처하는 일이다.

하지만 벌써부터 분열하고 대립하고 있다. 주도권 쟁탈로 앞을 내다보지 못하고 있다. 좋은 도자기는 굽기 전에 작가의 솜씨가 발휘되는 것이다. 시간을 놓치면 아무리 훌륭한 예술가라도 조악품을 만들어 낼 수밖에 없다. 시기와 기회는 그래서 중요한 것이다. 그리스 신화에 이런 것이 있다.

> 내가 벌거벗고 있는 이유는 누구에게나 쉽게 눈에 띄기 위함이고,
> 앞머리가 무성한 것은 사람들이 나를 쉽게 잡을 수 있도록,
> 뒷머리가 대머리인 것은 내가 지나가면 다시 붙잡지 못하도록,
> 어깨와 발뒤꿈치에 날개가 있는 것은 최대한 빨리 사라지기 위함
> 이다. 내 이름은 카이로스다. 바로 기회라는 새다.

한번 지나가면 다시 붙잡을 수 없는 것, 바로 기회다. 해방공간을 제대로 관리하느냐 못 하느냐가 민족의 미래를 좌우하는 기회 비용이다. 굳이 말한다면, 고하와 몽양의 시국관이 크게 차이가 나는 것은 아니었다. 개인적 성격의 차이만 있을 뿐이었다. 차이가 적이 될수도 없었다.

조선조 유생의 깐깐하고 원칙주의적인 품성을 지닌 고하에 비해 몽양은 나이브한 돌파형이다. 고하 입장에서 몽양은 사는 방식이나 품성, 그리고 이념의 경계가 모호하다. 엄격한 유교적 도덕주의자 눈으로 볼 때는 신뢰가 가지 않았다. 반면에 몽양은 고하가 답답한 꽁생원이다. 권위주의에 젖어 배타적이다. 하나의 편견을 끝까지 가지고 가는 경향이 있다.

몽양과 고하는 정치인이었지만 현직은 언론인이었다. 두 사람은 1941년 강제 폐간당한 《조선중앙일보》와 《동아일보》의 사장 자리

에 있었다. 두 매체는 민족지로서의 경쟁의식이 있었지만 사세는 《동아일보》가 월등했다. 그래서 고하는 알게 모르게 몽양을 무시했다.

고하의 주변엔 인촌 김성수를 비롯해 김병로 이인 백관수 장덕수 김준연 등 기라성 같은 일본 유학파 수재들이 포진해 있었다. 운동가라기보다 테크노크라트 중심의 인재풀이었다.

반면에 몽양 주변엔 빛나는 스타들일지라도 사회주의 성향의 자유주의자들이 동가숙서가식하며 모여들었다. 대체로 지사적 풍모를 지니고 있었다. 그런 그들이 건준을 꿰차고 정권을 인수할 시뮬레이션을 하고 있다. 거기에 몽양의 휘문고보 연설회에 서울 시민의 반이 모였다고 할 정도로 대성황이었다고 하니 배알이 뒤틀렸다.

머리 좋고 잘 생기고 장래가 약속된 친구라도 식객 노릇을 하면 업신여기기 마련인데, 몽양이 그랬다. 인품과 학식이 없었다면 잘 생긴 얼굴을 밑천으로 대처를 나대는 난봉꾼 신세가 될 사람으로 볼 만했다. 난세의 영웅은 고향에서 대접받지 못한다는 말이 있듯, 젊었을 적 식객 노릇하던 자가 훌쩍 커서 세상을 호령하는 처지가 되니 젊은 시절을 함께 보낸 친구가 이를 인정하지 않는 것이다. 거기에 고하는 근래 몽양이 엔도로부터 정치 자금을 받았다는 괴소문까지 떠돈다는 것을 알고 있었다. 그것은 엔도가 고하를 묶어두기 위한 고도의 공작 음모일 수 있었지만, 고하는 그것을 믿는 모양이었다. 인간은 본시 반대파의 나쁜 정보는 그대로 믿고 증폭시키고, 좋은 정보는 부정하거나 비트는 습성이 있다.

"망해가는 놈들의 뒷돈을 받고, 그놈들 귀향 편의를 봐준다고? 염치없는 일 아닌가."

고하는 낭산더러 진상을 알아보도록 지시했다. 몽양은 낭산의 전화를 받고 심복 최근우를 대신 만날 장소로 보냈다. 최근우는 낭산과 대학 동문이었다. 동경 유학시절부터 두 사람은 이념적으로 가까운 사이였다. 똑같이 조선공산당에 가입한 경력도 갖고 있었다. 몽양은 고하의 심뽀와는 상관없이 그를 어떻게든 건준에 끌어들일 생각을 하고 있었다.

최근우는 몽양의 뜻을 전달하고 고하의 속마음을 타진했다.

"낭산, 고하가 어떤 생각을 하고 있는지 모르겠지만, 어차피 건준이 조직되었으니 함께 참여해 일하는 것이 좋은 일 아니오?"

그러나 낭산은 고하의 뜻을 거역할 수 없었다.

"고하는 미 군정과의 협력이 긴요하다는 것이야. 통치권을 물려받는다면 연합국으로부터 받아야 하고, 그 경우도 국민대회를 거쳐야 한다는 지론을 갖고 있지. 임시정부가 들어오면 그때 정권을 인수하도록 역할하면 된다는 것이야."

절차상으로 보면 맞는 수순이었다. 하지만 그렇게 가기 위해서도 인수인계할 구심체가 있어야 했다. 미국을 맞더라도 내부적 결속력을 갖추고 맞아야 하는 것이다.

최근우가 사무실로 돌아와 고하측과 접촉한 과정을 보고하자 몽양이 답했다.

"이론상으로는 맞지만 시간이 없네. 정권인수 기구를 갖춰 대비해도 시간에 쫓기는데, 돌아오지 않는 임정을 기다리라니… 마련도 없이 미군사령부를 맞이하면, 왜놈들이 끼어들어 분탕질할 수 있네. 그놈들 성질 모르는가? 농간을 부릴 수 있는 인간들 아닌가. 조선 지도자들이 미군사령부와 연이 닿아있지 않은 마당이라면, 우리도 이런 정부 인수기구가 있다 하고 당당히 나서야 할 것이란 말일세. 상해 임정이 언제 들어올지도 모르는 상황이 아닌가."

건너편 자리의 정백이 나섰다.

"그런데 말이지요, 저자들이 우리더러 총독부 자금을 받아 쓴다고 악선전하고 있습니다."

"정백 동지도 그런 소문 들었소?"

몽양이 언성을 높였다.

"고하가 나더러 돈을 받았다고 음해해? 나를 시중잡배로 몰다니! 용서할 수 없소!"

그의 손이 떨렸다. 몽양은 비폭력주의에 입각해 일본인을 보내준다는 것이고, 그런 다음 권력을 인수받는 것이 현실적 대안이라고 생각하고 있었다. 그런데 돈받아 먹고 후사를 도모해 준다고 모해하다니…… 다른 회동자들도 비분강개하기는 마찬가지였다.

"일본놈으로 말하자면 우리가 더 이가 갈리지. 그들은 대접받고 살았지만 우리는 매번 쫓기며 살았소. 핍박당한 우리보다 그자들이 더 방방 뛰니 우리가 매국노가 돼버린 꼴일세, 허허 참."

"설사 돈 받으면 어떤가. 우리가 총독부에 놀아날 사람들인가. 이건 치욕이다. 지놈들이 쌀밥만 먹고 살아서 남의 배고픈 것을 모르고, 이렇게 함부로 씨부리는 거야."

"함께 하지 않겠다는 흉계요."

모두들 흥분하자 몽양이 주변을 정리했다.

"여러 말 할 것없이 우리가 치안유지한 상태에서 미 군정을 받아들이고, 상해 임정을 받아들이면 되는 것이오. 우리가 먼저 상해 임시정부 귀국환영회를 준비합시다."

몽양은 선제적으로 임정을 환영하자고 제안했지만, 배석자들은 떨떠름한 표정이었다. 몽양과 백범 김구 간에 감정의 앙금이 있었다. 그 점 되새기고 있는 것이다.

몽양이 상하이 임정시절 중국에 들어가 김구와 함께 활약할 때, 징계를 받은 일이 있었다. 그는 국민대표회 안창호, 김동삼과 함께 개조파로 활동해 김구 노선과는 차이 나는 길을 걸었다. 모스크바를 찾아 레닌을 만나고 쑨원을 만나고, 장제스를 만나는 등 독자적으로 활동하며 이념적 스펙트럼을 넓혔다. 그것이 임정의 눈에 거슬렸다. 경계 구분없이 종횡무진 활동하는 것이 임정으로서는 정체가 불분명하다고 보았다. 그런 연유로 징계를 받았던 것이다. 이때 몽양은 《동아일보》 상하이 주재 통신원과 러시아의 타스통신 기자로 활동하고 있었다. 《동아일보》 상하이 주재 통신원은 고하의 주선이었다. 그런데 지금 임정을 보는 시선이 다를 뿐만 아니라 음해, 비난까지 하고 있다. 지도자들은 이렇게 사소하고 자잘한 시비에 말려 쉽게 적대적인 관계로 돌변했다.

몽양은 경기도 양평 부호의 후예였다. 구한 말 기독교의 평등사상을 수용하면서 노비들을 해방시켰다. 양심의 소명대로 정의롭게 살아왔다고 자부해왔다. 풍류객으로서의 기질은 갖고 있었지만 남의 돈을 부정하게 탐해본 적은 없었다.

해방 전후의 정치지도자 인기도로 보면 몽양은 단연 민중의 스타였다. 여론조사에서 몽양이 늘 1위였고, 2위 이승만, 3위 김구 순이었다. 따지고 보면 고하는 손 아래 급이었으며, 그랬음에도 불구하고 소탈한 성격 그대로 그와도 스스럼없이 동지로 지내고 싶었다.

"임정봉대론, 좋습니다. 그럴려면 환영기구를 만들어서 맞아야지요."

"일본놈들이 벌써 연합군과 밀통(密通)을 주고받는다는 풍설도 있소이다. 왜놈들이 조선인들은 능력이 없다고 모략하고 있다고 합니다. 서두릅시다."

회동은 이렇게 결론이 났다. 건준은 산하의 보안대를 건국치안대로 개편하고 청년학도들을 중심으로 관공서·경찰서·금융기관·방송사 등 주요 건물 보호에 나섰다. 전국 시·군·읍·면 단위에 광범위한 지부 조직을 결성했다. 전국 145개 지부가 설치되어 9월 1일 전국건국준비위원회가 열렸다. 이렇게 발빠르게 건준은 국내 유일의 정치결사체로 모습을 갖춰나갔다. 여세를 몰아 9월 6일 경기여고 강당에서 전국인민대표대회를 열었다. 대회에서 조선인민공화국(인공) 조직기본법을 채택하고 인민위원을 선출해 신정부를 구성했다.

조각 명단을 보면 주석 이승만, 부주석 여운형, 국무총리 허헌, 내무부장 김구, 외교부장 김규식, 재정부장 조만식, 군사부장 김원봉, 경제부장 하필원, 서기장 이강국, 기획부장 최근우가 지명되었다. 대회에서는 임정환영준비회 및 미군환영회도 구성하기로 결의했다.

인공이 출범하면서 새로운 국면이 전개되었다. 일제에 쫓겨 전라남도 광주시 백운동 벽돌공장에서 노동자로 숨어지내던 좌익 박헌영이 출현한 것이다. 몽양은 그와 제휴해 조직 기반을 확대해나가기로 했다. 어떻게든 세를 결집하여 나라의 미래를 열어가고자 했다.

그러나 박헌영의 생각은 달랐다. 그는 장안파, ML파, 화요회로 분열되어 있는 3파의 공산당 조직을 하나로 통합해 인공에 합류했다. 결집력이 강한 그들이 어느 결에 건준 조직의 중심부를 장악했다. 이를 보고 부위원장 안재홍 등 민족진영이 이탈했다. 몽양은 사회 여론을 중시해 좌우 합작을 꾀하는 것이 독립국가를 건설하는 데 도움이 된다고 보았지만, 우파들이 이탈해 그의 조직 장악력은 현저하게 약화되었다. 사람 좋은 그는 누구나 받아들이면서, 동시에 누구나 놓치는 우를 범하고 있었다.

이 무렵 원세훈 조병옥은 조선민족당, 인공에서 이탈한 안재홍을 비롯 허정 윤치영 윤보선은 한국국민당, 송진우 김성수 백관수 김병로 김준연은 한국민주당(한민당)을 창당했는데, 이중 한민당이 호남 자본력을 바탕으로 우파 주류로 등장했다. 당시까지만 해도 한반도의 주산업이 농업이고, 호남은 곡창지대였으니 이 지역이 한국 자본시장을 쥐락펴락하고 있었다. 한민당은 김구, 이시영이 이끄는 임시정부 법통을 이어받는다는 방침 아래 9월 7일 한민당 발기대회를 독자적으로 열었다. 이때 서울에는 174개의 정당이 난립했다. 그 중에는 1인 정당도 있었다.

몽양은 분열을 막기 위해 다시 양 진영의 통합을 전제로 고하에게 협상을 요구했다. 고하는 여전히 건준을 부정했다. 임시정부가 있는데 또 다른 정부기구가 들어설 수 없다는 것이 거부 이유였다. 그것은 일단 합리적인 판단으로 보였다. 그러나 따지고 보면 몽양에게 주도권을 빼앗기지 않겠다는 태도가 본질적인 이유였다. 분열이 내면화한 국민 기질 때문에 대립은 일상화되었다. 대의를 위해 소아를 버리는 것이 대인(大人)의 풍모라는 정신을 외면했다. 기왕 설치된 기구를 통해 임정봉대론을 펴고, 임정이 귀국해 기구를 흡수, 확대해 나가면 된다는 것이 평범한 시민들의 기대인데 지도자들은 그런 단순방정식 대신 소소한 대립 문법으로 부딪치는 것이 체질화되었다.

고하가 한민당을 창립한 것도 따지고 보면 임정 봉대론을 편 입장에선 모순이다. 고하의 한민당은 정당의 하나이고, 정당은 기본적으로 집권을 목표로 하는 기구가 아닌가. 그 역시 권력 쟁취를 위한 또 다른 정당을 창당한 것이다. 임정 세력은 독자적으로 한독당을 결성했다.

조선총독부의 대 조선 인식은 제 정당이 생각하는 것과는 사뭇 달랐다. 총독부는 조선 지도자들의 내분과 분열이 심화하자 즐기는 입장이 되었다. 손 안 대고 코를 푸는 즐거움을 누리게 된 것이다. 시일이 지날수록 시간은 그들 편이었고, 그래서 패망 직후 쩔쩔 매던 것이 창피할 지경이었다.

조선총독부는 건준이 조직 확대를 꾀하자 허용하는 듯했으나 어느 순간부터 제동을 걸기 시작했다. 지도자들끼리 피 터지는 쟁투를 벌이는 걸 보면서 여유를 찾게 되었다. 다시금 통치의 스킬을 맛볼 수 있다고 보았다. 뭉치면 대적하기 힘든데, 그래서 갈라놓는 정책을 식민지정책의 주요 아젠다로 설정했는데 과연 개입하지 않아도 서로 진흙밭의 개싸움을 벌이고 있다.

사자 두 마리가 서로 물고 물리는 싸움을 한다. 약한 사자가 먼저 희생된다. 그러나 승리한 사자도 물린 상처로 인해 결국은 죽게 된다. 먼저 죽느냐 나중 죽느냐의 차이일 뿐, 두 사자는 결국 죽는다. 이렇게 충돌이 일상화되니 끝내는 둘 다 나가떨어지는 치킨 게임의 처절한 모습이 된다. 물러가는 조선총독부가 지켜보는 것만으로도 통쾌한 관전 포인트였다.

건준 지도부는 스스로 건국의 기치를 내걸고 시가행진을 벌이고 관공서, 신문사, 방송국, 경찰서, 기업 등 주요 기관 경비를 명분으로 삼아 하나씩 접수했다. 상대방이 힘 떨어질 때 밀어붙이는 것은 당연한 전술이었다. 빼앗긴 것을 되돌려 받기 때문에 도둑질이라고 말할 수도 없었다. 원래대로 되돌려놓는 것이니 되돌리는 기쁨도 컸다.

조선총독부가 몽양의 건준에 치안권을 위임했다면 당연히 정권인

수 기구로 인정한다는 뜻 아닌가. 하지만 총독부는 어느 날 권력이양을 약속한 바 없다고 포고문을 발표했다. 역시 일본은 기회를 놓치지 않는다.

당시 조선총독부는 다음과 같이 조선 사태를 분석했다.

— 고하 세력은 8·15 상황을 이해하지 못하고 무책이 상책이라고 보고 있다. 몽양은 고하의 인식과 반대로 8·15 상황을 신속하게 대처하며 움직이고 있다. 두 세력은 정파주의에 빠져 있다. 조선총독부는 미 군정과 협상하여 조선반도 관리 일정을 연장할 수 있다. 연장이 용이치 않으면 총독부 의지대로 환경을 조성해나간다. 기회는 조성되고 있고, 연합군과의 협상 채널은 다양하게 확보되어 있다.

그 진단은 정확히 맥을 짚고 있었다. 고하는 건준을 조선총독부에 협력하는 괴뢰정권이라고 공격했다. 건준은 고하가 임정봉대론을 주장하면서 한민당을 창당한 것이 모순이라고 공격했다. 이것 모두 총독부가 이간질하기에는 좋은 환경이었다.

일본의 조선군관구사령부와 경찰은 이를 보고 다음과 같이 성명을 발표했다.

— 당국의 지시에 따라 생업에 종사하고, 경거망동하는 일이 없기를 요한다. 민심을 교란시키고, 치안을 문란하게 하는 일이 있으면 군과 경찰은 단호히 조치를 취할 것이다.

조선총독부는 더 나아가 '건국준비위원회 등에 맹성을 촉구한다'는 담화를 발표했다.

— 건준의 본래의 사명은 총독부 행정의 치안유지에 협력하는 것인데, 본래 사명을 일탈하는 점이 많다. 건준 활동 및 의지 발표를 보면 생명, 재산의 보증, 정규 군대의 편성, 식량물자 운영, 통제기관의 장악 등이 포함되어 있고, 행정 기관의 접수를 촉구하는 등 정치적 의지 표시, 또는 독립 정권 획득의 준비 공작 등의 표명으로 인하여 심대한 과오를 범하고 있다. 이러한 일탈적인 행위에 대하여서는 엄하게 단속할 것이다.

건준의 명칭도 조선총독부가 지시하는 취지에 맞게 바꿀 것을 요구했다. 국내 정치세력의 일파가 조선총독부에 손을 써 건준 명칭을 바꿔 쓰도록 요청까지 했으니 조선총독부로서는 국내 유일의 건국기구를 무력화시키는 데 더할 수 없는 힘의 탄력을 받고 있었다. 일본의 힘을 빌어 이익을 취하려는 국내 세력들 역시 힘을 받아가고 있었다. 8·15 해방과 독립은 기록상일 뿐, 현실은 어느새 일제 치하나 다름없이 전개되었다.

몽양에게 협력을 요청했던 조선총독부가 갑자기 강경한 태도를 취하게 된 것은 어쩌면 당연한 일이었는지 모른다. 수많은 정파와 군벌이 난립하지만 내버려 두어도 그들끼리 충돌해 끝내는 자멸한다. 그래서 식민지 관리를 연장할 수 있고, 미 군정과의 네트워크를 통해 일본의 복안대로 남한을 관리했다가 물려주면 된다. 그렇게 해서 인적 물적 손실 하나 없이 떠나가면 되는 것이다. 이를 지켜본 오카 조선총독부 정무국장은 "자식들" 하고 속으로 쾌재를 불렀다.

"역시 조선놈들은 재미있단 말이야. 지들끼리 진흙탕물을 뒤집어쓴 채 깃발을 꽂으러 언덕에 기어 오르는데, 꽂을만 하면 밑엣놈이 가리쟁이를 잡아 끌어내려 진흙구덩이에 처박아버린단 말이야.

그리고 서로 진흙탕에 나뒹군단 말이야. 하여간에 재미있는 종들이야."

　이런 가운데 조선총독부는 일본 군사 3천 명을 경찰로 전속, 배치했다. 일본군은 무장해제가 되었기 때문에 이들을 써먹어야 할 마땅한 곳을 찾던 중이었는데, 다행히 불안한 한반도 정국이 변신의 계기가 되었다. 치안유지 명목으로 미군으로부터 일정 기간 통치를 위임받을 수 있다. 이러니 해방과 독립은 개뿔, 일제의 연장이 그대로 이어졌다. 오카 정무국장은 다른 성명서도 준비했다.

　— 현재의 정세는 대일본제국이 미·영·중·소 4개국과의 전투 행위를 일시 정지한 것에 불과하며, 조선의 사태는 금후 일본과 공동선언의 상대국과의 사이에 이루어질 합의에 의하야 비로소 통치권의 수수(授受)가 이루어질 것이다. 고로 그 때까지는 조선에 있어서의 일본제국의 통치권은 엄연히 조선총독부에 의하야 존재하며, 그 사이 조선총독부에 통치의 모든 권한과 책임이 있다. 즉, 사태는 직접 전투행위가 정지된 것에 불과하다. 조선의 문제도 금후의 조약 내지 법제적 수속이 진행된 이후의 일이다. 누가 조선통치의 책임 있는 지위에 설 것인가는 아직 결정되어 있지 않다. 조선통치의 책임과 그 통치를 위한 시설 일제는 흰새 역시 조선총독부 사제의 수중에 있다. 고로 치안을 교란시키는 일이 있으면 총독부는 그 책임으로서 단호한 조치를 취할 것이다.

　실제로 해방 이후에도 기마병이 일본 군도를 차고 위협적으로 서울 중심부 순찰을 돌고, 어떤 행인이 오인을 받아 기마경찰이 쏜 총에 맞아 죽었다. 기마경찰의 채찍을 맞고 부상당한 시민도 부지기

수였다. 경찰은 용산역 앞에서 항의하는 의과전문학생을 경찰진압
봉으로 폭행해 죽이고, 시민을 잡아가두었다. 민중들은 점차 해방의
기쁨을 실감하지 못했다.

조선군관구사령부의 담화는 그것을 잘 말해준다.

— 소위 정식 정전 협정은 금후 대일본제국과 연합국 당국 간에
진행될 것이다. …조선은 여전히 일본 제국의 통치하에 있으며, 그
통치권은 조금도 움직임이 없다. 항간에 떠도는 신정부의 인물 구성
과 같은 것은 일부 망동자의 흑색선전에 불과하다는 것이 시일의 경
과와 함께 명백해지고 있다. 일부 책동분자가 지도권을 획득하려고
기도한 일시적 파문은 우리 군관의 적절한 조치에 의하야 즉각 진정
될 것이다. 일부 책동분자의 암약은 근절되지 않았으며 기회를 보아
서 재발하리라 예상되기 때문에 충분한 경계심을 필요로 할 것이다.

곧 진주할 미군 태평양사령부는 조선총독부가 취한 전후 조선반
도 관리 정책을 인정하고, 독려했다. 미군은 조선에 대해 아는 것이
없었고, 대화할 파트너 역시 정해진 것이 없었다. 그것을 조선총독
부가 대신했고, 한국의 지도자는 거기까지 생각이 미치지 못했다.
미군 태평양사령부는 조선의 지도자를 알지 못했으며, 알더라도
일본의 하수인으로 알았고, 대책 또한 없었기 때문에 치안을 유지하
는 근간은 기존 조직인 조선총독부와 일본 군경에 있었다. 조선총독
부는 일본군 제17방면군의 무장해제에 대비해 또다시 9천 명의 군
인을 경찰관으로 전속시켜 특별경찰대를 편성했다. 이런데도 조선
의 지도자들은 서로 싸우는 데 에너지를 소모했다.

조선총독부 공작반의 분열 책동을 조선의 지도자들 스스로가 나서서 협조하고 있었다. 건국동맹─건국준비위원회─인민위원회─인민공화국으로 건국 기구를 개칭하면서 세를 확장해가던 몽양 세력은 조선총독부에게는 새로운 걸림돌이었다. 사회주의자, 민족주의자 등 항일투쟁 세력이 중심이 된 건준이 정부 기구로 등장하면 일본에게 유리할 리 없었다. 다른 정파들이 물고 늘어지는 통에 몽양 세력이 약화되긴 했지만, 여전히 유일 건국 기구로서 체제를 갖추고 세를 불려나가니 제동을 걸 필요가 있었다. 조선총독부는 다음과 같이 결정했다.

─ 여운형 등의 정치 공작이 당국과 충분한 사전협의 없이 이루어졌다. 새로운 상황 변화에 적극적으로 대처하기 위하여 〈정치운동단속요령〉을 발표한다. (1)현저히 저하된 경찰력을 보강하여 종래와 같이 조선총독부 스스로가 치안을 확보한다 (2)건준에 의해 접수된 중요 시설 및 공공기관을 탈환한다 (3)이 과정에서 발생될 조선인의 저항을 분쇄하기 위하여 수단과 방법을 가리지 않고 권한을 행사한다.

요약하면 건준 활동을 분쇄하겠다는 것이다. 이후 건준 사무실 주변에 경찰이 집중적으로 배치되었다. 여운형의 좌우 합작을 위한 조직 체계는 우익세력과 총독부의 탄압과 협공으로 동력을 잃어가기 시작했다. 몽양은 좌파로부터도 공격을 받았다. 좌파로부터는 기회주의자 또는 친미파로, 우파로부터는 좌익빨갱이, 친소파라는 공격이었다. 일본인은 저절로 즐기는 입장이 되었다. 오카 정무국장은 "조선인은 갖춰진 기구마저 부숴버리는 재주가 있군" 하고 속으로 쾌재를 불렀다.

1945년 9월 8일 미 24군단장 존 리드 하지 중장이 병력을 이끌고 인천에 상륙했다. 그는 미 군정 사령관으로서 38 이남 지역에 미 군정을 선포하면서 조선총독부의 통치 체제를 존속, 유지한다고 발표했다.

미국으로서는 한반도 처리에 관해 독립할 때까지 신탁통치를 고려하고 있었을 뿐, 한국의 현실에 대해 알려고 하지 않았다. 미 군정은 조선총독부의 자문을 받아 통치체제를 승계하는 정책을 펴나가는 것으로 방침을 정했다. 군정을 이끄는 하지 중장이나 군정장관 아놀드 소장은 직업군인 출신이어서 뚜렷한 신생 독립국 건설 철학을 갖고 있지 못했다. 신생국의 민족성이나 역사, 전통, 인민의 생각과 미래에 대한 식견을 숙지하거나 인문학적 세계관을 갖춘 인물이 아니었다. 그것은 그들만에 국한되는 문제가 아니었다. 세계 패권국가로 부상한 미국 정부 자체가 그러했다.

1945년 10월 16일 이승만이 미국에서 귀국했다. 그는 전국을 순회하면서 독립촉성중앙협의회(독촉)를 구성했다. 이 기구는 상징적 존재였을 뿐 실체는 없었다. 11월 23일과 12월 2일엔 충칭 임시정부 요인이 1,2개조로 나뉘어 차례로 귀국했다. 모두 개인자격이었다. 임정은 정통 정부임을 내세워 기성 정당을 외면하고 독자적인 노선을 걸으며, 한독당을 창당했다. 임정봉대론을 내세웠던 한민당과도 아무런 연고가 없는 셈이 되었다. 임정은 조각을 하면서 주석 김구, 부주석 김규식, 국무위원 이시영, 외무부장 조소앙, 내무부장 신익희, 국방부장 김약수, 총참모장 유동열, 광복군사령 이청천, 참모장 이범석을 임명했다. 건준이 전국인민대회에서 발표한 조각은 휴지 조각이 되었다.

임정의 귀국으로 국내 정정은 더욱 복잡해졌고, 미 군정은 건준—인민위원회(인공)와 충칭 임정 모두 불법화했다. 대신 정당 활동의 자유는 허용했는데, 이로인해 어느새 200여 개의 당 깃발이 거리에 나부꼈다. 제 정당은 자고나면 탄생하고 소멸하는 과정을 거치면서 소소한 명분으로 대결을 일삼았다. 첫 단추를 잘못 뀀으로써 건국은 만신창이가 되어가고 있었다. 피를 부르는 내전의 중심부로 달려가는 형국이었다.

세상에서 가장 무서운 것

아사코의 집 개보수 작업을 마치고 생도 일행이 이시하라 상 집으로 돌아오자 밤이 깊었다. 모처럼 일을 한 보람으로 생도들은 피곤했지만 저마다 기쁨에 넘쳤다.

"우리가 방공호를 파고 진지 보수공사를 한 노역이 이렇게 먹힐 줄 몰랐네. 노가다나 데모도로도 먹고 살 수 있겠어. 우리 여기 그대로 눌러앉아? 토건업이면 금방 부자가 되겠어."

장지성이 농담하며 구릿빛으로 그을린 팔을 들어보였다.

"다른 집들도 수리해달라고 아우성인데, 이를 어쩌지?"

"어려운 사람을 도와주는 것은 인지상정이오. 귀국선이 준비될 때까지 좋은 일 하고 가시오. 오래오래 기억할 것이오."

이시하라 상이 청년들을 격려하며 말을 이었다.

"그것이 사실은 아나키즘의 정신이오. 미래에 다가올 평화를 위해 투자하는 것이오. 그 실현을 위해 풀뿌리 공동체를 형성하자는 것인데, 진정한 지방자치의 모습이오. 거기 가장 현실적으로 가닿은 곳이 제주도요. 거기가 나의 실험장이고 실천현장이고, 이상향이오.

부단히 실험하고 응용하고 실천해갈 곳이오."

오민균이 물었다.

"제주도가 실험장이고 실천장이라니요?"

"아나키즘의 원형이 살아있다는 거요. 중앙정부의 통제권 밖이고 혜택도 없으니 스스로 더불어 살아가자는 방식의 룰, 자생적 공동체의 모습이오. 그들의 서로를 위한 헌신성은 놀랍소. 억압과 수탈을 자행하는 중앙정부에 대한 기대가 아니라 이웃과 자신이 몸담고 있는 공동체에 대한 배려와 헌신이오. 그게 바로 인디언 정신이오."

그는 차를 후루룩 마신 뒤 다시 설명했다.

"조선의 아나키즘은 아나키즘을 통해 독립운동을 해왔소. 국제주의 기준에는 맞지 않지만 나는 그걸 이해하오. 민족주의는 영토와 국경을 확장하는 침략적인 제국주의로 나타나기도 하고, 타민족의 간섭을 배제하는 민족해방운동으로 나타나기도 하는데, 조선의 아나키스트들은 이런 두가지 문제를 해결하기 위해 아나키즘 운동을 활용해왔소. 그 정신에는 정당성이 있소. 여러분들은 자치주의 정신의 아나키스트들이오."

일본의 일극주의만을 생각하고 있던 오민균은 그의 지적이 새로웠다. 지적 호기심이 발동해 개인의 자유를 갈구했던 아나키스트들이 걸어간 삶이 어떤 것인가를 그려보았다. 신생조국에 그 접목이 가능할까. 힘이 없으면 밟히는 사조 아닐까….

이시하라 상이 등사물을 돌렸다.

"자유롭게 토론해봅시다. 세상에서 제일 무서운 것이 무엇인 줄 아시오?"

"귀신 같은 그런 사물을 말씀하신 겁니까?"

이정길이 물었다.

"복잡하게 생각하지 말란 뜻으로 내가 직접 대답하지요. 제일 무서운 것은 귀신도, 짐승도, 그렇다고 빈곤도 질병도 슬픔도 아니고, 다름아닌 삶의 권태와 허무요. 이건 마키아벨리의 말인데, 권태와 허무란, 무엇인가를 해도 무엇을 하는지조차 모르는 무력감. 내 삶의 근원적 이유를 찾지 못한 데서 오는 절망. 무엇을 위해 사는 것인지, 좌표도 방향도 모르고 어디로 가는지도 모르고 열심히 허둥대는 것을 말하지. 전쟁을 위해 맹목적으로 달려갔지만 막상 전쟁이 끝나니 극도로 치밀어오르는 허무감, 그동안 사회를 위해선지 국가를 위해선지, 혹은 자신을 위해선지 모르는 것에 맹렬히 질주했으나 결말은 패배하고 말았다는 허무감이오. 그런데 여러분은 작은 실천으로 이런 권태와 허무를 극복했소. 그 안에 소속된 사람들에게 희망의 불빛을 나눠주었소. 조그만 실마리가 생명력을 일깨워준 것이오. 절망 가운데서 인종과 국경을 넘어 인간애를 실천한 청년들을 보고 비로소 그들은 또 다른 실존을 확인한 것이오."

그는 청년들이 아사코와 그 이웃집 사람들에게 배려해준 것이 권태를 이기는 길이고, 희망이고, 평화의 등불이라는 것이다. 그가 말을 이었다.

"그런데 안타깝게도 우리의 허무와 권태와 좌절은 지금 조선 민족에게 당면한 과제가 되었소. 게다가 남북이 갈라졌으니 허무주의는 더 깊어질 것이오. 하나로 결집시키지 못하는 권태와 절망감. 분열에는 능하지만 단합의 기제들이 부족하니 증오까지 겹치게 되었소. 그게 왜 그러는지 아시오?"

청년들이 대답없이 그를 바라보았다. 그는 조선인보다 더 조선인 같았다.

"일본제국주의가 만든 분열 책동 때문이오."

"저는 우리의 나쁜 왕조 질서가 나라를 망가뜨렸다고 보는데요?"
이정길이 응대했다.

"우리의 왕조는 지나쳤습니다. 역모죄는 3대를 멸했으니까요. 강제된 단합만 요구됐지요. 그런 후과로 국민적 자생력이 사라졌다는 것이죠."

"정도의 차이는 있지만 왕조 국가는 다 그랬지. 하지만 나는 오스트리아를 만만히 보지 않소. 그들은 독일 제국의 일원으로서 일본과 마찬가지로 주변국의 희생을 강요하면서 자국의 번영을 추구한 나라요. 이 때문에 연합군이 네 개로 갈라놓았소. 그러나 미안하지만 그들은 외부적 압력을 뚫고 가까운 시일 내에 반드시 통일국가로 나설 것이오. 외부의 압박에도 불구하고 냉철한 자기 반성과 내부 검열을 거친 끝에 힘을 결집해서 방향을 잡아 길을 만들고 통일의 길로 나아갈 거요. 반면에 조선은 동질성을 파괴하는 파쟁의 퍼레이드만 펼쳐지고 있소. 반대와 배제의 기제가 중심이 되고 있소. 그중 정치인이 가장 선두에 섰고, 다음이 언론이고, 지식인이오. 그러니 통일은 난망하지 않나 싶소. 그들은 분단을 이용해 이익을 추구할 것이니까. 그것으로 기득권을 쌓아가는데, 그런 사람들일수록 공동체의 공동선이라는 것이 없어요. 구한말의 정치 지도자들처럼, 철저하게 이익의 자기화, 손실의 사회화를 지향하게 되는 것이오. 그러면 누가 좋아하겠소."

"외부세력이겠죠."
오민균이 답했다.

"그렇지. 모양만 다를 뿐 다시 식민지가 되는 거요."
조병건이 비분강개하듯이 반발했다.

"선생님, 동의하기 어렵습니다. 그동안 조국을 찾겠노라고 상하이에서, 만주에서, 시베리아에서 우리 선각자들의 분투가 있었습니다. 독립투쟁의 자산이 있습니다. 우리의 허무와 좌절을 극복하기 위해 그들 자신의 안락과 이익을 기꺼이 희생한 분들입니다. 우리 조국은 빛나는 선구자들의 이름으로 점철된 역사 그 자체입니다. 그들에 의해 깨끗한 조국이 들어설 것입니다. 선생님은 우리 민족성을 얕잡아 보시는 것 아닙니까?"

"그러나 문제가 있소. 그중 어느 게 문제라고 보시오?"

"파편화를 말씀하시는데, 그것이 민족성일 수는 없습니다. 외부적 영향으로 온 것이지만 이젠 내부적 결속이 있을 것입니다."

"그러기를 바라오. 하지만 문제는 언론이오. 일제 강점기 언론 스스로 부역자를 자임했소. 나치에 점령된 프랑스 비시 정권 하의 언론보다 더 변절한 신문들이오. 신문과 전파는 오늘도 내일도 미래도 편파 왜곡, 조작으로 여러분을 분열시킬 것이오. 20세기 문명은 배운 자, 가진 자들이 인민을 눈멀게 하여 이익을 챙기는 것이오. 그들이 더 악질적이오. 그들부터 처단해야 하는데 그들 힘이 크니 다른 방도가 없소. 그들이 제 소명을 다했다면 세상이 이리 됐을까?"

그는 무언가 안타깝다는 표정이었다.

"언론이 제 역할을 했다면 세기의 비극은 막을 수 있었단 말인가요?"

장지성이 물었다.

"그렇소. 예로부터 한국엔 노론, 근자에는 친일파 세력이 주도했는데 그들의 이익을 대변한 게 관료와 언론이었소. 한마디로 썩었지. 공동체에 대한 헌신성은 사라지고 누구보다 타락하면서 사익을 추구했소. 바른 길로 인도해야 하는 자가 더많이 썩어버렸소. 일본 왕을 신처럼 떠받드는 신문이 일본에서보다 조선의 신문에서 더 많이 나왔소."

한번도 그런 생각을 해본 적이 없는 청년들이었다.

"민중이 살아있어야 하는데, 그들은 무지하고 힘이 없소. 앞으로 여러분의 역할이 중요해요. 여러분부터 힘을 기르시오."

"결사체를 만들라는 뜻입니까?"

"지도자는 궁극적으로 선을 지키기 위해서 힘이 모아야 한다는 것이오. 일본제국주의가 폭력으로 세상을 흐려놓을 때 지식인과 언론이 제 역할을 했다면 이런 엉터리 광기는 없었을 것이오. 아무리 악한 지도자라도 누군가 견제했다면 못된 짓은 크게 나가진 못해요. 그 역할을 언론이 해야 하는데 그들이 함께 썩고 안주했으니 범인에게 칼을 쥐어준 격이 되었소."

생도들은 숨을 죽이며 그의 다음 말을 기다렸다.

"따지고 보면, 일제시대 독립운동을 한 조선 사람은 그리 많지 않소. 미나미 총독이 유례가 없는 탄압으로 독립운동가의 뿌리를 뽑아버린 탓일까? 외관상 그런 것 같지만, 그게 아니오. 일본인 경찰보다 더 잔혹한 조선인 경찰들 때문이오. 미행하고 감시하고 잡아가두고 고문하고 죽이고…… 이런 마당에 독립운동가들이 제대로 배겨낼 수 있겠소? 그 정도로라도 명맥을 유지했던 것은 목숨 걸고 나선 그들의 헌신성 때문이었소. 밥먹는 것조차 해결하지 못할 지경이었으니 활동이 제한적일 수밖에 없었지. 나는 어떤 조선인 토벌대에 사살된 조선의 독립투사 위장에서 나무뿌리만 나왔다는 말을 듣고 한없는 슬픔에 빠진 적이 있었소. 해방이 되었다고 해도 그런 경찰이 주역이 되고 있으니 권태와 허무감은 말할 수가 없소. 그들의 악랄한 수법 모르오? 억지와 군림과 포악성… 거기에 독립운동 세력보다 친일세력의 숫자가 압도적으로 많다는 사실도 권태에 빠지게 하고 있소. 그들은 권력·자본·정보·휴민트·지배의 노하우를 갖고 있소. 새로운 식민지를 확보한 미국은 일본의 자문을 받아 그들을 이용할 것이오. 조선의 사정은 알 바도 아니고, 알려고도 하지 않소. 오로지 총독부가 제공한 통치 노하우로 조선반도 통치기반으로 삼을 것이오. 총독부의 하수인 경찰이 중심이 되겠지. 경찰국가를 유지하는 데는 그만한 충성 도구가 없으니까."

신중하기만 했던 오민균이 힘주어 말했다.

"말도 안 됩니다. 친일 경찰조직을 신생조국의 치안책임자로 앉힌다면 나라의 기틀이 서겠습니까."

"그러나 독립운동 세력은 친일 세력을 이기지 못해요. 숫자에서나 화력 면에서나. 미 점령군에게 조선 지식인에게 맞는 시대정신과 영혼의 유무는 의미가 없소. 충성자만이 미제국주의자의 자원일 뿐이오."

"부숴야지요."

오민균이 주먹을 불끈 쥐었다.

"몽양 선생에게 그 뜻을 전하겠소. 여러분은 몽양 선생을 알고 있지요?"

"형님으로부터 소식은 듣고 있습니다."

이정길이 응답했다.

"미 군정은 그의 건국준비위원회도 임시정부도 인정하지 않아요. 송진우의 한민당은 미 군정에 의한 잠정적인 훈정기가 필요하다고 보고, 미 군정을 도와서 장차 정부수립 때 필요한 절차를 밟자고 하는 모양인데, 김구 등 민족세력이 거부할 거요."

"왜 그렇습니까."

"세력 재편상 그렇게 되어갈 거요. 군정에 총독부에 충성해온 세

력이 중심이 될 거요. 일본이 그런 방향으로 자문하고 있소. 제2의
일제가 시작되는 거요."

"그럼 민족세력은 배제되는 겁니까."

"말 잘듣는 자들은 차고도 넘치니까."

"그럼 몽양 선생도 고하 선생도, 이승만 박사도 김구 선생도 버림
을 받는단 말씀입니까."

"불행히도 그들은 이용당한다는 것을 몰라요. 이용할 줄도 모르고
이용당하는지도 몰라요. 고루한 자기 확신편향에만 차있소. 오만이
지. 그들의 어깨가 얼마나 무거운데. 사고는 조선조의 훈구파의 것
이고, 노론파에 머물러 있소. 세계관이 옹졸하오."

"그것은 모욕입니다."

조병건이 즉각 반발했다. 지금까지 그를 존경해왔지만 조국의 지
도자들을 이렇게까지 깎아내리는 것은 받아들일 수 없었다.

"아하, 그렇게 화를 내니 내가 반갑소. 당연히 화를 내야지요. 왜
화를 내지 않았나 했지. 살아있는 젊은이들을 만나니 기쁘오."

일하는 아주머니가 술상을 차려왔다.

"여러분의 충정과 조국을 바라보는 태도를 보니 내가 즐겁소. 높
은 이상과 냉철한 현실인식, 넓은 세계관을 갖기를 바랍니다. 나도
곧 제주도로 떠날 거요. 아내를 만나야 하거든."

술이 몇 순배 돌자 갑자기 조병건이 자리에서 일어났다.

"우리의 독립군들이 불렀던 노래를 선생님께 헌정합니다. 용진가
입니다."

그리고 힘차게 부르자 생도들이 따라불렀다.

요동만주 넓은 뜰을 쳐서 파하고

여진국을 토멸하고 개국하옵신

동명왕과 이지란의 용진법대로

우리들도 그와 같이 원수쳐보세

나가세 전쟁장으로 나가세 전쟁장으로

검수도산 무릅쓰고 나아갈 적에

독립군아 용감력을 더욱 분발해

삼천만번 죽더라도 나아갑시다!

나가세 전쟁장으로 나가세 전쟁장으로

청년 사관생도들의 가슴이 파동을 치는 것 같았다.

사관생도들은 며칠째 아사코 집으로 향했다. 청년들이 달려들자 대번에 집의 꼴이 잡혔다. 허물어진 지붕과 망가진 벽체, 굴뚝을 바로 세우고, 다다미방, 화장실을 고쳤다. 마을사람들이 아사코 집으로 모여들었다. 그중에는 정중한 예의를 갖추기 위해 후리소데 기모노를 차려입고 온 여인도 있었다. 마을 사람들은 패망의 절망을 조선인 청년들을 통해 딛고 일어서는 것 같았다.

"아사코 짱 집이 새 집이 된 게 너무나 기뻐요. 두 모녀가 힘들었는데……."

여자들이 방 안을 휘 둘러보았다. 방 안은 새 벽지가 발라지고 깔끔하게 정돈되어 있었다. 미나미 여사도 모처럼 환한 얼굴로 벽에 몸을 기대고 비스듬히 앉았다.

"정성이 모이면 어떤 무엇도 이루는군요."

그 고마움을 모치, 무시모노, 히가시를 쟁반에 담아 표시했다. 기모노 차림의 여인이 투명한 젤리 같은 것으로 여러 가지 색깔의 꽃을 그려넣은 와가시를 한 손으로 받쳐들고 오민균에게 공손히 내밀었다.

"드셔보세요. 행운이 따른답니다. 돌아갈 건가요?"

"네. 귀국선을 기다리고 있습니다."

"우릴 적으로 돌리겠지요? 우리가 저지른 죄업이 너무나 많으니까요. 그러면 아사코 짱이 어떻게 되나요?"

"걱정마세요. 구원(舊怨)을 딛고 양국이 가까워질 것입니다."

"그렇게 될까요. 조선인들이 묵과할까요."

미나미 여사가 낮은 목소리로 화제를 돌렸다.

"오민균 짱이 병원 의사들이 못한 일을 했답니다. 고름이 질질 흐르는 내 상처 부위를 입으로 빨아내서 소독하고 낫게 해주었답니다."

"세상에나, 어떻게 그런 고마운 일을….."

여인들이 한결같이 놀랐다.

"모국의 제 어머니가 그렇게 제 상처를 낫게 해주셨습니다."

"그래. 훌륭한 어머니시군요. 형제들은 어떻게 되나요?"

"제 어머니는 9남매를 낳으셨습니다. 아버지의 전처이신 큰 누나까지 합하면 열 명의 자식을 건사하셨습니다."

"전처의 딸자식까지?"

"네. 아버님의 전처는 큰 누나를 낳고 산후통으로 돌아가셨습니다. 그래서 부랴부랴 새 장가를 들어 어린 신부에게 신생아를 맡긴 것이지요. 이웃마을에 열여덟 살 먹은 가난한 집 처녀를 데려왔는데, 그분이 제 어머니이십니다. 어린 처녀가 시집와서 전처의 딸을 키우고, 또 아홉 명의 자식을 낳아 기르신 거죠. 도시로 나가 중학을 다니다가 방학이 되어 집에 돌아가보면 언제나 어머니는 배가 불러 있었지요. 어머니가 배가 불러있는 것만 기억에 남아 있습니다."

"그렇군요. 아버지는 도와주셨나요?"

"돕기는요. 제 아버님은 한학을 하신 완고하신 분입니다. 어머니가 고생을 하셨지요."

"세상에나. 그래서 이렇게 번듯한 청년을 두셨군요. 절도 있고 예의 바르고… 고국에 돌아가면 무슨 일을 하실 건가요?"

"군인이 되겠습니다. 나라를 잃은 게 군대를 제대로 기르지 못한 데서 온 비극입니다."

모두들 서먹서먹해졌다. 미나미 여사가 말했다.

"제 개인적으로라도 사과하고 싶군요."

"그럼 사과해야죠. 아사코를 위해서라도."

다른 여인이 받았다.

"아사코랑 태화짱이 안 보이네요?"

두 사람은 저녁을 먹자 언덕을 올랐다.

제6장
귀국선 우키시마 호

교토현 가라쓰 만에 면한 조그만 어촌마을.

새벽이면 짙은 안개가 해적선처럼 소리없이 스며들어 바닷가를 휘감고 있고, 물결소리마저 잠잠했다. 멀리 마이쓰루(舞鶴) 군항에는 산덩이 같은 군함들이 웅크리고 있고, 제비처럼 날렵하게 생긴 함선들이 부지런히 움직이고 있지만, 멀리 만의 끝쪽에 굴딱지처럼 낮게 엎디어 있는 어촌은 딴 세상처럼 조을 듯이 평화롭다.

마이쓰루만 시모사바가 앞바다는 절벽같은 산이 바다에 맞닿아 있으나 그곳으로부터 이어진 이십 리쯤 떨어진 마을 바닷가는 완만한 곡선을 이루어 활처럼 길게 뻗어 있다.

미후라 상은 새벽이 되자 여느 때처럼 일어나 바닷가로 나갔다. 새벽 바닷가를 거니는 것은 소년시절부터 노인이 된 지금까지 이어져 온 일관된 그의 습관이었다. 긴 해안선을 따라 몽환처럼 펼쳐진 안개 낀 바다를 거닐면 마음이 평온해지고, 때로 바닷가로 밀려온 고기들을 주울 수 있는 행운을 얻어서 좋았다. 어떤 때는 상어가 모래톱에 올라와 숨을 할딱거린 경우도 있는데, 어느 해인가 돌고래를 한 마리 건져올린 적도 있었다. 그걸 바라고 나가는 것은 아니지만 그런 부수입도 간간히 생겨서 기대 반, 호기심 반으로 백사장을 걷는 행복감에 젖었다.

이 날도 그는 멀리 마이쓰루 산 중턱에 솟은 가라쓰 성을 향해 두 손을 모아 머리를 숙여 절하면서 행운의 하루를 바라고 바닷가 모래 톱으로 나갔다. 마이쓰루 군항은 학이 날개를 펴고 춤을 추는 지형이라 하여 붙여진 이름이었다. 만 깊숙이 자리한지라 요새였고, 미항이었다. 청일전쟁 승리 배상금으로 건설한 항구였다. 요코스카(橫須賀), 구레(吳), 사세보(佐世保)와 함께 일본 4대 군항 중 하나로 중요한 위치를 점하고 있었으나 비밀리에 운영됐기 때문에 인근 주민들과도 별로 접촉이 없는 항구였다.

미후라 상은 모래밭을 걷다 말고 저 멀리에 떠있는 검고 흰 물체들을 발견했다. 큰 물고기 같은 물체들이 바닷가에 밀려와 모래밭에 얹히거나 얕은 바닷물에서 찰랑거리고 있었다. 무슨 고기가 저렇게 떼로 밀려왔나. 그는 들뜬 마음으로 걸음을 재촉했다. 그러나 그는 곧 넋을 잃고 그 자리에 우뚝 멈춰서고 말았다. 물체는 하나같이 사람들의 시체였던 것이다. 다가갈수록 어린아이, 아녀자, 나이 먹은 노인은 물론이고 노무자 복장의 사체들이 바닷물에 밀려와 있었다. 밤새 떠밀려온 모양이었나.

바다 가운데서 파도에 출렁거리며 떠밀려오는 시체도 있었다. 미후라 상은 탄식하듯 먼 바다를 바라보았다. 그러자 겁이 덜컥 나 돌아서서 마을을 향해 뛰었다. 뒷골이 땅겨서 그는 초주검이 된 상태로 달려 마을의 초입 공회당에 이르러 외쳤다.

"사람들아! 사람들아! 빨리 나와 보소! 바닷가에 시체들이 널려있다!"

절규에 가깝게 외치자 아침을 준비하던 아낙네들이 뛰쳐나오고 어망을 손보던 어민들이 뛰어나왔다.

"바닷가, 바닷가!"

그는 더 이상 말문을 잇지 못하고 같은 소리만 외쳤다. 마을 사람들이 바닷가를 향해 달려갔다. 그리고 모두들 차마 눈을 뜨고 볼 수 없는 참상에 넋을 잃었다.

"저 아이는 엄마의 옷자락을 움켜쥔 채 죽어 있군요."

"저쪽 보세요. 남정네가 여자를 끈으로 동여맨 채 밀려와 죽어 있어요."

"어허, 이게 무슨 변고입니까. 어허……."

"일본인으로는 보이지 않는데요?"

"배가 난파된 게 아닐까요?"

"이 많은 사람들이 탔다면 작은 배가 아닐 텐데, 그런 배가 어찌 사고를 냈을까요. 바람도 드세지 않았는데…… 불쌍해서 어쩔 거나."

시체들의 차림새들이 하나같이 초라했다. 여전히 저 멀리서 물결에 떠밀려오는 것이 있었는데, 가까이 다가올수록 머리가 물 위에 떴다 가라앉았다 하는 시체들이었다. 다른 방향으로 떠밀려가는 사체도 보였다.

"혼이라도 달래주어야지요. 불쌍해서 어찌 그냥 두겠소."

마을 사람들은 시체들을 수습하기 시작했다. 시체는 200구가 넘었다. 그들은 해안선 한쪽에 시체들을 모아두었다가 소각했다. 여름의 한 복판인지라 시체 썩는 냄새가 진동해 그대로 둘 수 없었다. 일부 성한 사체들은 태우지 않고 이불 호청이나 삼베, 거적으로 덮었다.

일본 행정 당국은 이때까지 현장 출동하지 않았다. 군사조직처럼 잘 짜여진 관 기구가 나라의 패망과 함께 하루아침에 와르르 무너져 엄청난 사고에도 누구 하나 관심을 기울이는 자가 없었다. 무정부 상태라는 것이 이렇게 무서웠다.

중절모를 눌러쓴 남자가 이시하라 겐조 상 집 마당으로 황급히 들어섰다. 거리낌없이 들어서는 것으로 보아 이 집과 인연이 있는 사람으로 보였다. 그의 뒤에는 얼굴이 새까만 청년이 류색을 메고 뒤따르고 있었다.

"이시하라 상 계십니까."

이시하라 상의 집은 젊은 사관생도들이 빠져나간 뒤라서 집안은 썰렁할 정도로 적막했다. 그래서인지 중절모의 목소리가 터무니없이 컸다. 서재에 묻혀있던 이시하라 상이 귀를 기울이다가 방문을 열고 밖으로 나왔다.

"아니, 강태선 씨 아니오. 무슨 일로 여기까지…."

이시하라 상이 반갑게 그를 맞았다.

"그래, 때맞춰 잘 왔소. 도선(渡船) 때문에 연락하려고 했는데, 어서 들어오시오."

강태선은 마루로 올라서지 않고 엉뚱한 얘기를 했다.

"선생님, 난리가 났습니다. 배가 두 동강이가 났습니다."

"배가 두 동강났다고? 어디서?"

강태선이 말을 잇지 못하더니 뒤따라온 청년을 향해 말했다.

"현용대 씨가 인사하고 말씀드리게. 이시하라 선생님이시네."

청년은 금방 울음을 터뜨릴 것 같은 표정이었다.

"무슨 일이 있었소?"

“허허.”

강태선은 돌하르방이란 별명을 가진 제주도 출신 사업가였다. 소형 선박을 가지고 제주—일본을 오가며 무역을 하고 있었지만, 한때는 제주—오사카 항로를 운항하던 구룡환 주주 중 한 사람이었다.

제주와 오사카 간의 직항로는 황금항로였다. 독점 항로라서 일본인 선박업자는 멋대로 승선료를 인상하는 횡포를 부렸다. 제주도 사람들은 서울보다 오사카·고베·후쿠오카·시모노세키를 더 빈번하게 내왕하고 있었다. 본토 사람들은 알게 모르게 섬놈이라고 업신여기고 차별이 심했다. 부당하게 대우하는 것이 받아들이기 어려웠다. 제주도로 부임해온 관리들도 으레 그래야 하는 것처럼 주민을 억압하고 착취했다. 제주는 육지의 또 다른 식민지로 전락해 있었다. 그런 차별의식 때문에 밴 그들은 본토 대신 일본 땅으로 시선을 돌렸다. 일본도 차별이 있었지만 조선 내지인과 똑같이 차별을 받아서 상대적 박탈감은 적었다.

서울 한번 가려면 목포나 부산으로 가서 다시 기차를 타고 열 몇 시간을 가야 했지만 일본땅은 배 한번 타면 도착하니 이웃과 같았다. 마음의 거리도 육지보다 훨씬 가까웠다. 그리고 뭐니뭐니해도 장사가 잘 되었다. 일제강점기 이전부터 생업이 돼오다시피 했던 제주—일본 간의 중간무역이 활발했다.

도민들 중 상당수가 일본에 취업하는 경우가 많았다. 남자들은 항만 하역작업 등 직으로, 여성들은 방직공장, 과자공장, 해녀는 물질을 하거나 어시장에서 생선을 팔았다. 장사하는 사람들은 제주도의 어획물, 즉 방어 감성돔 해삼 멍게 낙지 문어 등 생물을 일본에 내다 팔고, 대신 신발, 의복, 모자 등 생필품을 들여와 고향에 팔았다. 일부 선박들은 목포 여수 마산 부산까지 드나들며 중간무역을 했고,

여객선을 이용한 보따리장수도 적지 않았다.

그런데 어느 날 정기여객선이 배 삯을 갑절로 올려버렸다. 독점사업이라서 꼼짝없이 선사가 요구하는 대로 승선료를 내고 일본을 드나들 수밖에 수 없었다. 강태선은 불만을 가진 제주도민들과 함께 동아통항조합을 결성해 여객선 구룡환을 취항시켰다. 값은 일본인 선박보다 반값을 받았다. 그러자 일본인 선박업자가 승선료를 더 인하해버렸다. 구룡환을 도산시킬 목적으로 가격경쟁을 한 것이었다. 제주 도민의 자치선은 적자운영을 면치 못하게 되었다. 임대기간도 연장되지 않았다. 결국 이년 만에 도산하고 일본인 선박의 독점운항이 다시 시작되었다. 일본인 업자는 승선료를 다시 배 이상 인상해버렸다.

강태선은 조합원들을 이끌고 오사카 부두의 일본인 선박회사를 습격했다. 그는 사장을 반죽음이 되도록 두들겨 패고, 사무실 집기를 부수는 등 분풀이를 했으나 현장에서 체포돼 3년형을 선고받고 감방신세를 졌다. 이때 이시하라 상을 만났다.

강태선은 이시하라 상의 사상에 심취했다. 그는 군국주의를 반대하고 만민 평등을 주창하는 지식인이었다. 자신의 신념 때문에 감옥을 사는데 일가붙이가 없는지 옥 뒷바라지를 하는 사람이 없었다. 강태선은 면회 온 고향의 처녀를 소개시켜주었다. 제주 처녀 양영자는 군수품공장에서 일하는 여공이었다. 이시하라 상은 그녀와 옥중 결혼했다.

만기 출소한 뒤 이시하라 상은 사상계몽운동을 폈고, 강태선은 소형선박을 이용해 제주—일본을 오가는 조그만 무역 사업을 폈다. 이시하라는 무명 사상가이자 철학자였지만 어떤 누구보다 조선 사람을 이해하는 사람이었다. 그것이 고마워서 강태선은 여윳돈이 생기면 활동 자금을 지원했다.

"우키시마 호라는 해군 수송선이 폭침되었습니다. 교토 인근 마이쓰루 군항에 입항하다가 폭발했답니다. 조선인 승선자가 적게는 8천명이라고 합니다."

"뭣이라고? 팔천 명이라고?"

"승선자 대부분 징용자나 그 가족이라고 합니다. 종군위안부도 상당수 있다고 합니다. 이천 명 정도만 어찌어찌 살아남고, 육천명이 바다에 빠져죽거나 불에 타거나 배에 갇혀 수장되었다고 합니다. 이것이 무슨 일입니까."

"사고가 났다면 방송에도 나고, 신문에도 나야하지 않겠소?"

도대체 실감이 나지 않아서 이시하라 상이 거푸 물었다.

"열흘 전 일인 것 같습니다. 저도 이제야 알았습니다."

"왜 열흘 전 일이 이제야 알려졌소?"

"보도관제가 된 것이지요. 어제 신문에 조그맣게 났습니다. 저는 이 청년이 찾아와서 알게 됐고요. 제주도가 고향인 청년입니다."

아, 하고 이시하라 상이 누구에겐가 저주의 눈빛을 보내며 한숨을 토해냈다. 현용대는 마치 자기가 잘못을 저지른 것처럼 목을 움츠리고 서 있었다.

"사고가 열흘이 지나서 신문에 나다니. 이건 분명 무슨 흑막이 있는 것 같소."

"그렇습니다. 세계 해난사고 사상 최악의 사고가 났는데도 쉬쉬하고 있으니… 그 많은 사람이 물에 빠져 죽었는데도 가만 있으라, 세상에 알려지는 것 귀찮으니 가만히 있으라, 구조하지 않은 것이 들통나니 가만 있으라, 일본인 피해가 아니니 가만 있으라… 이거 말이 됩니까. 희생된 사람들이 모두 귀국선을 탄 조선사람들이라는군

요."

"천벌을 받을 놈들!"

이시하라 상이 무릎을 꿇고 한동안 기도를 올렸다.

교토현 마이쓰루 군항 앞 해상에서 조선인 귀국선 우키시마 호가 폭발한 것은 1945년 8월 24일 오후 5시30분경이었다. 아오모리 현 오미나토 군항에서 출발한 지 이틀 만이었다. 배가 폭발해 선체가 심하게 꿀렁거리며 요동쳤다가 화염에 싸여 수면 아래로 완전히 가라앉은 시각은 그로부터 세 시간쯤 후인 밤 아홉시 경이었다.

배가 완전 침몰하기까지 세 시간여 시간이었다면 거리상으로 700m쯤 떨어진 마이쓰루 군항에 주둔해있던 일본군 타이라 해병단 병력이 출동해 조난자를 구조할 수 있는 충분한 시간이었다. 태풍이 분 것도 아니고, 한 여름이었기 때문에 조난자들이 물위에 떠있기만 하면 보트를 저어가 건져올릴 수 있었다. 군이 구조 매뉴얼대로만 움직였다면 희생자를 훨씬 더 줄일 수 있었다. 민간 어선들이 노를 저어가 조난자를 구하고, 외출나온 수병과 어촌마을 청년들이 작은 배를 타고 가서 구했지만 마이쓰루 군항에 주둔해있던 타이라 해병단의 군함은 보이지 않았다. 회피한 인상이 짙었다. 구조 명령이 떨어지든 떨어지지 않든, 아군이든 적군이든 난파선을 구하고 보는 것이 국제 해난구조의 기본 매뉴얼이다.

해방이 되어서 고국으로 돌아가는 조선 귀국자들은 고국으로 돌아갈 배가 있다는 소식을 듣고 너도나도 기쁨에 젖어 오미나토 군항으로 몰려들었다. 그러다 보니 정원이 훨씬 초과되었다. 소문을 듣고 홋카이도, 사할린 4개 도서에서 온 징용자들까지 포함되어서 승선자는 배에 발디딜 틈이 없었다. 그 중에는 만주와 사할린 일본군 주둔지에 종군위안부로 끌려간 정영애, 임순심도 끼여 있었다.

승선자들이 밑창까지 빼곡이 들어찬 배 안은 한 여름 더운 열기와 지독한 땀 냄새로 숨막힐 지경이고, 먹고 자는 것, 배설에까지 고통을 겪었다. 하지만 이런 불편이야 수많은 날의 강제노역에 비하면 하잘 것이 없었다. 그저 고국으로 돌아간다는 희망과 환희에 젖어 그런 불편쯤은 감내할 수 있었다.

귀국자들은 배가 부산으로 가는지 원산으로 가는지 행선지를 알지 못했지만, 고국으로 돌아간다는 확신만으로 기쁨에 젖었다. 해군 승조원들의 말이 섞갈렸어도 고국으로 돌아간다는 것만은 분명했기 때문에 가슴 부풀어 있었는데, 항해 이틀 만에 폭발해 시신조차 찾을 수 없는 사람이 수천 명이 되었다.

뒤늦게 신문에 보도된 내용에 따르면, 우키시마 호는 연합군이 해난 사고가 잦다는 이유로 모든 배를 연안 항로로 운항할 것을 지시해 마이쓰루 군항으로 잠시 들어가던 도중 해상에 설치한 미군 기뢰에 의해 폭발했다. 이 사고로 한인 승선 인원 3,735명(일본 해군 255명) 중 524명이 사망하고, 일본인 희생자는 해군 25명이라고 발표했다.

그러나 승선 인원이 체크되지 않아 그 숫자를 믿을 근거가 없었을 뿐 아니라 사고의 편린이라도 제공하는 행정책임자가 없었으니 그 수치를 믿는 사람은 아무도 없었다. 항로 변경 이유, 폭발(폭침) 원인, 승선 인원과 희생자 수에 대해 알려진 것이 없으니 의혹만 증폭되었고, 신문 보도도 간단히 해난사고가 났다는 정도만 나올 뿐이어서 진상을 아는 사람은 없었다. 당시 보도 통제는 일본 군국주의를 위해 무한 허용되었고, 패망했어도 그 기조는 유지되었다. 일본 당국의 발표가 미진한 것이 많았지만, 의문을 품거나 후속 보도로 진상을 밝히려는 신문은 더더구나 없었다.

　우키시마 호가 운항 허가를 받은 것은 1945년 8월 19일이었다. 일본 해군성 수송본부로부터 출항 허가를 받은 오미나토 해군경비부는 출항준비를 서둘렀고, 현지 한인과 가족들에게 "부산으로 가는 귀국선은 이번 뿐이다. 승선하지 않은 조선인은 앞으로 가는 길이 차단되고, 배급도 없을 것이다"라고 가두방송하면서 귀국선에 모두 승선할 것을 요구했다. 조선인 가족들은 앞뒤 살펴볼 것 없이 다투어 배에 올랐다.

　1945년 8월 22일 19시20분 일본 해군 운수본부장이 우키시마 호 선장에게 내린 '항행금지 및 폭발물처리' 관련 전보 문서에 따르면, △1945년 8월 24일 18시 이후 출항중인 모든 배는 항행 금지하라 △각 폭발물의 처리는 항행 중인 경우 무해한 해상에 투기하라 △항행하지 않은 경우 육지 안전한 곳에 폭발물을 넣어두라(격납고)"고 지시했다.

　우키시마 호는 선적한 폭발물을 처리하지 않은 채 8월 22일 밤 10시 아오모리 현 오미나토 항을 출항했다. 그리고 8월 24일 교토 마이쓰루 만 해상에서 대형 폭발사고로 침몰했다.

　사고가 난 지 47년이 지난 1992년 김문길 우키시마 호 폭침 한국인희생자추모협회 고문은 한 일본인으로부터 우키시마 호 '발신전보철(發信電報綴)'이라는 일본 방위청의 문서를 보고, 이를 토대로 우키시마 호 폭침 진상규명 작업에 나섰다.

　김 고문은 "그 발신 전보철에는 (선내에)폭발물이 있었다는 사실을 입증하고 있으니, 지금까지 유족들이 한결같이 부르짖는 폭발설의 중요한 증거 자료가 된다"고 주장했다.

이 문서는 우키시마 호 유족 등이 1992년 일본 법원에 배상청구 소송을 제기해 진행된 재판과정에서 증거 자료로 제출되었다. 재판 과정에서 이 문서는 언론에 공개되지 않았다. 배상 소송은 2003년 오사카 고등재판소에서 원고 패소 판결로 결론났으나 이와 관련된 여러 소송은 현재 진행중이다. 〈http://blog.daum.net/ksk3609/12400088/일부 인용〉

세계 해난사고 사상 최악의 우키시마 호 폭발 사고는 그때나 지금이나 자세하게 알려진 것이 없다. 극비의 기밀 사항처럼 무덤속 같은 침묵에 잠겨버렸다. 당시를 살았던 사람은 수명을 다했고, 살아있다 하더라도 어떤 고통으로, 그리고 감추는 자의 치밀한 회피책과 관련 자료를 폐기해서 망각의 세월 속에 묻혔다. 뜻있는 사람들이 밝혀낸다고 해도 진실의 한 조각일 뿐, 전모가 확실하게 드러난 것은 없다.

해방공간의 서울은 억울하게 희생된 우키시마 호 인명 피해에 대한 어떤 한 가지도 풀어줄 능력과 의지가 없었다. 미 군정과 조선총독부 사이에 해방 정국 관리 대책이 추진되고 있는데도 나라의 주인격인 지도자들은 협상자로 나서지 못하고 있었다. 다만 맹렬히 내부자끼리 피를 흘리며 싸웠다. 한반도 운명의 주인공이 남의 잔치집에 가서 행패를 부리는 것처럼 엉뚱한 객체가 되어 있었다. 그러니 우키시마 호 폭발사고 같은 해난사고가 났어도 어디서부터 손을 써야할지, 알지 못했다.

조선총독부는 미군 태평양사령부와 긴밀히 협조하면서 여유있게 고국으로 떠나고 있었다. 그동안 조선에서 저지른 악행에 비하면 너무도 행복한 귀국길이었다. 이를 지켜본 조선총독부 오카 정무국장은 우키시마 호 같은 대형 해난사고도 묻어버려도 끄떡없다고 생각했다.

"조선은 우리 식민지로 남아있었더라면 분단도 막고, 사람도 안 죽이고, 그대로 영토를 보존했을 텐데 반 토막이 나버렸으니 병신이 돼버렸어. 아마도 우리가 지배했던 시절을 그리워할 거야. 종당에는 지들끼리 내전 속에 만신창이가 되어 쓰러질 것이니, 해방이 안 된 것만도 못했다고 땅을 칠 기라, 하하하……"

오민균과 조병건이 외출에서 돌아오자 이시하라 상이 낯선 사람들을 소개했다.

"제주도 출신들이니 인사 나누시오."

그들을 통해 우키시마 호 폭침 소식을 들었다.

"왜 사고가 났는지 모릅니까?"

"고국으로 보내준다고 해서 허겁지겁 달려가 승선했을 뿐입니다."

현용대가 말했다. 하긴 사고를 당한 당사자는 사고의 내막을 잘 알지 못한다. 조각만 아는 정도다. 친절하게 설명해주는 승조원이 있을 리 없고, 은폐하는 것이 능사였고, 그리고 그가 본 것은 극히 제한된 일부였기 때문이나.

"연안을 타고 남하하면 되는데 왜 마이쓰루 군항으로 들어갔습니까."

"유류와 물, 생필품을 조달하기 위해서라고 했습니다."

강태선 씨가 나섰다.

"내가 보건대 사고 원인은 두 가지로 압축됩니다. 하나는 만내(灣內)에 부설한 기뢰와 충돌해서 폭침되었다고 일본측이 주장하는 것이 사실일 수 있다는 것과, 다른 하나는 배에 있는 폭탄 등 물질을 방치해서 일어난 폭발설 두 가지입니다. 두 가지 다 책임이 따르지. 현용대 씨, 현장에 폭발물 같은 게 없었습니까?"

"선실이 비좁아서 갑판에 올라가 있었지요. 한 수병이 배 밑창까지 전기선이 늘어져있는 걸 보고 절단하려고 했어요. 얼기설기 어지럽게 깔려있는 전기선이었습니다. 그런 얼마후 배가 폭발했습니다."

"그러면 그렇지!"

조병건이 비분강개했다. 보나마나 빤한 짓이다. 폭탄을 탑재하고, 위험물질이 있음에도 불구하고 조선인 징용자를 방치한 것이다.

일본은 우키시마 호 항해 지휘부가 남하하던 배의 진로를 바꾼 것은 미국 점령군의 정선(停船) 명령에 따른 것이며, 배가 침몰한 것은 미군이 부설한 기뢰 때문이라고 공식 발표했다.

조선인 승선자 3,725명, 이중 사망자 524명, 실종자 미상으로 발표했으나, 조난 현장을 목격한 현지 주민들은 바닷가에 떠밀려온 시신만도 5백 구가 넘는다고 했다. 조선인 생존자들은 2천 명 정도였으며, 승선자는 7천~8천명으로 정확한 숫자가 잡히지 않았으나 배 밑창까지 빼곡이 들어찬 것을 보더라도 8천명에 달할 것으로 추정했다.

"승선자 명단이 없었습니까?"

"승선자들이 워낙 많이 밀려드니 명부 작성을 포기했다고 합니다. 나 역시 명부를 작성하지 않았고, 승선하라고 하니까 탔을 뿐입니다."

"예민한 사람들은 운항 시 한두 번의 위험신호를 느낄 수 있다고 하는데 이상 징후가 없었나요?"

이시하라 상이 물었다.

"배가 오미나토 군항에서부터 이상한 말이 들려오긴 했습니다. 배가 조선으로 가지 않을 것이라고요. 조선인들은 며칠 전부터 부둣가에서 대기하고 있었는데, 그 숫자가 수천 명에 달했지요. 숙박업소는 만원이고, 그래서 많은 사람들이 뒷골목에 골판지 박스를 깔아놓고 기다리기도 했어요. 배를 놓치면 영영 고국에 못 간다는 말에 모두들 그렇게 오미나토 군항으로 나와 대기하고 있었습니다."

"배가 폭발했던 상황을 말해보세요."

"배가 물 위로 치솟았다가 가라앉을 때, 고래가 물 위로 솟았다가 떨어지는 것과 같았습니다. 본능적으로 위험하다 여기고, 마스트로 올라가 버티다가 바다로 뛰어들었습니다. 물이 회도리치는 지점에서 사람들이 대부분 수장되었습니다. 나도 빨려들어가 허우적거리는데 요행히 물속을 박차면서 빠져나왔습니다. 그동안 익힌 수영 솜씨가 나를 살려냈습니다. 바다에 깔린 까만 기름 띠를 뒤집어쓴 채 헤어나지 못한 사람도 부지기수입니다. 육지로 올라오자 숲속에서 지키고 있던 일본 해병이 우리를 체포했지요. 생존자들은 모두 마이쓰루 군항수용소로 끌려갔습니다."

"승조원들은 구조 작업을 펴지 않았습니까."

"보이지 않았습니다. 그들은 미리 보트를 타고 마이쓰루 군항으로 들어갔지요."

이시하라 상이 나섰다.

"승조원은 배와 운명을 같이하는 것이 기본 수칙 아닌가? 세계 최강의 일본 해군이 이건 말이 안 되지. 현씨는 어떻게 해서 아오모리까지 진출했소?"

"홋카이도로 끌려가서 오미나토 비행장에서 강제 노역했습니다. 3년 동안 일했지요. 그곳에서 고향 출신 해녀를 만났는데 지금 그 사

람과도 떨어졌습니다. 어디에 있는지 모릅니다. 그 사람을 구해야
합니다."

그보다 다섯 살 나이가 많은 여자였다. 아오모리 해안에서 해녀로
일하던 고길자가 귀국선의 소식을 듣고 오미나토 부둣가로 나왔다.
현용대는 그녀가 메고 있는 테왁을 보고 단박에 고향 여자라는 것을
알아차렸다. 박이 재질인 테왁은 다른 어느 나라, 어느 지역에서도
찾아볼 수 없는 독특한 틀을 가진 제주 해녀만의 부력(浮力) 기구였
다. 이들은 며칠 함께 지내는 사이 고향에 가서 살림을 차리기로 약
속했다.

"길자 씨도 헤엄쳐 나왔는데 지금 수용소에 갇혔어요. 거기서도
사고가 났습니다. 수십 명이 폭사했습니다."

"거기서도 사고가 났다고?"

"네. 생존자들은 모두 타이라 해병병단 부로수용소에 수용되었지
요. 수용인원은 천여 명 되었습니다. 그런데 원인 모를 폭발사고가
났습니다. 30여 명이 폭사하거나 불에 타죽고, 부상자도 오십 명이
넘습니다."

이 사고는 우키시마 호 폭침사고에 묻혀 알려지지 않았으나 이 사
고 또한 컸다.

수용소 주변에는 다이나마이트, 총포탄 등 위험물질이 널부러져
있었다. 그것이 관리되지 않았다. 절도있는 일본군의 기강을 찾아볼
수 없었다. 부대는 절망 상태에 빠져 있었다. 폭발 사고가 났는데도
적극적으로 구조에 나선 병사들이 없었다. 바다에서 구사일생으로
몸을 건졌는데 육지에서 폭사하는 상황이었다.

현용대는 식당으로 쓰는 반달집(퀀셋)으로 달려갔다. 식당에는 고
길자가 취사반에 투입되어 있었다. 고길자가 다급하게 말했다.

"용대씨 빨리 나가서 알려. 돗도리 항에 고향사람들이 살고 있어. 이러다 다 죽어."

현용대는 뒷산 절벽을 타고 넘어 수용소를 탈출했다.

"해난 사고에 비해 부로수용소 화재는 별게 아니라고 생각하겠지만, 일본놈들은 조선인을 아무렇게나 취급해도 된다는 태도야. 그 새끼들은 패전의 책임회피를 그런 식으로 하는 거야."

조병건은 씁쓸한 비애를 맛보았다. 약소민족의 수모와 고통은 멈추지 않는다고 생각되었다. 이시하라 상이 말했다.

"일본군은 생화학무기로 생체 실험을 하고, 학살 고문 따위 씻을 수 없는 범죄행위를 저지르는 자들이오. 그자들은 어떤 짓도 하는 자들이오. 방치로 학살을 방조하는 것이오. 731부대나 난징대학살은 잔혹성의 한 파편일 뿐, 그보다 더한 야만성이 무정부 상태에서 지금 도처에서 나타나고 있소. 일본의 막부 이후 살육의 시대로 접어든 건 여러분들이 잘 알겠지. 인류의 깊이가 없는 왕이란 자는 전쟁 장난만 하다가 신이 되었는데, 그것이 이번 나가사키와 히로시마에서 핵폭탄을 맞는 원인이 되었소. 그것은 아시아에서 저지른 광란의 범죄행위를 갚기엔 너무나 가벼운 징벌이오."

이성유가 감격한 나머지 고개를 숙였다.

"승선자는 여전히 노예이고, 미물처럼 아무렇게나 처리해도 좋다는 중세 영주의 못된 주인의식이 그들에게 있소. 하인 하나 죽여도 끄떡없다는 사고방식. 승선자 모두 순박하고 무지한 그들의 소유물이니까 아무렇게나 취급해도 좋다는 태도요. 조선의 지도자들도 마찬가지요. 지구적 재앙을 당하고도 침묵하다니, 이것이 지도자들인가? 제국주의자자들은 앞으로 계속 사건을 은폐하고 조작할 거요. 그런 식으로 식민지 관리를 해왔으니까. 언론은 지식인과 협력자요.

조선은 규명을 요구할 힘도, 지도자도 없으니 그냥 넘어갈 거요. 억울한 사람들을 대신할 지도자가 없다는 게 더 큰 충격이오. 여러분이 고국의 사람들 생명을 보호할 수밖에 없소."

이시하라 상이 갑자기 손으로 머리를 받치고 얼굴을 찡그렸다. 수형생활 때부터 바늘 같은 것이 뇌를 콕콕 찌르는 증세가 있었는데, 충격을 받으면 증세가 재발되었다.

"잠시 휴식을 취하겠소."

그가 벽에 몸을 기대고 눈을 감았다. 그렇게 한동안 앉아있더니 지친 목소리로 말을 이었다.

"내 수형생활 얘기를 할까요?"

그는 도피생활 중 어느 날 몰래 집으로 숨어 들었다. 젊은 아내는 며칠씩 사라졌다가 숨어들어온 그를 향해 의심한 나머지 물었다.

"당신 도둑질 하다가 감옥에 들어갔었군요? 난 도둑과 살 수 없어요. 신고할 거예요."

"말해줄 수 없지만, 그건 아니오."

충분히 해명하지 못하고 그는 황망히 집의 뒷담을 타고 사라졌다. 그가 사라지는 것과 동시에 경찰이 들이닥쳤다.

"남편 어디다 숨겼나?"

그녀는 침묵을 지켰다. 숨기지 않았기 때문에 알지도 못했다.

"우리가 모를 줄 아나? 남편 행선지를 대지 않으면 잡아간다."

경찰은 그녀를 경찰서 유치장에 잡아가두었다. 일주일 동안 감금시켰다. 경찰은 이시하라를 잡기 위해 어린 아내를 인질로 잡아가두고 있었다. 그는 갇힌 아내를 끄집어내기 위해 자수했다. 그리고 3년형을 언도받고 만기 출소했다. 벌써 세 번째 수형생활이었다.

"경찰국가의 통치 기법이 뭔지 알겠소? 민심이 불안하면 늘 양심

세력을 역도로 몰아 일망타진 캠페인을 벌이지. 민중이 깨어난다 싶으면 더 큰 시국사건을 만들어 위협하오. 그렇게 폭력적으로 인민을 묶소. 공포감의 야만이 시중을 지배하오. 관리하고 싶지 않은 것은 또 방치하지. 우키시마 호도 그렇고, 부로수용소 폭발사건도 마찬가지요. 패망도 받아들일 수 없는데 노예를 제 자리에 갖다 놓는 게 불쾌하지 않겠소? 규율이 엄격하기로 유명한 일본 해군이 이런 사고를 냈다는 것은 믿기지 않지. 귀찮으니 버린다는 것이오. 방관하고 침묵하면 이런 만용은 반복될 것이요."

"원인이 규명되고, 책임소재가 분명해지고, 희생자 명단이 공개되고, 피해보상이 이루어져야 합니다. 이것은 반드시 따져야지요."

오민균이 말했다.

"좋은 생각이오만, 그러나 저들은 벌써 은폐에 나섰소. 한줄 난 신문기사 보면 알지 않소? 자, 봅시다. 일본 천황은 일본국의 상징이고 일본국의 신이오. '신의 지위는 주권이 있는 일본 국민의 총의에 기초한다'는 일본국 헌법 제1조에 있소. 신이라니? 인간의 본성을 파괴하는 모욕적 상징조작 아니겠소? 그는 수백 만 명을 희생시킨 전범자일 뿐이오. 나는 그런 자를 용납할 수 없소. 내 양심이 가르치는 바, 따를 수 없소. 우키시마 호 침몰사고를 보고 더욱 절실하게 느꼈소. 그런 자에게 열광한다? 열광의 대가가 패망의 길로 처박히는데도 열광한다? 천황은 대동아공영권이라는 상징조작으로 식민지 백성을 끌어다 짐승 부리듯 해왔소. 주어진 자기 땅에서 나뉨 없이, 다툼없이 평화롭게 사는 것이 아시아 공영권의 목표 아니겠소? 그런데 전쟁목표를 달성하는 소모품으로 사용했단 말이오. 그래놓고 전쟁의 효용성이 사라지니까 방치한단 말이오. 어디서 무슨 사고가 나고, 목숨을 잃어도 관심 사항이 아니오. 그들 자신의 무지로 책임을 돌리오. 한반도의 수난은 만행이 자행됐음에도 상응한 조치와 진상 조사 하나 요구하지 못하는 조선인의 무지에 있소. 현재 조선의 지도자들 보시오. 그들에게 무슨 희망이 있는가. 시대의 장님들이오. 젊은 여러분이 나설 수밖에 없소."

그의 거침없는 말 가운데는 이념도, 국경도 없었다. 조선에 대한 애정이 담겨져 있다는 것을 생도들은 확인했다. 그가 더 조선인 같았다.

제7장
우리는 왜 이렇게 어렵고 힘든가

희뿌연 갈매빛 연무 속에 잠겨있는 긴 해안선이 띠처럼 풀어져 이어지고, 해안선 뒤편으로 산의 연봉들이 아스라했다. 산의 연봉들이 다정하고 평화로워 보였다. 부산항이었다. 비오는 날을 제외하면 쓰시마에서 부산은 아스라하지만 손에 잡힐 듯이 가까워 보인다. 날씨가 청명하니 산은 더욱 또렷하게 보였다. 항해하는 도중 기관 고장을 일으키긴 했으나 해룡호는 어느새 쓰시마 해역을 지나고 있었다. 해룡호는 강태선의 배였다. 이제 몇 시간 후면 부산 항구에 닿는다.

오민균은 식민지 하의 조국을 떠날 때와 해방을 맞아 귀국하면서 바라본 조국이 너무도 다르다는 것을 느꼈다. 그땐 바라본 산천이 눈물겨웠다. 그러나 지금은 벅찬 감격만이 가슴에 꽉 찬다. 저런 아름다운 산천이 일본에 할퀴고 찢겼다는 것이 믿어지지 않았다. 다른 생도들도 감회어린 시선으로 부산항을 바라보고 있었다. 고길자 임순심 역시 어깨동무를 한 채 난간에 기대어 고국 산천을 바라보고 있었다.

"저런 땅을 잃어버렸다는 것이 믿어지지 않아."

조병건이 악몽을 꾸고나온 사람처럼 한숨을 내쉬었다.

"역사, 그런 게 우리에게 있었나? 역시 역사를 모르면 역사에 배반당하게 돼 있어. 일제강점기 36년 만이 아니야. 임진왜란을 생각해봐."

장지성은 쓰시마를 옆에 끼고 가니 임진왜란이 떠올랐다.

"그래도 역사에 헌신한 선구자들이 있기에 우리가 위안을 받는 거야. 돌아보면 참 많이 다치고 죽었어. 이름도 명예도 없이 사라진 이름들이 얼마나 많은가. 그런데 일본에 줄을 서서 봉사한 사람들이 훨씬 많다는 것이 문제야. 일제의 우산 밑에서 부와 권세를 쌓고 탐욕을 채우며 떵떵거렸던 사람들이야. 세상이 바뀌었다고 그들이 쉽게 물러설까?"

야트막한 산과 산이 연해있는 한쪽 기슭에 숨듯이 히타카츠 항과 이즈하라 항이 자리잡고 있었다. 수십 척의 고깃배들이 정박해 있는 것으로 보아 풍부한 어장임을 말해주고 있었다. 리아시스식 해안과 거북이가 둥둥 떠서 놀고 있는 것같은 작은 섬들이 연이어져 있는게 한 폭의 수묵화 같았다. 쓰시마는 고길자에게도 추억이 서린 곳이었다.

"나는 쓰시마에서 여러 해 물질을 했지요. 성산포나 화순항에서 돛배로 몇 시간이면 닿는 곳이에요. 해류가 흐르는 곳이어서 잘 흘러가지요. 지금도 쓰시마의 이즈하라 부둣가에 우리 마을 사람들이 살고 있어요. 이즈하라에서 가리비, 전복, 소라, 문어, 도미를 잡았어요. 갓 잡아온 해물로 이시야키(돌판구이)를 만들어 팔기도 했죠. 헌데 이 섬이 우리 영토라는 것을 여태 몰랐네요."

고길자는 쓰시마 해역에서 물질을 하며 번 돈으로 막내동생을 농업학교까지 보냈다.

"얼마전 지도에서 쓰시마가 조선땅이라는 지명을 발견했습니다."

오민균이 도서관 자료에서 찾아낸 내력을 설명했다.

쓰시마가 조선땅이었다는 사실은 '조선왕조실록'에 나와 있었지만, 1851년 런던과 뉴욕에서 발행된 해양지도에 '조선령'으로 표기되어 있는 것을 발견했다. 부산에서 쓰시마까지는 49km, 일본 후쿠오카에서는 132km 떨어져있다. 가장 가깝다는 이키 섬에서는 48km다. 이키 섬을 기준으로 일본이 더 가깝다고 주장하는데, 우리의 오류도를 기준으로 하면 거리가 20km밖에 되지 않는다. 섬 크기는 남북으로 82km, 동서로 18km, 면적은 제주도의 3분의 1 크기다.

"옛날부터 쓰시마는 우리 땅이라 하여 조정에서 가난한 섬 주민들에게 세금을 걷기보다 탕감해주고, 구호용으로 양식을 제공했습니다. 농사짓기가 척박한 땅인데다 농토도 빈약했지요."

쓰시마는 일본 본토에서 누구도 관심을 갖지 않은 땅이었다. 백제인의 후예가 원주민으로 살고 있었고, 그후 수령은 일본보다 조선의 벼슬을 받고, 조선인 행세를 했다. 쓰시마는 고려 중기 여몽연합군이 일본 원정을 한 후 고려의 영토로 편입시켰다. 그런데 조선조에 들어와 노략질하는 왜구들을 못 견디고 섬을 비워버린 것이 화근이었다. 그후 일본령이 되었다.

"되찾을 수 없을까?"

찾을 수 있는 근거는 충분했다. 미국 영토가 된 오가사와라(小笠原) 군도를 일본이 반환받았던 선례가 있듯이, 그것을 예로 삼는다면 되찾을 수 있는 근거는 충분했다. 일본이 오가사와라 군도를 되찾은 것은 삼국접양지도(프랑스어판)였다. 일본의 하야시 시헤이가 1785년 편찬한 삼국통람도설의 부도(付圖)인 이 지도에 울릉도와 독도는 '한국 것(朝鮮ノ持ニ)'이라고 표기돼 있다. 쓰시마 역시 한국령으로 표기되어 있다.

이 지도를 근거로 일본이 미국으로부터 오가사와라 군도를 반환받았다. 마찬가지로 우리도 이 지도를 근거로 쓰시마를 반환받을 수 있는 것이다. 오가사와라 군도는 이오지마(硫黃島)를 포함해 한때 미국이 점령하고 있었다. 일본군이 미군을 피하느라 섬의 주민들을 모두 소개시키자 미국이 자국민을 이주시켜 점령해 살았다.

1951년 미일 간에 체결한 샌프란시스코 조약에서 쓰시마는 일본령으로 인정되었고, 오가사와라 군도는 미국령으로 확정되었다. 그 후 일본은 자기 영토임을 내세워 오가사와라 군도 반환을 꾸준히 요구했으나 샌프란시스코 조약 때문에 좌절되었다. 일본은 포기하지 않고, 국제적으로 공인된 물증이라며 삼국접양지도 프랑스어판 지도를 근거로 일본으로의 이전을 요구했다. 이 물증은 1862년에 제정된 국제합의정신, 즉 △선점(Occupation), △공인(Recognition), △시효(Prescription) 항목이었다. 결국 미국은 1968년 이를 받아들여 오가사와라 군도를 일본에 반환했다.

오가사와라 군도가 일본 영토라고 판단한 근거는 삼국접양지도 표기다. 같은 지도에 쓰시마는 조선땅이라고 표기되어 있다. 오가사와라는 일본령이고, 쓰시마는 조선령이라는 논리는 자동적으로 성립되는 것이다.

일본은 오가사와라 군도를 되찾아오는 데만 방점을 두다 보니 한국과의 쓰시마 영토문제를 좌시했다. 그 후 이를 의식한 일본이 미국에 반환 근거로 제시한 삼국접양지도를 변조 배포했다. 그러나 변조하고 날조한다고 해서 물증이 바뀌는 것이 아니다. 프랑스어판 원본이 그대로 살아 있고, 그 이외 근거 자료도 차고 넘치기 때문이다.
〈출처:http//blog.daum.net/dogamk/일본이 쓰시마를 반환해야 하는 이유〉

샌프란시스코 강화조약에서 쓰시마가 일본 영토로 확정되자 이승만 정부는 쓰시마를 돌려줄 것을 요구했지만 묵살되었다. 일본이 실효적 지배를 하고 있다는 이유에서였다. 이처럼 실패한 데는 미국이 동아시아 정책을 펴는 데 있어 일본 편향의 영향이 컸다. 요시다 시게루를 비롯한 일본 외교 라인의 로비 활동이 이를 무력화하는 데 큰 영향을 미쳤다. 그때 한국은 6·25 전쟁 중이었다.

"우리가 주장해서 그렇지, 실상은 옛적부터 쓰시마는 일본 땅 아니었던가?"

"아닙니다. 세종 임금은 '쓰시마는 본시 우리땅이다(對馬島本是我國之地)'라고 실록에 기록했습니다. 세종은 이종무로 하여금 쓰시마를 습격한 왜구를 토벌하도록 명하고, 행정 관할을 경상도에 예속시켰습니다. 쓰시마주의 가계(家系)도 조선인입니다."

일본은 메이지 이전엔 수백 개의 번으로 구성된 소국가연합체제였다. 섬 하나가 소국인데 중앙정부는 각 번을 통제할 능력이 없었고, 칼을 든 거친 수령들을 다스릴 방법도 마땅치 않았다. 말하자면 군벌, 또는 토벌(土閥) 자치주의를 인정하는 구조였다.

도요토미 히데요시가 천하통일을 하기 전까지 소국들은 수많은 전쟁을 치렀다. 토벌하고 약탈하고 죽이는 호전성의 사무라이 정신이 배태되어 이것이 일본정신으로 자리잡았다. 소국끼리 전쟁을 벌이다 보니 남자들 씨가 마르고, 수령들은 종을 번식시키기 위해 여자들에게 수태하기 쉬운 옷을 입고 다니도록 조령(條令)을 내렸다. 누구 씨를 받든 받으라는 것이다. 그래서 일본은 남녀칠세부동석이라는 엄격한 예법의 나라 조선보다 성의식이 개방되었다. 이를 보고 조선은 왜놈을 천시하는 풍조가 생겼다. 다른 관점에서 보자면, 여자를 억압하는 구조에선 인류의 반의 역동성을 살리지 못하는 우를 범한 셈이 되었다.

조선은 남자세계의 무능이 여자를 지켜주지 못했다. 정묘·병자호란 양란(兩亂)을 겪으면서 수만 명의 여인들이 청나라로 끌려갔는데 돌아오지 못하는 경우가 많고, 돌아와도 타락했다고 멸시했다. 사대부의 무능이 순박한 아녀자를 험한 꼴 당하게 만들어놓고, 돌아온 그들을 향해 모욕한 것이다. 이렇게 상층부의 자기부정과 책임회피는 체질이었다.

학구파 이정길도 나섰다.

"우리나라 성씨는 300개 정도 되지만 일본은 20만개가 넘는다고 해요. 혈통주의를 무시한 결과지요. 전쟁으로 남자들 씨가 마르자 지방 수령들이 여인들더러 아무 남자의 씨라도 받으라고 독려합니다. 그것이 기모노의 유래라고 합니다. 남자를 밭 가운데서 만나 애를 만들면 다나카(田中), 나루터에서 만나면 와타나베(渡邊), 소나무 아래서는 마쓰시다(松下), 대나무밭에서는 다케다(竹田) 또는 오타케(大竹), 보리밭에서는 무기타(麥田), 산인지 들인지 분간이 안 된 곳에서 씨를 받으면 야마노(山野), 오동나무 아래에서 행해졌다면 기리모토(桐本)라고 이름지었다고 합니다. 씨의 정체를 모르니 이렇게 종자를 받은 장소를 택해 작명하고, 가문의 시조로 삼는다는 것이죠. 그렇게 해서 그들은 번의 전략 자산을 확보하게 됩니다. 우리 조상들은 그걸 보고 근본없는 불상놈들이라고 경멸했지요. 하지만 혈통 중시의 순혈주의가 얼마나 폐쇄적입니까. 개방성과 역동성, 다양성의 세계관을 놓쳐버립니다. 여자의 정조를 따져서 열녀비 세워 추앙하며 인간의 기본적 애정 추구 욕구와 자연 순환의 법칙을 거부했습니다. 남자나 여자나 주어진 성을 사용하여 사랑을 추구하고 종을 번식시키는데 이것을 근본적으로 차단했던 것입니다. 이런 문화 속에서는 상상력과 개방성이 고갈되죠. 성 윤리의 타락을 말하지만 내면적으로는 우리가 더 타락했습니다. 권력있고, 재산 있으면 성을 아무렇게나 사용했습니다. 처첩을 여러 명 두었으니까요. 한 마디로 위선이죠. 남자나 여자가 성을 자유롭게 사용한 것이 일본의 에너지를 확장시킨 힘의 원천이 되었다고 보지 않나요?"

"이정길 대단하구만. 사실이든 아니든 그럴 듯한 입담이야. 독특한 애정관이고…."

그러면서 모두들 한바탕 웃었다.

"울릉도 독도에 관해서는 내가 한마디 할 수 있지."

장지성이 나섰다. 그는 육사 숙소에서 늙은 군인을 만났다. 예과를 마치고 본과(항공사관학교)로 올라간 1944년 3월 어느날, 늙은 병사가 장지성 구대에 배치되었다. 일제는 태평양전쟁 막바지에 젊은 이들을 최전선으로 내보내고, 후방은 나이 먹은 예비역들을 재소집해 병참선과 후생을 지원토록 배치했다. 늙은 병사는 동해쪽의 시마네현 은기 출신으로 장지성에게 특별히 친근하게 다가왔다. 그는 장제스(蔣介石)가 일본 육사시절 그의 구대 당번병을 했으며, 그래서 장제스 총통과 같은 성씨 발음의 장지성에게 친근감을 나타낸 것이다.

"장 생도, 장제스 총통과 일가붙이인가?"

"왜요?"

"성이 같잖나. 내가 그의 당번병을 했거든. 그는 참 따뜻한 사람이었지. 나를 인격적으로 대해주었어. 우리 조상은 대대로 어부였다네. 고기를 많이 잡는 비법을 알고 있지."

"어떻게요?"

"배를 타고 서쪽으로 멀리 나가면 '도쿠도'라는 무인도가 있는데,

그 섬이 황금어장이야. 거기 가서 그물만 던지면 만선을 이룬다네."

그는 이렇게 '도쿠도' 어장을 자랑했는데 '도쿠도'란 독도의 일본식 발음이었다. 일본이 말하는 '독도'라는 지명의 '다케시마(竹島)'는 1944년 현재 현지에서는 없었다. 독도를 일본 발음으로 '도쿠도'라고 했고, 섬 도(島)를 '시마'라고 부르다 보니 '도쿠시마'가 됐고, 그것이 전화되어 오늘날 그들이 말하는 다케시마(竹島)로 부르게 되었다. 발음상 전화의 과정을 고려치 않고 대나무가 자란다는 뜻으로 다케시마로 부른다면 그것은 더욱 의미 상실이다. 독도는 옛날이나 지금이나 대나무가 자라지도 않았고, 자랄 수도 없는 바위섬이다. 지명은 지역특성과 연관시켜 붙이는 것이 관례인데, 험악한 바위섬의 지형조건상 독도는 대나무가 자란다는 뜻의 죽도가 애초에 성립되지 않고, 홀로 서 있기 때문에 '독도'일 뿐이다.

장지성은 '도쿠도'가 조선의 영토이고, 독도라는 섬이 있는지조차 알지 못했지만, 어부 출신 늙은 병사가 황금어장인 '도쿠도'라고 말함으로써 독도의 존재를 알았다. 독도는 일본 어민들로부터 대대로 불려온 지명이었다는 사실을 그때 알게 된 것이다.

"일본은 기회만 있으면 인접국과 영토분쟁을 일으키지. 그것으로 국가기반의 틀을 쌓는 명분으로 삼았어. 독도도 분쟁을 일으킬 소지가 있어. 우리가 우리 영토를 확실하게 지켜야 해. 영토분쟁을 미끼로 두 번 다시 침략하지 못하도록 명토박는 일이 필요해."

그 말은 이미 현실이 되었다. 일본은 1905년 시마네현 행정고시 제40호를 통해 독도를 자국 영토라고 주장했다. 일본이 러일전쟁 수행과정에서 독도를 군사적으로 활용하기 위해 편의적으로 취한 조치를 가지고 자기영토로 둔갑시킨 것이다. 이를 근거로 일본은 1951년 샌프란시스코 강화조약에서 독도가 일본 땅이라고 주장했다.

강화조약문에서 '일본은 한국의 독립을 인정하고 제주도, 거문도 및 울릉도를 포함한 한국에 대한 모든 권리, 권원 및 청구권을 포기한다'라고 한 규정을 독도가 표기되지 않았기 때문에 자기들 영토라고 주장하는 것이다. 한국의 3,300여 개의 섬 중에서 대표적인 섬만 선언적·예시적으로 열거했을 뿐인데, 독도를 표기하지 않았기 때문에 자기들 땅이라고 주장하는 것은 억측이자 넌센스다. 그들 식으로 한다면 조문에 3,300개의 섬 지명을 모두 거명해야 한다는 뜻이고, 거명하지 않았기 때문에 특정한 도서는 자기들이 임의로 연고권을 주장해도 무방하다는 뜻이 된다.

그들도 '도쿠도'(독도)가 시마네현 주민들로부터 대대로 전해 내려온 고유지명이라는 것을 모르지 않았을 것이다. 다만 일단 시비를 걸어놓고 보자는 전략일 것이 분명하다. 여기에 초기 우리 지도자들이 적극적으로 나서지 못한 책임도 적지 않다.

한반도 분할 통치도 마찬가지다.

일본은 태평양전쟁의 임계점에 도달하자 1945년 7월 불가침조약을 맺었던 소련을 중재자로 내세워 연합국에 항복 문제를 타진했다. 항복 조건은 한반도와 대만은 일본이 그대로 보유한다는 조건이 붙어 있었다. 한반도와 대만은 태평양전쟁 이전 일본의 식민지였기 때문에 기득권을 인정해 달라는 것이었다.

일본의 중재 요청을 받은 소련은 전세가 연합군 쪽으로 기울자 이를 외면하고, 8월 8일 일본과의 불가침조약을 폐기하고 9일 지체없이 만주로 진격했다. 미국의 참전 요청을 받아들인 군사행동이었다. 소련은 연해주를 거쳐 함경도 나진·봉기·기릉에 상륙했다. 8월 23일엔 '편의상 그어진' 38선 경계선의 개성까지 진군했다. 그대로 남하할 수도 있었지만 미국과 약속해 그은 선을 넘을 필요는 없었다. 무엇보다 동양의 영토 야욕이 없었고, 미국과의 신의와 협력이 그보다 중요했기 때문이다.

일본은 소련에 종전을 주선해 달라고 요청했을 때 상응한 '선물'을 준비했는데, 그것은 점령하고 있던 만주국과 한반도 일부를 할양한다는 조건이었다. 이는 러일전쟁 때 논의되었던 '거래'를 다시 꺼낸 것이었다. 러일전쟁 때 일본은 소련에 한반도를 반분하자고 제의했다.

그러나 소련은 1945년 8월의 전황상 일본의 제안을 거부해도 전승국의 일원이 될 수 있다고 보고, 과감히 미군 편에 섰다. 소련은 일본과의 논의 과정에서 연해주와 만주는 진공상태라는 것을 알고 있었다. 막강한 일본 관동군은 전선이 확대된 중국 남부와 인도차이나, 남태평양전선으로 이동시켜 사실상 무주공산이었다. 그래서 소련군은 소만국경에서만 전투를 벌였을 뿐, 별다른 저항없이 밀어붙여 러일전쟁 때 일본에 잃어버린 사할린 등 북방 4개 도서를 탈환하고, 한반도에 진입했다. 일본 본토를 향해 밀고 올라오던 미군의 전방 부대는 그 시간 오키나와 남쪽을 공략하고 있었다.

소련은 일본과의 불가침조약 체결과 비밀 교섭과는 별도로 연합국의 일원으로서 미·소간의 협력을 강화하는 이중적 행태를 보였다. 국제질서는 힘이 센 쪽에 붙어야 이익을 챙긴다는 냉철한 현실론을 소련이 실증적으로 보여준 것이다. 연합국의 전후 처리를 위해 열린 카이로회담(1943.12)과, 얄타회담(1945.2), 포츠담회담(1945.7)에서 소련은 참전 대가로 러·일전쟁 이전 장악했던 연해주와 만주를 되찾는 것을 미국으로부터 양해를 받았다. 루즈벨트 미국 대통령은 여기에 동의하고 소련의 참전을 독려했다. 루즈벨트는 친소파였다.

루즈벨트는 미 국방성이 일본 관동군의 취약성을 바탕으로 올린 '소련군 참전 불필요 리포트'를 묵살하고, 소련군의 대일전 참전만을 계속 요청했다. 일본의 만주 관동군의 군사력을 과신한 측면도 없지 않지만, 루즈벨트는 빨리 전쟁을 끝내려면 소련의 협력이 불가피하다고 보았던 것이다. 대 독일전에서 소련은 영국 프랑스보다 엄청난 인적·물적 손실을 보고 고전 중이었다. 피로해진 소련을 끌어들이느라 루즈벨트는 적극적인 친소 정책을 폈다.

미국과 소련의 대 한반도 정책은 한반도는 일본 제국의 영토이고, 전승국의 전리품이며, 전승국으로서 점령 통치할 권한을 갖는다는 내용으로 정리되었다. 애초부터 코리아가 주권을 행사할 권리를 갖는다는 것은 거론되지 않았다. 한반도에는 일본의 지배를 받아 신음하고 있는 한민족이 살고 있다는 현실적 인식이 없었다. 일본이 패망하면 일본의 일부인 한반도도 패망한다고 보는 인식만 가지고 있을 뿐이었다.

미국 예일대학의 존 루이스 가디스 교수는 그의 저서 《냉전—새로운 역사》에서 "코리아는 미국에게 일종의 덤으로 주어진 영토"로 간주했다. 이에 착안하여 루즈벨트 대통령은 얄타회담에서 미국·중국·소련 세 나라가 한반도를 20~30년 신탁통치(식민지 지배)할 것을 제안했다. 이때 스탈린은 '신탁통치 기간은 짧으면 짧을수록 좋다'고 대안을 냈다. 상트 페테르부르크에서 극동까지는 지리적 거리상 너무 멀고, 소련 영토 또한 광대했으며, 점증해가는 위성국을 관리하는데도 힘에 겨웠기 때문에 한반도 식민지 관리에 신경 쓸 여력이 사실상 없었다. 미국 또한 확실한 코리아 대책이 수립된 것이 아니어서 그 문제는 있는 듯 없는 듯, 적당히 넘어갔다.

2차 세계대전 종전 직전 병사한 루즈벨트의 뒤를 이은 해리 트루먼은 공산주의를 경계했지만, 루즈벨트의 정책을 뒤엎을 정도는 아니어서 포츠담 회담장(1945.7)에 국무부의 딘 러스크 육군 대령을 데리고 나가 소련 군사실무자와 식민지 한반도 점령 대책을 협의토록 지시했다. 이 자리에서 러스크는 38선 분할을 제시했다. 미·소 군사 실무 책임자들은 두 나라 군대의 한반도 작전 전개 능력과 진격 거리에 비춰볼 때, 소련 지상군이 육상전을 펴고, 미 해·공군이 바다와 공중전을 지원하는 형태의 공동작전을 펴는 것이 합당하다고 평가했다. 소련 지상군은 한반도에서 200km 안에 있지만, 미 지상군은 약 3천km 밖의 태평양제도와 오키나와 남단에 있었기 때문에 소련 지상군의 한반도 진격이 현실적인 방안이었다. 38선은 한반도의 일본군 무장해제를 위해 두 점령군인 미군과 소련군이 잠정적으로 작전 범위를 나눈 선에 불과했다.

회담을 마치고 미국으로 돌아간 러스크 대령은 1945년 8월 10일 국방부 작전국의 작전참모 찰스 본스틸 대령을 만나 한반도에서의 미국 점령지 획정을 다시 논의했다. 그때 소련군은 이미 한반도 북부에 상륙해 있었다. 그래서였을까, '주의를 기울이지 않고, 완전히 준비되지 않은 상태'로 러스크와 본스틸은 내셔널 지오그래픽 지도를 테이블에 펼쳐놓고 황급히 한반도의 가운데 지형을 가로로 일직선으로 자르는 38선을 그었다. 그들이 북위 38도선을 선택한 것은 소련과의 분할 균형을 염두에 두었기 때문이고, 그럼에도 불구하고 수도 서울이 미국 점령지역 안에 속한다는 점 때문에 기뻐했다.

생각없이 그어진 일직선상의 38선은 일본 점령지의 무장해제 구역을 지정한 연합군 총사령부의 일반 명령 제1호로 공포되었다. 러스크는 자신의 회고록에서 38선 획정 과정에 대해 다음과 같이 증언했다.

"일본군의 항복을 받아야 하는데 미 국무부와 국방부는 미군이 언제 어디서 그들의 항복을 받아야 하는지에 대해 다른 견해를 가지고 있었다. 미 국무부는 가능한 북쪽인 만주의 주요 지점을 포함한 중국 본토에서 항복을 받아내기를 원했다. 하지만 미국 국방부는 미군이 거의, 혹은 전혀 군사력을 보유하지 못한 지역을 책임지는 것을 원하지 않았다. 미국 국방부는 중국 본토에 진출하는 것을 전혀 원하지 않았다. 결국 우리는 아시아 대륙에서 군사력을 어느 정도 유지하는 방법, 즉 한반도에 일종의 발판을 두어 상징적인 의미를 갖자는 절충안에 합의했다. 1945년 8월 10일의 회의에서 찰스 본스틸 대령과 나는 한반도 지도를 펴놓고 긴박한 상황이라는 압력하에서 미국의 점령 지역을 고르는 중요한 임무를 수행했다. 본스틸과 나는 한국 전문가가 아니었지만, 수도 서울은 미군 (점령)지역에 있어야 할 것으로 믿었다. 우리는 또한 미국 국방부가 미국의 점령지가 방대해지는 것에 반대한다는 사실도 알고 있었다. 내셔널 지오그래픽 지도를 사용하면서 우리는 서울 바로 북쪽이 편리한 분계선이 될 것이라 추정했지만, 자연적·지리적 경계선을 찾을 수 없었다. 그래서 38선을 생각해냈고, 이를 3성조정위원회에 추천했다. 3성위원회는 이 제안을 별 논쟁없이 수용했는데, 놀라운 점은 소련측에서도 전혀 이의를 제기하지 않았다는 점이다. 나는 소련이 양국의 군사적 상황을 고려해 더 남쪽의 경계선을 주장할 것이라 예상했었다. 우리 2명의 대령을 포함해 위원회의 누구도 20세기 초에 러시아와 일본이 38선을 기준으로 조선을 분할하자고 협상한 사실이 있다는 점을 알지 못했다. 만약 그 역사적 사실을 알았다면 우리는 다른 분계선을 선택했을 것이다. 38선을 기준으로 과거 일본과의 한반도 분할을 모색했던 러시아는 우리의 38선 제안을 38선 이북에서의 소련의 세력권을 인정해 주는 것으로 해석했다. 우리 모두는 이 나라에 대해 무지했다."〈출처:http://kk1234ang.egloos.com〉

한반도 분할은 러스크 대령의 삼각자와 동아시아 지도 한 장으로 하룻밤의 작업 끝에 최종 확정되었다. 단일종족, 단일언어, 단일민족 공동체를 이루고 사는 수천 년 역사의 지역민의 의사와 상관없이 러스크와 본스틸의 소박한 상황 인식 아래 그어진 국경선은 민족공동체를 영영 허리 부러진 불구로 만들어버렸다. 일직선상으로 그어진 선은 형제자매가 이웃해 사는 마을과 마을을 분리하고, 건너 마을에 사는 친인척과도 적이 되어야 하는 패륜적인 경계선이 되어버렸다. 이는 강과 산 지형에 따라 부족이 모여살고 있는 현실을 외면하고 서방 열강이 식민 지배를 위해 편의적으로 직선으로 국경선을 그은 것과 같았다. 그 결과 일가친척이 국경선 너머 타부족과 살게 되고, 타부족이 내 부족 안에 들어와 사는 꼴이 되었다. 식민지에서 해방되었어도 이로 인해 부족 간에 내전이 일상화되었다. 즉, 아프리카 제국과 같은 대결장이 한반도에도 그대로 적용되었으며, 그것은 전쟁의 참혹성만을 내재시켰다.

미국의 대일전은 미국 단독전쟁이었던 만큼 미국이 일본을 차지한 것과 같이 한반도를 전부 차지하겠다고 나서도 소련이 반대할 이유는 없었다. 오히려 만주지방까지 흡수하겠다고 해도 무방했다. 당시 중국은 국공 내전으로 다른 데 신경쓸 여력이 없었다.

그간 양대국은 협력 관계를 유지해온 데다 소련은 희생없이 북방 4개 도서와 광대한 연해주를 먹은 것으로 성과를 거두었으니 미국에게 더 이상 영토 확장적 야심을 드러낼 필요도 없었다.

당초 연합국의 일본 전후 처리에 있어서 홋카이도와 도호쿠(東北) 지방은 소련, 도호쿠를 제외한 혼슈(本州)와 오키나와 사이판 등 북서태평양 제도는 미국, 영국은 규슈(九州), 중국은 시코쿠(四國)를 분할 통치하기로 했다. 그러나 미국 단독 전쟁으로 항복 문서를 받았기 때문에 미군이 일본 전역을 점령했다. 따라서 미국이 한반도까지 전부 차지하겠다고 나서도 소련이 반대할 이유는 없었다.

일본은 1951년 샌프란시스코 강화조약으로 주권을 회복하고, 미국의 핵우산 밑으로 들어가 오늘의 번영을 이루었다. 무엇보다 외교의 힘이 컸다. 요시다 시게루를 비롯한 일본 외교 라인이 패망한 일본을 재건하기 위해 불철주야 뛰었다. 양갱, 전병, 예쁜 색상의 떡 따위를 앙징맞게 포장해 싸들고 미국 외교관 부인들에게 보내는 정성을 보이면서 실리 외교전략을 구사했다. 이런 정성스런 떡 하나가 주변 아시아인을 참혹하게 만든 전범국가는 털끝 하나 다치지 않고 영토를 보존하는 힘을 얻었다. 네 토막으로 나뉠 운명의 국토는 정성이 담긴 센베이와 기모노를 곱게 차려입은 게이샤의 웃음으로 온전하게 보존한 것이다. 그것이 전부일 수는 없으나 상당 부분 영향을 끼쳤다.

동아시아에서의 2차 세계대전 전후 처리는 태평양전쟁을 독자적으로 수행했던 미국의 입김과 대도에 따라 좌우되있는데, 미국은 한반도와 일본의 전후 처리에서 확연히 구분되는 조치를 취했다. 미국은 '일본은 인종적·지리적·사회적·경제적으로 하나의 단위'라면서 분할 점령할 필요가 없다는 입장을 취했다.

역사·문화·인종·전통 등 모든 분야에서 일본보다 더 단일공동체인 한국은 반대로 두 동강이가 났다. 무한 피해를 입은 한국은 구체적 계획이나 준비도 없이 '편의적으로 적당히' 국토의 가운데를 잘라

버린 것이다. 미 국무성 실무진의 야간작업대 위에 올려진 지도 한 장과 삼각자에 의해 지리적·역사적·문화적·인종적 실체로서의 최소한의 존엄성과 정체성마저 존중받지 못한 채 한반도는 분단의 고통을 떠안게 된 것이다.

하지 중장의 미 7함대 소속 24군단의 일부 병력이 1945년 9월 8일 인천에 상륙했을 때, 무장해제된 일본군 대신 일본 경찰이 환영 인파에 발포해 인천시민 2명이 현장에서 즉사하고, 수십 명이 다쳤지만 전승국 미군은 이에 대한 일본 책임을 묻지 않았다. 오키나와에서 인천에 상륙한 미군 7보병부대 보병으로 참전한 마리오 베네딕토는 다음과 같이 당시를 회고했다.

"우리가 인천에 도착했을 때 한국인 단체(항만 노동단체)가 유인물을 전달했다. 미군이 일본인들의 목을 쳐달라는 요청이었다. '우리(한국인)는 잔혹한 일본 경찰에 의해 죽고 다쳤다. 그들은 여전히 너무나 야만적이고 비인간적이다. 세계의 어디에서도 일본과 같은 행위를 볼 수 없다. 일본제국주의자들이 '여러분의 소중한 동료와 형제들을 살해한 것을 기억해달라'고 한 후 ▲일본 군대의 무장해제와 범죄자 처단 ▲행정권 인수와 일본인 재산 몰수 ▲평화와 민주주의 구현 등 3개항의 요청을 전달했다. 그러나 미군사령부는 이를 묵살했다."〈출처: 미 참전용사 프로젝트 'Korea Labor Union'—Appeal to US Army〉

미국이 기본적으로 친 일본, 비(반) 한국의 자세를 견지하고 있다는 것을 상징적으로 보여준 사건은 여러 가지였다. 일제 경찰이 소요를 이유로 서울 용산과 제물포 군중을 해산하는 과정에서 총을 쏘아 사람을 죽이거나 부상을 입힌 사례가 적잖게 적발되었다.

미국은 서울 입성 다음날인 9월 9일 서울 종로구 조선총독부로 가서 그때까지 펄럭이던 일장기를 내리고 성조기를 올림으로써 조선 지배권을 행사했다. 8·15 해방이 되고도 한 달 가까이 서울의 하늘에는 일장기가 펄럭이고 있었던 셈이다.

조선총독으로부터 항복문서를 받은 미군은 그 길로 38분계선으로 달려가 이미 38선에 와있는 소련군과 만나 2차 세계대전 승전의 팡파레를 올렸다. 서로 춤추고 노래하며 전승국의 기쁨을 만끽했는데, 그것은 두말할 것 없이 히틀러·무솔리니·히로히토를 차례로 물리친 연합군으로서 극동에서 다시 만난 재회의 환희였다.

연합군이 승리의 미주에 흠뻑 취한 사이 한반도 민중은 철저하게 구경꾼으로 전락했다. 미 태평양사령부는 한국을 독립국이 아니라 식민지로 접수했으며, 주민의 실존적·시민적 지위를 인정하지 않았다. 일본군국주의와 마찬가지로 국민에게 군림하고 호령했다. 영토와 주민을 일본으로부터 획득한 전리품으로 인식했을 뿐, 한반도 주권을 인정하고 민족 정체성을 인정한다는 해방군의 모습은 보이지 않았다.

이런 과정에서 불행히도 미·소 두 거인은 점차 대립 국면으로 접어들었다. 본래 제2차 세계대전이 종식되기 전 루스벨트 대통령은 동북아시아의 평화체제는 일본을 철저히 분쇄하고, 우방국가인 소련·중국과 협력하여 평화를 유지하자는 구상으로 추진되었다. 그런데 루스벨트가 병사한 뒤 권력을 승계받은 헨리 트루먼 대통령이 이를 백지화했다. 이는 일차적으로 소련이 원인을 제공했지만 공산주의를 싫어한 트루먼의 개인적 소양이 더 컸다.

소련은 전후 팽창정책을 추진하여 폴란드 등 동유럽 8개국을 공산 위성국으로 장악하고, 중국대륙에 공산 정권이 수립되도록 지원하고, 이런 사이 세계대전 중 우방국가였던 소련이 연합군에서 탈피하여 서방을 위협하는 국가로 변신하자 미국이 긴장했다. 이렇게 국제환경이 변화하자 미국은 일본마저 소련과 중국의 세력권에 흡수되어 소련·중국·일본 간에 하나의 블록이 형성되면 태평양 제해권은 물론 미국의 안보를 위협할 수 있다고 보았다. 반면 일본은 군국주의를 지탱한 기조가 반공산주의여서 근원적으로 소련과 보폭을 함께할 수 없었고, 또 불가침조약을 일방적으로 폐기한 배신감으로 미국의 품에 급속도로 다가가 안겼다.

이렇게 양자의 이해가 맞아떨어지면서 트루먼은 루스벨트의 동북아시아정책을 대폭 수정하여 일본을 소련에 대항하는 동반자로 이끌어 적국의 지위에서 우방국의 지위로 격상시켰다. 자국의 이익을 위해 적과의 동침을 실현시킨 것이다. 이후 한반도에서 6·25전쟁이 터지자 일본과의 외교정책을 더욱 강화하여 동북아시아 공산권 봉쇄정책의 대리인으로 일본을 내세웠다.〈이상 한국학중앙연구원 민족문화대백과 '한일기본조약' 중 일부 인용〉

이렇게 해서 이른바 냉전(The Cold War) 체제가 완성되었다. 그 실험무대로 제공된 곳이 한반도였다. 전승국의 군사적 편의에 따라 그어진 잠정적 38도선은 냉전이 격화하는 과정에서 이념의 대리전을 치르는 최일선이 되었던 것이다.

분단 초기, 분단 극복의 여러 기제들 또한 작동하고 있었다. 정치지도자들이 분열을 극복하고 내부역량을 결집시켜 나갔다면 분단구조를 충분히 극복할 수 있었다. 다만 변화하는 국제정세를 감지하지 못하고, 비좁은 울 안에서 피 터지는 싸움만 벌이다 양쪽 다 비참한 최후를 맞는 투견 꼴이 되었다. 내 집에서 남의 집 잔치에 온 취객처럼 의미없이 주먹질하다 세상에 없는 불구가 되어버린 것이다.

왜 싸우는지 모르고 싸운다면 싸움의 기원이나 싸움이 부른 비극을 알 리가 없다. 내가 왜 여기서 싸우는지 그 이유를 알 필요도 없고 알려고도 하지 않으면서 피터지게 싸우는 극도의 허무주의. 다만 싸우니까 철저히 응징하겠다는 물리적 복수심의 악순환만 반복된다. 이것이 해방 공간의 무의미한 대결상으로 나타났으니 얻는 것이라고는 황폐한 몰골뿐이었다.

점령군으로 온 미군 장교단은 매서운 추위와 이상하게도 인분 냄새 가득한 한반도에 매력을 느끼지 않았다. 가난하게 사는 주민은 더럽고, 일상 또한 좀도둑질과 거짓말을 하며 매우 비위생적으로 산다. 부자로 넉넉하게 살면 도둑도 될 수 없고, 거짓말도 하지 않는다는 것을 그들은 모르고 있었다. 멸시와 조롱과 경멸만이 강제되었다. 그들은 '신이 저버린 땅'을 하루 빨리 벗어나자는 생각으로 떠날 날짜만 헤아리고 있었다. 명령에 따라 왔을 뿐, 주둔의 의미와 가치가 없는 땅으로 여길 뿐이었다. 이런 상황에서 양극 체제가 남북 사이에 들어섰다. 미·소의 괴뢰성을 띤 이들 체제는, 금방 괴물이 되어갔다. 기득권을 확보한 특수 신분들이 누구도 넘볼 수 없는 똬리를 틀더니 어느새 대를 이어 세습까지 하면서 또 다른 의미의 식민지 폭력을 행사했다.

어디로 가시나요?

배가 부산항에 도착하자 모두들 짐을 챙겼다. 임순심은 항구를 바라볼 뿐, 짐을 꾸릴 생각을 하지 않았다. 그녀는 얼굴을 들고 어디를 다시 찾아갈 수 없다는 절망감에 사로잡혔다. 이런 몸으로 고향으로 돌아갈 수 없다는 자격지심. 그러니 친구들도 만날 수 없다. 부모형제와 마을 사람들 얼굴은 더욱이나 대할 수 없다. 엄연한 피해자인데, 그녀가 죄인이 되어버렸다. 보상을 받긴커녕 벌을 받는 꼴이 되었다. 그녀는 고국에 돌아오자 두렵기만 했다. 종군위안부의 길은 이렇게 험했다.

"임순심 씨, 고향이 어디라고 했지요?"

오민균이 그녀에게 다가가 물었으나 그녀는 대답하지 않았다.

"순심 씨의 지난 날을 아는 사람은 없어요. 나도 몰라요. 그리고 그것은 임순심 씨 책임이 아니죠. 절대로 아니죠."

귀국선 안에서 그녀의 출신 성분을 안 오민균은 일부러 모른 체했다. 입을 굳게 다물고 있던 임순심 결심이 선 듯 비로소 말했다.

"길자 언니를 따라갈 거예요. 제주로 가서 해녀가 될 거예요."

"해녀가 되신다. 마음 정하는 대로 하세요. 나는 순심 씨가 택한 길을 무조건 환영합니다."

"오 생도님은 서울로 가시나요?"

"아니오. 충청도 고향집에 가서 잠시 쉬었다가 서울로 올라갈 생각입니다. 학업을 계속하든지 군대를 가든지 해야지요."

그녀 두 눈에 눈물이 어른거렸다. 그는 고향으로 돌아간다. 하지만 자신은 꿈에 그리던 고향을 갈 수 없다. 누구는 따뜻한 부모님의 품으로 돌아가는데, 그녀는 그럴 수가 없다. 그녀는 울음이 쏟아지려는 것을 억지로 참았다. 덮쳐오는 일본군을 못 견딘 나머지 물어뜯었을 때, 전사가 된 듯 자신감이 생겼지만 막상 고국에 돌아오니 겁부터 나는 것이었다.

오민균이 행낭에서 리본이 달린 조그만 봉투를 꺼냈다.

"여동생들에게 줄 선물인데 드리겠습니다. 조그만 성의입니다."

리본을 헤치고 봉투를 뜯자 흰 바탕에 안개꽃이 화사한 실크 머플러가 나왔다. 임순심이 머플러를 받아 머리에 둘렀다.

"잊지 않을 게요."

"언젠가 만날 날이 있겠지요."

선장실에 있던 강태선 선주가 나와 하선하는 생도들에게 큰 소리로 전송했다.

"여러분 그동안 고생 많았소. 잘 가시오. 신생조국에서 큰 역할들 하시오. 나는 제주로 가요."

또 다른 귀국선

1945년 8월 9일 소련군 참전으로 박정희 부대는 14일 저녁부터 사령부가 있는 숭덕(承德)으로 이동했다. 그리고 16일 흥륭에 도착해서 일본의 무조건 항복 소식을 들었다. 일본이 패망하자 만주군 제5군관구 보병 8단 내의 조선인 장교들은 현지 중국인들에 의해 무장해제를 당했다. 갑자기 일본인도 아니고 조선인도 아닌 묘한 신분이 되어버렸다.

보병 8단은 열하성 남부 숭덕에 본부를 둔 제5군관구의 예하부대로 반벽산(半壁山)에 주둔하고 있었다. 주임무는 준화(遵化) 인근의 11, 12단(團) 등 팔로군을 토벌하는 일이었다.

보병 8단이 박정희의 첫 부임지였다. 단장은 중국인 당제영 상교 (대령)였고, 3개 대대를 거느리고 있었다. 장교는 부단장 등 일본인 8명, 조선인 4명, 나머지는 중국인이었다. 병사들은 중국인들로 안동 (현 단동) 출신들이었다.

해방이 되기 전부터 군 계보는 복잡하였다. 동시에 피아 구분이 없었다. 팔로군 출신에 국부군, 거기에 간부급은 조선군, 일본군 출신이 있었다. 팔로군이나 국부군 출신 중 군벌(軍閥)에 따라 같은 부대라도 배타적이거나 우호적이었다. 얼핏 보면 19세기 중국의 일그 러진 자화상을 중국내의 각 군사조직에서 볼 수 있었다. 박정희는 중국이 헤어나오지 못하는 이유를 거기서 찾았다.

박정희는 단장 부관으로 근무하다가 해방을 맞았다.

단장 휘하 부관처에는 갑, 을 두 종류의 부관이 있었는데 갑종은 일본인 장교 시모노(下野) 대위가 부관장을 겸하고 있었다. 을종 부관은 3명으로, 선임 반(潘) 중위는 행정담당, 이(李) 중위는 인사담당, 그리고 박정희 소위는 진급한 이 중위의 업무를 물려받아 예하부대에 작전명령을 하달하고 단기(團旗)를 관리하는 일을 맡았다. 그런데 졸지에 일본이 패망해 무장해제를 당했다.

일제가 패망하자 박정희와 중국인 장교들은 반벽산을 벗어나 흥륭(興隆)—밀운(密雲)을 거쳐 북경(北京)으로 향했다. 그는 중국인 장교를 따라 잠시 중국군대에 머물렀다가 힘들게 임시정부를 찾아 광복군에 편입되었다. 그리고 이듬해 5월 개인 자격으로 귀국했다. 그 과정 또한 험난했다.

박정희는 부대가 사라지자 중국인 동료 장교 고경인과 함께 정처 없이 걸었다. 걷는 도중 그가 고경인에게 물었다.

"가도가도 끝이 없으이 어떡해야 하노?"

"북경(베이징)으로 간다고 했잖나. 사람 많은데 가면 여러 가지 정보를 얻을 수 있을 것이다. 길이 있을 거야."

계속 길을 걸었으나 가도가도 평야거나, 산이거나 사막이었다. 걷는 데 질려버리는 땅이었다. 뙤약볕 아래 걷는 고통보다 언제까지 걸어야 하는지를 가늠하기 어려워 절망하였다. 중국 대륙의 규모를 그는 처음으로 실감했다.

"안 되겠다. 좀 머물자."

지친 박정희는 밀운에서 행장을 풀었다. 몸도 마음도 물먹은 솜처럼 무거웠다. 마침 중국군 부대가 있었다. 군대인지 불량배 집합소인지 분간이 안 갈 만큼 부대원들은 하나같이 거지 행색이고, 기강은 해이되어 있었다. 밥이나 한술 얻어먹자고 한 것이 일주일 동안 그곳에서 머물렀다. 반기는 사람도 없었지만 의심하는 사람도 없었다. 그놈이 그놈이어서 탓할 사람도 없었다.

추석이 다가오고 있었다. 저녁 어스름 달을 보고 있자니 고향 생각이 났다. 어머니, 아버지, 형님과 누이들, 그리고 가난, 아내와 어린 딸… 박정희는 고경인을 데리고 갈대가 서걱이는 들판 가운데로 나갔다. 달을 쳐다보니 한없이 자신이 처량했다. 슬픔에 젖은 박정희에게 고경인이 물었다.

"고향으로 가지 않으려나?"

"무슨 면목으로 가나. 난감하다."

"나도 마찬가지다."

"그러니 나라를 빼앗기지 말아야지…."

박정희의 푸념이 고경인의 마음을 울렸다.

"그래. 나 역시 중국이 고국이지만 진실로 내 고국인지 모르겠다. 어디서부터 잘못되었는지 모르겠다. 무국적자가 된 기분이다. 제3국으로 갈 생각을 하고 있다. 양심상 고국에 머물러 있을 자신이 없다."

실제로 그는 먼 훗날 미국으로 이민을 떠났다.

"우리 이곳을 떠나자."

박정희가 불쑥 제안했다. 중국군부대에 들어갔지만 소속된 것인지 불분명했고, 배속된 것이 없었으니 떠나도 따질 사람은 없었다.

그들은 그 길로 밤길을 걸어 무작정 걸었다.

일본 패망은 제삼국 젊은이들에게 또 다른 방황과 고뇌를 안겨주었다. 패잔병의 운명까지 겹치니 정체성의 혼란은 극심했다. 조국을 위해 싸운 것이라면 이렇게 가슴이 쓰라리고 가슴 아프지 않았을 것이다. 덜 억울했을 것이다. 그런데 일제를 위해 피를 흘렸으니 어디가서 얼굴을 내밀 수가 없다. 어쩔 수 없었다는 상황논리만으로는 통용되지 않는다. 일본 제국주의에 대항해 투쟁한 젊은이들이 얼마나 많은가. 그 숫자가 일본군에 편입된 숫자보다 더 많을지도 모른다.

"걱정 말고 나하고 같이 가자. 가다 보면 길이 열리지 않겠나."

그러나 고경인 역시 대낮에 등불 들고 길을 걷는 장님이나 마찬가지였다. 박정희는 고경인을 따르지 않겠다고 마음 먹었다. 그를 괴롭히고 싶지 않았다.

"혹시 모르니 경상도 구미 나의 고향집 주소를 써주겠다. 세상이 좋아지면 찾아주기 바란다. 못 만나더라도 편지 교환을 하자."

"그래, 무사히 고국으로 돌아가라."

고경인은 호주머니를 털어 중국 돈 385원을 박정희 손에 쥐어주었다.

"나의 정표가 이것 뿐이다."

중국인의 우정에 박정희는 코허리가 시큰해졌다. 그는 신고 있던 일본군 장교용 장화를 벗어주었다.

"난 받지 않겠어. 이 땅은 내 조국이야. 맨발로라도 내 땅을 걸을 수 있어."

"이 땅이 조국이라도 타국이라고 하지 않았나. 받아둬. 나의 우정의 표시야. 먼 길은 편상화가 좋아. 난 이 일본도만 있으면 돼."

박정희는 옆구리에 찬 긴 일본도를 보여주며 웃었다. 일본도가 땅바닥에 닿을 것 같았다.

"그래, 자네 키보다 커보이는군. 그게 자네를 지켜줄 것이야."

그들은 헤어졌다. 북경에 도착한 박정희는 한동안 거리를 떠돌았다. 임시정부가 있는 곳을 찾아헤매는데 신현준이 골목에서 나온 것을 발견했다.

"아니, 신 대위 아닙니까."

신현준이 박정희를 유심히 살피더니 반가운 내색 대신 엉뚱한 말을 했다.

"비밀 공작원인가?"

"무슨 말입니까."

"왜 얼쩡거리는 거야. 임정 사무실을 들어오려면 들어오는 거고, 갈테면 가는 거지. 왜 서성거려 저기가 임시정부 사무실이잖나."

신현준이 골목 안 허름한 건물을 가리켰다.

"나는 이곳이 임정 사무실인 줄 몰랐습니다."

해방 직후 북경에는 광복군 출신, 학도병 출신 등 조선 청년들이 모여들었다. 대략 400명 정도 되었다. 신현준이 박정희를 사무실로 데리고 가 임시정부에 인계하자 동북 판사처(辦事處) 최용덕 처장이 임시거처를 마련해주었다. 그리고 김학규 광복군 3지대장 휘하에 편입시켰다.

김학규는 평안도 평원 출신으로 민족주의 계열 조선민족혁명당—조선혁명당을 이끈 인물이었다. 한국광복운동단체연합회에 참여하여 대한민국임시정부 외곽단체로 활동했다. 1940년 광복군이 충칭[重慶]에서 편성되자 총사령부참모로 취임하고, 1941년 광복군 제3지대장이 되어 안후이성[安徽省]의 푸양[阜陽]에 근거지를 두고 대일

선전·초모공작·정보수집을 하는 한편, 유격전을 전개했다. 주중미군(駐中美軍)과 합동작전으로 특수공작반(OSS)을 설치해 국내진공작전을 도모하던 중 조국 광복을 맞았다. 광복 뒤 광복군 총사령부의 주상해판사처처장(駐上海辦事處處長)에 임명되어 교포의 생명과 재산을 보호하고, 안전 귀환 활동을 했다. 1946년 한독당의 만주특별당 부위원장에 취임하여, 교포 1만2천 명을 텐진에서 미군 비행기와 군함으로 호송, 귀국시켰다. 평생 김구의 한국독립당에 관여했으며, 이승만 정권에 반대하다가 군법회의에 회부되어 15년 징역형을 선고받고 형을 살다가 한국전쟁 때 석방되었다.〈한국민족문화대백과사전, 김학규(金學奎)편 인용〉

박정희는 만주군 장교 경력을 인정받아 제3지대 2중대장을 맡았다. 그러나 김학규와 특별한 인연이 있었던 것 같지는 않다. 그가 5·16 정변을 일으킨 뒤 김학규에 대한 배려는 없었기 때문이다. 쿠데타 당시 만주 군관학교 출신들은 군부의 중심이었다.

광복군 제3지대에서의 박정희의 존재감은 없었다. 낯선 곳이라 불편했고, 젊은 군인들이라고 했지만 모두 패잔병처럼 지친 모습에 그는 실망이 컸다. 꾀죄죄한 거지꼴로 귀국 날짜만을 기다리고 있을 뿐이었다. 그렇다고 귀환이 뜻대로 이루어지는 것도 아니었다. 미군정이 어떤 정치결사체도 인정하지 않는다는 방침을 세워 임시정부나 광복군 입국을 거부한 것이다. 다만 들어오려면 개인 자격으로 들어오라는 것이었다.

한편 이와 다른 기록도 있다. 박정희가 소속된 광복군 부대는 제3지대 주평진대대(駐平津大隊)였다. 평진이란 북평과 천진에서 따온 말이다. 이 부대는 광복군 부대라기보다 해방이라는 급격한 상황 변화에 따라 여기저기서 모여든 일본군, 중국군 출신들의 임시 거처지였다. 굳이 말하자면 고국으로 돌아가기 위해 모여든 청년들의 임시 부로수용부대였다. 이들 부대를 관리한 중국 기관이 부로관리처(俘虜管理處)인 것도 이를 증명하고 있다.

어느 날 박정희는 부대를 나왔다. 정식 군대가 아니라 부로생활이었으니 답답한 나머지 길거리를 배회했다. 작가 김홍신의 '박정희 광복군 편입은 허위'라는 기록에 따르면, 광복군 출신 항일투사 이재현이 북평판사처 주임(광복군 소령)으로 있었다. 일제가 패망하자 박정희가 속한 만주군 8단이 해체되고, 그는 베이징으로 나와 길거리를 배회하던 중 이재현에게 적발돼 한국으로 송환되었다. 북평판사처는 고국으로 돌아가겠다는 조선인들을 귀국선에 태워 보내는 역할을 하고 있었다.

박정희가 귀국을 서두른 것은 신현준, 이주일, 방원철 등 선임자들의 시선을 피하기 위해서였다. 그중 방원철을 만나는 것이 두려웠다. 일본군 패망 이후 계급장이 날라갔으니 똑같은 처지인데도 여전히 상관으로 군림하는 꼴을 보고 싶지 않았다. 군대에서는 악연이 깊은 자를 꼭 한두 사람 만나게 되어 있다.

방원철은 옌지 룽징 출신으로 만주의 신경군관학교 제1기(1941년) 졸업하고 8단에 배속됐다. 박정희에게는 신경군관학교 1기 선배였다. 방원철은 후배 생도들을 자주 구타했는데, 특히 박정희가 많이 맞았다. 박정희는 방원철보다 나이가 3살이나 많았음에도 1기 선배라는 이유로 까닭없이 그를 구타했다.

방원철은 해방되자 대한민국 국군에 참여한 다른 장교들과 달리 여운형의 건국준비위원회에 참여했다. 1946년에는 소련 군정 지역으로 올라가 조선인민군에 참여했다. 그러다가 대한민국 정부 수립 후인 1948년 10월 만주군 출신 장교들과 함께 북한을 탈출해 귀순했다. 국방부는 북한인민군 장교 5명의 귀순을 발표했다. 그의 북한군 직위는 조선인민군 중앙경위대 대대장이었다.

1961년 박정희가 5·16 군사정변을 일으켰을 때, 그는 동조한 듯 했으나 1963년 '군 쿠데타음모 사건'에 연루돼 15년형을 선고받았다. 김동하를 중심으로 한 알라스카(함경도 출신) 군부세력 쿠데타 음모 혐의에 걸려 주모자로 몰린 것이었다.

방원철은 박정희의 만주군 시절 경력을 자세히 증언할 수 있는 위치에 있었던 데다 조선인민군 창군과 북한 인민공화국의 건국 과정을 지켜본 인물이라서 현대국군 연구를 위한 증언을 할 수 있는 인물이었다. 그러나 박정희에 관한 기록은 많지 않다.

그는 숙청당한 뒤 김종필과 대립 관계에 있었으며, 김종필의 정변 과정에서의 역할에 대해 의문을 표시하는 《김종필에게 고함》(1987), 《김종필 정체》(1995) 등을 집필했다.〈류연산 '박정희와 신경육군군관학교 ―일송정 푸른 솔에 선구자는 없었다' 참고〉

젊은 청년 회사원 신용호

1946년 5월. 중국 텐진항에서 출항한 미군 상륙용 함정 LST 한 척이 뱃고동을 울리며 남동 방향으로 항해하기 시작했다. 승객 600여 명을 태운 배에는 꿈에도 그리던 고국으로 돌아가려는 조선인들이 타고 있었다. 가슴 설레는 귀국선이었다. 배는 텐진에서 부산으로 향하는 항로를 잡았다.

선실도 없는 갑판 위에서 동포들은 혹심한 멀미에도 토해낼 것이 없었다. 위장의 것을 모두 토해낸 데다, 하루 이틀씩 굶었기 때문이다. 귀국선에는 만주에서 사업을 하다 영구 귀국하는 교보생명 창업자 신용호도 있었다. 신용호는 승객들 중, 갑판 앞머리에서 계급장을 뗀 낡은 군복차림에 체구에 비해 길어보이는 군도를 허리에 차고 한없이 수평선을 바라보고 있는 청년에게 시선이 갔다. 단아했으나 어딘지 쓸쓸한 모습이 그를 끌어당겼다. 신용호는 자리를 헤치고 그에게 다가갔다.

"어디로 가는 길입니까."

"선산 구미로 갑니더."

"군인입니까?"

그가 희미하게 웃다가 쓸쓸하게 말했다.

"일본군 장교로 복무하다 귀국선을 탔습니더. 박정희라고 합니더."

옷은 초라하고, 몰골은 초췌하였다.

"배고프지요? 내가 가지고 온 누룽지가 있습니다. 함꾸네 먹읍시다. 나는 월출산이 있는 전남 영암이 고향입니다."

누룽지를 받아든 박정희가 한입 입에 털어넣어 소리가 나게 아삭아삭 먹었다. 그 소리가 경쾌했으나 허접하게 먹는 것으로 보아 상당히 굶었음을 말해주고 있었다. 표정없이 누룽지를 입안 가득 털어넣어 먹는 그를 보면서 신용호는 누룽지를 봉다리째 내밀었다. 신용호는 오는 동안 굶주린 승객들에게 비상식량을 나눠준 통에 나흘이 지난 날부터는 하루 한 끼로 식사량을 조절하고 있었다. 배는 15일 동안 항해해 부산에 도착한다고 했다. 누룽지를 먹고 난 박정희가 생각난다는 듯이 예의를 표했다.

"고맙습니다."

박정희는 거대한 중국땅을 일년 가까이 헤매는 동안 어느 누구로부터도 따뜻한 대접을 받아보지 못했다.

신용호는 의례적인 짧은 인사였지만, 진의가 묻어난다는 것을 느꼈다. 그는 옥수수 가루도 손수건에 담아 내밀었다. 물에 타먹으면 포만감이 생기는 기호품이었다.

박정희는 하루종일 갑판의 같은 장소에서 누구하고도 말을 섞지 않은 채 상념에 잠겨 있었다. 어떻게 보면 금방 심해에 뛰어들 것만 같고, 또 다르게 보면 형용할 수 없는 심연의 고독이 가슴 가득 들어차있는 것처럼 보였다. 신용호는 참으로 독특한 청년이라고 생각하면서도 어떤 범접할 수 없는 무게감이 있다고 느꼈다.〈대산 전 회장 '신용호 평전' 일부 인용〉.

새로운 출발선

종로 거리에 가을의 기색이 완연했다. 플라타나스 잎들이 갈색으로 물들고 조락한 잎들이 거리에 뒹굴고 있었다. 일군의 청년들이 목총을 집총한 채 구령에 맞춰 '이찌 니, 이찌 니, 이찌 니 산 지'를 외치며 어디론가 사라지고, 재킷의 카라 깃을 세운 행인들도 부지런히 길을 재촉하고 있었다. 여기저기 건물 벽과 가게 문짝에 선전벽보들이 나붙어 있었다. 오민균은 길을 가다 말고 한 벽보 앞에서 걸음을 멈추었다.

— 조선의 사태는 금후 일본과 공동선언(포츠담선언)한 상대국 사이에서 교섭한 쌍방의 합의에 따라 비로소 통치권의 수여가 이루어지며, 그 위에 국가 시설 등에 대해서도 정당한 권한을 가진 자와 쌍방의 의지가 합치된 범위 내에서 정연하게 공식적인 접수가 이루어진다. 이전까지는 조선에 대한 제국의 통치권은 엄연히 존재하며, 이 기간 동안 총독부는 통치의 모든 책임을 짊어지고 항상 조선의 강복

을 고려하면서 각 방면에서의 치안 확보, 민생안정 등 행정을 시책하고 있다. (중략) 조선통치 책임의 지위에 누가 설 것인가는 결정되지 않았다. 조선통치의 책임과 이 통치를 위한 시설 일체는 현재 여전히 조선총독부의 손 안에 있다…… 1945.8.20 조선총독부 정무총감 엔도 류사쿠

오민균은 벽보를 읽다 말고 다가가 찢어버렸다. 이런 벽보가 몇 달째 붙어있는 게 불쾌했다. 미군이 들어오기 전의 공백 기간 동안 지도자들이 총독부 관리들을 몰아냈어야 했는데 그러지 못한 것이 안타까웠다. 미군이 주둔한 지 두세 달이 되는 동안 우리 지도자들이 행정 깊숙이 접근하지 못한 것도 실수라는 생각이 들었다. 미군과 협상하되 안되면 덤벼들어 담판을 걸었어야 했다.

오민균은 그때까지 고향에 박혀 있었다. 그가 움직여서 딱히 무엇이 이루어지리라고 생각한 것은 아니지만, 이렇게 지리멸렬하게 나간다면 젊은 모두가 힘을 합쳐 목소리를 냈어야 한다고 생각했다.

오민균은 이정길이 약도로 알려준 대로 종로통의 종각 네거리에서 주위를 두리번거리며 간판을 찾았다. 화신백화점 맞은편 4층의 붉은 벽돌건물 벽면에 〈조선건국준비위원회〉(건준) 간판이 붙어 있었다. 건준은 인민위원회(인공)로 확대 개편되었지만, 간판은 그대로 있었다. 건준은 전국 규모의 건국준비 단체여서 하루 아침에 해체될 수 없었고, 지역 일부에서는 지역 자치기관으로 사실상의 행정조직으로 역할을 수행하고 있었다. 인민위원회라는 이름을 함께 쓰는 곳도 있었다.

계단을 올라 3층 사무실로 들어서자 책상들이 길게 놓여있고, 헤드테이블마다 조직부, 운영부, 선전부, 정책부 팻말이 꽂혀 있었다.

오민균이 선전부로 다가가자 그때까지 책상에 엎드려 무언가를 가리방에 긁고 있던 이정길이 뒤를 돌아다보더니 환히 웃었다.

"왔네? 그래, 부모님은 평강하시고?"

"물론."

하지만 그런 의례적인 안부가 중요한 게 아니다.

"상황이 어떻게 돌아가는 거야?"

"천천히 얘기하자구. 잠깐 따라와 봐. 인사시켜줄게."

그가 안쪽 별도의 미술실로 오민균을 안내했다. 책상에서 포스터를 그리고 있던 중년 남자가 일손을 멈추고 두 사람을 바라보았다.

"인사해. 이쾌대 선생님이야."

"처음 뵙겠습니다. 이정길과는 일본육사 동기생입니다."

오민균이 정중히 인사했다.

"오, 그래요? 반갑소. 얘긴 들었소."

그가 부끄럼이 있는 소년처럼 조용히 웃었다. 모두 소파로 자리를 옮겨앉자 이정길이 길게 설명했다.

"이쾌대 선생님이 YMCA 강당에서 열린 건준 출범식 때 태극기를 그려서 회의장에 붙이셨어. 조선총독부에서 일장기가 내린 것은 9월 9일이지만, 이 선생님은 해방 다음날 맨먼저 태극기를 그려서 붙이신 거야. 모두들 태극기를 보고 우셨다네. 무릎 꿇고 절을 한 분도 있었다는군. 얼마나 간절했으면 그랬겠나. 이 선생님이 아니었으면 우린 지금도 태극기의 존재를 잘 몰랐을 거야. 그렇지요?"

이쾌대는 조용히 웃다가 "문양만 알고 있었으니 태극기가 서툴렀지요" 하고 아쉽다는 표정을 지었다.

"이 선생님은 태극기의 괘가 복잡하시대. 국기는 이미지고 상징인데, 역서(易書)의 기호를 넣었다는 것이 국기의 위상을 떨어뜨린다

는 것이지. 사람들이 괘의 의미가 무엇인지도 모르고, 뜻을 모르는
데 어떻게 기계적으로 따르느냐는 것이지. 외국인은 4괘를 얼굴에
숯검정을 붙여놓은 것처럼 장난스럽게 본다는 것이야. 세 개, 네 개,
다섯 개, 이렇게 괘가 복잡하게 그려져 있는 것을 깊은 뜻이 있는 것
으로 이해하기보다 그저 작대기로 장난한다는 것이지. 안 그렇습니
까, 선생님?"

이쾌대가 예의 조용히 웃으며 답했다.

"그건 이정길 씨의 의견이고. 하지만 맞아요. 국기는 심플하게 한
눈에 표상되어야 하는데 네 귀의 괘가 네 귀퉁이마다 복잡하게 걸려
있으니 국민들이 잘 이해를 못해요. 그러려니 하고 볼 뿐이고, 일본
놈들에게 핍박당했으니 우리가 아껴야 한다고 애처롭게 보는 대상
일 뿐이지. 일본놈들 좋아하지 않지만 단 하나 그럴싸하다는 것은
그들의 국기요. 히노마루는 에도 시대 일본 항구를 들락거리던 외국
배들과 일본 배를 구분하기 위해 흰 천 가운데에 사발을 엎어놓고
원을 그린 뒤 붉은 색을 해서 깃발로 사용한 것이 유래라는데, 단일
성과 압축성, 단결력을 한 눈에 보여주고 있지. 그 단순한 깃발이 왜
놈의 정신을 상징해요. 선동적이고 애국심을 불러일으키지요. 우리
도 국호가 정해지고, 정부가 수립되면 단순명쾌한 새 국기를 제정할
필요가 있소."

"그래도 우리의 애국자들이 품에 담고 다니던 국기 아닙니까?"

"하지만 대부분 의미를 잘 모르시지. 태극 문양만 그대로 살려도
우리 전통의 문양이 나오는 거요. 새롭게 디자인할 필요도 없소. 고
래로 우리 선혈들이 지킨 태극 문양, 그 안에 우리의 혼, 우리 정체
성, 우리 역사가 함축되어 있소. 심플하니 아름답지 않소?"

"생각을 못해봤지만 그럴 듯 하군요."

오민균이 동의했다. 이쾌대가 다기를 풀어 차를 끓이는 사이 이정길이 이쾌대 가문에 대해 소개했다.

"이쾌대 선생님 형님이 이여성 선생이야. 몽양 선생의 핵심 참모시지. 고보를 졸업하던 1918년에 김원봉, 김약수 선생과 함께 만주로 망명해서 무장 독립기지 건설에 나섰던 분이셔."

이여성은 경상도 칠곡의 대지주 출신이지만 토지를 모두 머슴들에게 분배해준 실천적 사회주의자였다.

"이여성 선생은 사회적 책무의식을 가지고 사신 분이라서 존경하게 되었어. 그러나 보수주의자의 가치로 사신 분이지, 그런데 사회주의자로 몰렸어. 이쾌대 선생님은 아름다운 풍경도 좋지만, 공장에서 쇠망치를 두들기는 힘줄이 솟는 근육질의 청년상도 작품이라는 분이야. 사실주의 작가시지. 안 그렇습니까?"

이쾌대는 이정길이 말하는 것을 긍정도 부정도 하지 않았다.

두 사람은 미술실을 나와 인근 선술집으로 자리를 옮겼다.

"다른 생도들은 어떻게 지내는 거야?"

"장지성 선배는 나주에서 교편 잡는다고 하더군. 민립중학교 수학교사로 나간다더라구. 조병건은 경성 2고보(경복중학) 동창들과 어울려 군사단체에 참여했나봐."

"나도 군사단체를 알아보려고 해."

"군벌체제에 참여하기보다는 이승만 박사도 귀국하시고, 김구 선생도 귀국하셨으니까 상황을 좀더 살피고 방향을 잡아도 되지 않을까. 그분들도 군사조직을 휘하에 둘 것이야. 그중 자넨 우리한테 붙으면 좋지 않겠나?"

이정길은 그의 형 이정남 주선으로 몽양 여운형 사무실에 출근하고 있었다. 이정남은 건준 청년부장 일을 맡고 있다가 인공이 확대 개편되자 박헌영 사무실로 자리를 옮겼다.

"형님은 박헌영 선생 쪽이고, 난 몽양 선생 편이야. 사람들은 몽양을 잘 몰라. 이상하게 그분에겐 정적이 많아."

"왜 그런지 이유를 따져보지 않았나?"

"글쎄. 잘나면 시기의 대상이 되는 것 아닌가? 선생은 그들을 정적으로 보지 않는데, 그들은 적으로 몰아붙여서 공격을 하지. 그런데도 몽양 선생은 대꾸도 안 하셔."

"정치란 자기가 옳다고 믿고 있는 것을 실천하는 것이지. 그걸 위해 설명하고 설득하는 작업이 필요하잖나. 정적에게도 동의를 구하는 것이야. 대응을 하지 않으면, 그들이 해석하는 대로 상황이 돌아가잖나. 오해가 기정사실이 되어버릴 수 있다구."

"하지만 체질에 안 맞다고 맞대응을 거부하시고, 억울해도 외면하셔. 박헌영 선생과도 틈이 벌어졌어. 박은 자꾸만 사상의 선도로 피아를 구분하려 하고, 몽양 선생은 다 함께 더불어라는 포용성을 지니고 계시지. 난 몽양 선생의 노선이 좋아."

"그래서 눌러있는 거야?"

"응. 그런데 두 분의 노선 차이도 별게 아닌데 서로 대립하고 있어."

그러면시 이징길이 길게 설명하기 시작했다.

1945년 8·15 광복이 되자, 전라도 광주 벽돌공장에서 공원으로 숨어 지내던 박헌영이 8월 19일 서울로 올라왔다. 그는 해방 다음날 결성된 장안파 공산당에 대항하여 김형선·이관술·김삼룡·이현상과 함께 공산당 재건파를 결성했다. 9월 열성자대회를 열어 장안파를 흡수해 조선공산당 중앙기구를 구성하여 책임비서에 취임했다. 이론, 투쟁경력, 조직력, 추진력 면에서 박헌영을 따를 자는 없었다.

때문에 그는 쉽게 공산당 제 세력을 장악해 조선공산당을 창당한 것이다.

박헌영은 8월 테제, 즉 〈현 정세와 우리의 임무〉라는 논문을 발표하여 해방 정국을 혁명단계로 규정해 노동자뿐 아니라 농민 및 양심 있는 지주·자본가와도 연합하여 혁명전선을 결성할 것을 주장했다. 그 실천에 있어서 모험주의적 노선에 편향된 경향이 짙었다. 연합전선 취지와는 다소 거리를 두게 되었다. 몽양은 온건노선이었다.

이승만이 미국에서 귀국하여 독립촉성중앙협의회(독촉)를 창설하자 조선공산당도 10월 23일 거기에 함께 참여했다. 11월 16일 친일파를 우선적으로 숙청해야 한다는 주장을 내세우면서 선 건국, 후 친일파 숙청을 내세운 독촉과 갈등을 벌인 뒤, 이승만과의 연합을 포기했다. 이념 때문이 아니라 친일파 처단 방식의 차이 때문에 갈라서게 된 것이다.

1945년 12월 모스크바 3상회의 결과 한반도에 대한 신탁통치안이 발표되었을 때, 조선공산당이 찬탁으로 노선을 결정하면서 우익 세력인 김구 임정과 대립했다. 이때 이승만의 독촉은 찬반에서 미온적 태도를 보였으나 반탁 노선으로 돌았다.

1946년 2월 15일 좌익세력의 총결집체인 민주주의민족전선(민전)이 결성되자, 여운형은 허헌·김원봉·백남운과 함께 민전 의장단의 일원으로 선출되었다. 7월 조선공산당 위폐사건을 계기로 미 군정의 좌익세력에 대한 탄압이 강행되면서 미 군정이 박헌영 등 공산당 핵심 간부에 대한 체포령이 내려졌다. 박헌영은 9월 5일 관 속에 누워 영구차 행렬로 위장해 북한으로 탈출했다.

박헌영이 서울에 부재한 가운데 1946년 11월 조선공산당·조선인민당 및 남조선신민당이 합쳐 남조선노동당(남로당)을 결성하자 부위원장에 추대됐다. 위원장이 공석이었으니 사실상 그가 위원장이었다. 그는 계속 북한에 머물면서 '박헌영 서한'을 통해 남로당을 지휘했다.

사회주의 계열이면서도 공산주의자가 아닌 여운형을 중심으로 한 지식층이 1947년 5월 근로인민당을 조직하자, 좌익계는 남로당과 근로인민당으로 양분되었다. 강경파와 온건파의 분열이었다. 이에 앞서 1946년 8월 북한에 북조선노동당(북로당)이 결성되었다. 1949년 6월 남북의 노동당이 조선노동당으로 통합, 발족되고 김일성이 실질적 지도자로 등극했다. 이렇게 해서 남로당은 김일성 지배하에 들어갔다.〈한국민족문화대백과, 한국학중앙연구원 자료 인용〉

남한의 인민위원회(인공) 실무 조직은 박헌영 계열이 장악했고, 몽양은 소외되었다. 조직의 운영방식이 조직적인 사람과 낭만적인 사람의 차이였다. 몽양은 우파 세력을 끌어들여 세를 확장하려고 했지만 고하가 이끄는 한민당 계열은 도리어 그를 회색주의자, 기회주의자로 매도하고 나섰다. 몽양의 입지는 좌우 양쪽에서 밀려 갈수록 세력이 약화되었다.

"너 정치할 거니?"

오민균이 묻자 이정길이 준비되어 있었던 것처럼 대답했다.

"공부할 거야. 경성대학 갈 거야. 형이 공부하라더군. 넌 어떡할 거야?"

"이범석, 이청천, 이응준, 이종찬 군 선배님들을 찾아가려고 해."

"이종찬 선배는 귀국하지 않았고, 귀국해도 자숙한다고 했다던데? 군 출신들은 각자 군사조직을 만들어 각자도생하는 것 같애. 그런데 경찰이 문제야. 조선총독부는 인공은 물론 제 정당, 군사단체를 인정하지 않고, 경찰을 우대하고 있어. 국민 정서와 완전히 달라."

"야, 우리가 언제 총독부 허가받고 움직였냐? 밀어붙여야 하지 않겠어?"

"그런데 고하 등 우파들이 모략하는 거야. 답답한 영감탱이야."

"한민당을 창당한《동아일보》사장 말이야?"

고하 역시 항일투쟁을 하다가 수 차례 옥고를 치른 사람이다. 진영 논리에 따라 이분법적으로 나누어서 볼 인물이 아니다.

"맞아. 외세를 한반도에서 몰아내려면 서로 뭉쳐야 하는데 서로 겐세이를 놓는단 말이야. 그는 건준―인공을 인정하지 않아. 공산당과 손잡는다고 씹어대잖아. 일제 강점기 가장 피해를 본 세력인데 말이야."

"공산당 세력이 인공을 접수한 거는 사실 아닌가?"

"하지만 합작이 뭐가 나쁜가. 그들이 무슨 철천지 원수야? 같은 하늘 아래서 독립투쟁해 왔잖아. 미 군정도 공산당 인정했잖나. 몽양 선생의 성향 그대로 우파, 중도파, 민족주의 세력, 사회주의 세력, 공산주의 세력 모두 합쳐서 큰 강물을 이루어 나가면 대해를 이룰 수 있지. 그러면 총독부 놈들 장난 못 치고 도망 간다니까. 분열하니 흔들어대는 거야. 그들에게 놀아나는 놈들이 문제지만 말이야. 우리가 빌미를 제공하고 있어. 왜놈들은 본시 틈만 보이면 역습해오는 놈들 아니가. 지금도 끊임없이 미 군정 놈들과 야합해서 주인행세하고 있잖나. 지도자들이 인지하지 못하고 있는 것이 안타까워. 거룩한 독립투쟁만 한 것이 훈장은 아니잖나. 지금 그게 무슨 의미가 있나. '포스트 해방'의 디자인이 있어야지. 권력투쟁의 스킬에 익숙하지도 않고, 싸우는 것이 권력투쟁으로 아는 것 같애. 체질에도 안 맞는 묘한 이념의 모자를 쓰고 너도나도 갈기갈기 찢기고 물어뜯기만 해. 이런 때 친일 부역세력들이 배신의 병원균을 최대한 번식시켜서 나라를 말아먹으려 하잖나. 전리품 챙기듯 이익이라고 생각되는 것은 모두 쓸어가잖나. 위선의 불야성이 불을 밝히고 있어."

"답답하군."

"일본놈들 항문 빨았던 놈들의 인생관은 절대로 바뀌지 않아. 친일 과정에서 이익도 사유화하고, 권력도 사유화하면서, 책임은 타자화하고 자기만 잘되면 그만이라는 태도. 8·15 광복이 왔다고 독립이 된 게 아니야. 그런데도 지도자들은 현실 인식이 없어. 일제 앞잡이들이 벌써 미 군정의 마름으로 길을 닦아주고 있잖아. 고하도 이용당하고 있지."

"난 헷갈려서 뭐가 뭔지 모르겠어."

"고하는 좌익 계열이 건준—인공에 참여해 조직을 장악했다고 비판했는데, 현실을 보자고. 한민당에도 좌익이 없나? 사회분위기로 보면 사회주의가 대세가 아닌가."

이정길이 계속 불만을 터뜨렸다.

정치결사체는 이념이나 노선상의 이유로 뭉치는 것보다 학연과 지연·혈연 중심으로 참여하는 경우가 많았다. 학교 선후배, 혹은 집안의 형·동생이 특정 정파에 가담하면 그를 따라 관계를 맺게 된다. 한민당은 호남 지주계급 출신의 일본 유학파가 중심을 이루었고, 그래서 지주계급 특유의 자유주의적·민족주의적 우익 멘탈을 가지고 있었다. 고하를 비롯해 인촌 김성수, 근촌 백관수, 가인 김병로 등이다. 한때 공산당 핵심이었던 김준연도 전향해 한민당에 참여하고 있었다.

반면 대구를 중심으로 한 영남은 사회주의 저항 세력이 중심 축을 이루었다. 김단야(김천) 박열(문경) 김두봉(동래) 김원봉(밀양) 박문규

(경산) 이관술(울산) 이재복(영천) 하재팔(대구) 박상희(구미) 안영달(경남) 황태성(대구) 등이 그들이다. 제주4·3 무장대사령관을 지낸 김달삼도 청소년기까지 대구에서 살았고, 인근 원주와 충주에는 이만규 김삼룡, 양양에는 최용달이 있었다. 칠곡 출신인 이쾌대 역시 형인 이여성과 함께 건국동맹(건맹)—건준—인공에 합류했다.

"각 인물 계보를 보면 참 흥미있다. 한 사람의 이념체계만 확인하면 그가 어디 출신이고 친구가 누군지를 알 수 있지. 고구마 줄기처럼 줄줄이 엮여져 나와. 넌 날 찾아왔으니 내 계보가 된 거야. 조병건, 이성유, 장지성, 홍태화 생도들까지 가담하면 이정길파가 생기는 거지, 하하하."

"난 간다면 몽양선생 계보로 갈 거야."

"그러니 내 똘마니야, 하하하."

오민균은 이정길로부터 이런 저런 얘기를 듣고 국내 정치 상황을 어느 정도 짚었다.

"몽양 선생은 사무실에 나오시나?"

"모처에 계셔."

"모처라니?"

"요양 중이셔."

"요양 중? 그렇게 한가로우신가?"

"한가로우신 게 아니라 큰일날 뻔했다구. 테러를 당하셨어."

테러를 당했다는 말에 오민균은 놀랐다. 국민들로부터 추앙을 받는 인물이 테러를 당하다니, 믿어지지 않았다.

제8장
항일 투사에게 민족주의자와
사회주의자가 무슨 의미가 있나

"나도 차 한잔 얻어먹을까?"

훤칠한 키의 중후한 신사가 사무실로 들어섰다. 회색양복에 카이 젤 수염, 이마가 훤하고 솟은 코, 하얀 피부에 빛나는 안광. 한 눈에 몽양 여운형임을 알 수 있었다. 모두들 자리에서 일어났고, 오민균 은 습관처럼 부동자세를 취하며 손을 각지게 올려붙여 거수경례를 했다. 그들은 드럼통을 잘라 주먹탄을 집어넣은 난로에 둘러앉아 대 화를 나누던 중이었다.

"아니 선생님, 몸이 불편하신데 어떻게 이렇게 어려운 걸음 하셨 습니꺼."

이쾌대가 놀란 얼굴로 물었다. 몽양이 소년처럼 웃었다.

"꼭 지하당원들 같군. 이 선생, 불을 켜고 음악도 올려야지. 미술 실 분위기가 어째 그래."

"네, 알겠습니다."

이쾌대가 익숙하게 벽면의 전원 스위치를 올리자 천장에 매달린 노란 호박등이 켜졌다. 카페처럼 안온한 분위기가 풍겨나왔다. 이쾌대가 익숙하게 축음기에 레코드 판을 얹었다. 드보르작의 〈유모레스크〉가 바이얼린곡으로 흘러나왔다.

"마음이 허하면 이 화백에게 청해서 들어요. 감미롭고 슬픈, 뭔가 울림이 있지."

몽양은 감성이 풍부한 사람처럼 보였다. 사자후를 토하는 정치가답지 않았다.

"이 미남청년은 누구신고?"

오민균이 다시 일어나서 자기 소개를 했다.

"충북 청원이 고향입니다. 이정길군과 일본 육사 동기생입니다."

"오, 그래. 충북 청원이 고향이라. 물이 좋은 곳이지요?"

"산 좋고 물도 좋지만 인심은 더 좋습니다."

"하하, 고향 얘기를 하면 누구나 그렇게 자랑을 하지. 고향은 언제나 영원한 따뜻한 이불 같은 곳이니까."

이쾌대가 찻잔에 차를 따라 그의 앞에 놓았다. 몽양은 화를 당한 사람답지 않게 여유롭고 평화로워 보였다.

"선생님께서 여러 모로 애쓰신 모습에 감명을 받았습니다."

오민균이 공손히 말하자 몽양이 웃으며 받았다.

"이 선생한테 많이 배우시오. 난 이여성 동지보다 동생 이쾌대 선생을 더 좋아해요. 이 선생 그림은 살아있어. 리얼리즘 화풍을 말해주지."

"과찬이십니더."

"일주 김진우라는 화가가 있지. 죽죽 뻗은 대나무와 소나무를 잘 그리는 사람이야. 감옥에서 바닥에 까는 거적의 짚을 뽑아 다듬어서 붓을 만들어 그림을 그린 사람이오. 기개는 푸른 하늘에 닿고, 성품이 명경지수 같은 분이지. 내가 작년에 고향 양평에서 환갑잔치를 할 때였는데, 일주가 대뜸 나에게 다가와서 따질 때는 내가 정신이 아찔했소. 나를 나이를 훔친 도둑이라고 하지 않았겠소? 하하하."

"나이 훔친 도둑이라니요?"

오민균이 의아해서 물었다.

"그렇지. 일주가 그러는 거야. 갑신생인 자기가 올해 환갑이고 한 살 아래인 몽양은 내년이 환갑인데 어찌하여 지금 앞당겨서 환갑잔치 하느냐고 따지지 않겠나. 그래서 내가 조용히 그의 귀를 잡아당겨서 속삭였지. '이 사람아, 다 들리게 소리지르면 어떡하나. 내가 환갑을 빙자하지 않으면 어떻게 자네들을 만날 수가 있겠는가', 그랬더니 일주가 무릎을 탁 치면서 '그러면 그렇지. 경무부 놈들이 주야로 저렇게 지키고 있는데 친구 만나기 좋아하는 자넨들 견딜 수 있겠나. 맞네 맞아. 매년 환갑잔치 하시게' 하고 내 손을 꼭 잡아주지 않았겠나, 하하하."

이쾌대와 이정길이 웃었으나 오민균은 눈물이 핑 돌았다. 건국동맹을 결성해 '3불(말을 내지 않기, 글자 남기지 않기, 이름 남기지 않기)'을 실천 강령으로 채택할 만큼 감시받고 있던 그로서는 그 길밖에 없었다는 것이 가슴으로 아프게 전해왔다. 독립운동하던 사람들은 이름도 여러 개 가지고 있다는 것을 새삼 실감했다. 일본 순사보다 조선 순사, 조선인 밀정 때문에 더 괴로움을 겪던 시절이었다.

"일주는 3년간 서대문형무소에서 옥고를 치른 사람이오. 곧은 절개 그대로 묵죽화와 초서에 경지를 이룬 분이지. 그이는 현실을 초월하거나 외면하는 것이 아니라 언제나 모순에 찬 시대를 정면으로 부딪치려는 작가정신을 가지고 있지. 이념적 지평이 넓어서 누구와도 교류하고, 사회통합, 분단 극복에 열정을 갖고 있어서 나와 동지적 관계가 깊소. 분열해서 남에게 이익을 안겨주는 우를 범해서는 안 된다고 보고, 한민당의 고하나 애산(이인)을 만나서 통합하자고 애써왔지. 그런데 이쾌대 선생이 일주의 길을 따른단 말이야."

"선생님을 습격한 자들은 한민당 진영 아닙니꺼?"

이쾌대가 화제를 바꿔 단호하게 물었다.

"그렇게 말하는 게 아니오. 고하는 그럴 사람이 아니야. 그만한 인격자는 조선반도에 없네."

몽양은 간단히 잘랐다. 두 번 다시 그런 말이 나와선 안 된다는 추궁이 그 안엔 담겨 있었다.

"나는 누구라고 지목하고 싶지 않아요. 그렇게 되면 나는 그를 미워하게 되니까. 내 지지자들 또한 그를 미워해서 복수하려고 하고, 그러면 또 파괴가 오고, 증오가 오고, 저주가 오고, 분열이 오니까."

그는 생사를 초월한 사람처럼 보였다.

"그래도 선생님을 해치려는 자가 있다면 가만 있지 않겠습니다."

오민균이 나서자 몽양이 웃는 얼굴로 그를 바라보았다.

"고맙군. 주먹에는 버틸 장사가 없지. 경찰서나 감옥에 가면 매부터 맞는데 이걸 견디는 사람은 아무도 없어. 매 타작을 이기고, 전기 고문, 인두로 지지는 화인(火印) 고문을 이겨냈다는 사람은 없어. 그저 괜히 하는 소리요. 누구나 비굴해져. 고문만 안 한다면 고문하는 사람을 붙들고 한없이 울고 싶어져요. '때리지만 않는다면 평생의 은인으로 삼겠다', '한번만 봐준다면 재산 갖다 바치겠다'… 이렇게 애걸할 뿐, 증오나 복수심은 없어요. 인간은 본디 나약한 존재요. 인간의 나약한 약점을 노린 폭력세력은 그 맛에 계속 반복하며 야만을 즐기지만 사실은 그도 약한 존재요. 사는 방식이 틀려서 그렇지, 불쌍한 사람들 아닌가. 그러니 나를 해치려 했대도 증오하진 말게. 복수가 무슨 의미가 있나. 행동대원들은 불쌍한 하수인들 뿐이오. 세상에서 가장 무서운 것은 무지이고, 무지보다 더 무서운 것이 자신이 무지하다는 것을 모르는 무지요. 돈 몇 푼에 이용당하는 무지가 불쌍하잖나. 무엇을 알겠나. 그 뒤에 숨은 거대한 음모에 이용당했다가 끝내는 버려지는 것이 숙명인데… 테러리스트란 그 비장성에 비하면 정치적 효과는 크지 않소. 공포는 있을지언정 희생자의 정신이 오히려 살아나 영원화하는 힘이 있지. 링컨이 그렇고, 간디가 그렇고, 시저가 그렇소. 암살은 지금도 끊임없이 음험하게 꾸며지고 있지만 그 말로는 처절할 만큼 쓸쓸한 것이야."

몽양은 암울한 현실로부터 떠나 있는 사람처럼 보였다. 산 위에 홀로 선 낙락장송으로 비쳐졌다. 그가 다시 말했다.

"오 생도라고 했지요? 내가 테러를 당한 게 그리 억울한가. 테러는 왜 일어난다고 보는가."

"그야 정치적 이익을 얻고자 하는 자들의 폭력이겠죠."

"그렇지. 암살이라는 것은 최소 비용으로 최대 효과를 노리는 폭력이지. 암살은 정치란 무엇이고 권력이란 무엇이며, 인간사란 또 무엇인가에 대한 사유를 깊게 하지 못해요. 물리력을 사용하지만 세상의 물리를 모르는 괴물이지. 참으로 허무한 것이오. 하지만 난 그런 거에 눈 하나 깜짝하지 않아요."

"선생님. 이 민족을 위해서 오래오래 사셔야 합니다. 식민지 36년을 견뎌오신 것이 억울하지 않습니까. 앞으로 그 연륜만큼은 더 사셔야 합니다."

오민균이 두 손 모아 기도하는 자세를 보였다.

"덕담치고는 고마운 말이군. 젊은 학도에게 하나 묻겠는데, 트리거 이론이란 걸 아시는가?"

"방아쇠 아닙니까?"

"그렇지. 하나의 사건이 연쇄반응을 유인하는 도화선 역할을 한다는 뜻이오. 한 개인의 죽음이 권력교체로 이어져서 사회를 발전시키는 계기가 되기도 하고, 반대로 혁명의 중단으로 지난한 역사 퇴보의 단초가 되기도 한다는 이론이오. 이런 점에서 내 몸이 신생조국 발전의 에너지가 된다면 나는 언제든지 기꺼이 내 몸을 내놓을 준비가 되어 있소."

형형하게 빛나는 안광, 바라보기만 해도 빠져들 것 같은 외모가 누군가로부터 생명을 위협받고 있다는 것이 도무지 현실 같지가 않았다. 오민균은 그의 매력은 용모에만 있는 것이 아니라는 것을 알았다. 위기 앞에서도 의연한 자세, 담대한 여유, 이런 지도자라면 목숨을 걸어도 좋다고 생각했다.

"몽양 선생님께서 조선총독부를 통해 감옥에 갇힌 정치범을 석방하시고, 자치조직화와 식량공급을 요구하신 것, 해방 당일부터 치안을 맡고 행정의 제반 업무를 진행하신 일은 전세계 신생국가에서도 유례를 찾아볼 수 없는 업적입니다. 하지만 군대를 편성해야 합니다. 힘이 있어야 이상을 실천할 동력이 생깁니다."

몽양이 놀란 눈으로 오민균을 바라보았다. 미국이 점령군 자격으로 진주했고, 패망하긴 했지만 일본 조선군관구사령부가 여전히 무장한 상태로 남한에 잔류해 있다. 미군은 일본의 조력을 받아 미 군정 관리를 펴가고 있다. 조선인 지도자는 배제되었고, 고용하더라도 하수인으로 써먹을 사람에 국한했다.

"진주한 미 군정이 군대를 창설한다는 것 알고 있나?"

"그러므로 우리쪽에서도 건준이든, 임정이든 창군해야 합니다. 그래야 국가기구로서 협상력을 높일 수 있습니다. 군사단체들이 난립하고 있으니까 이들을 결집시켜 국가기관의 군으로 재편성해야 합니다. 사설 군사단체의 사병(私兵)으로 식객 노릇만 하고 있으니 미군정도 우습게 봅니다."

몽양은 생각에 잠기는 듯하다가 무겁게 고개를 끄덕였다. 방법은 다를 수 있지만 방향은 옳은 지적이었다. 건준을 조직해 전국화했다면 당연히 창군했어야 했다. 그냥 치안유지와 질서확립을 위해 치안대를 창설해 기관과 기업, 금융권, 방송사 경비에만 신경을 썼다. 군대까진 생각이 미치지 못했다.

"조선총독부와의 약속은 그게 아니었지."

"도망가는 총독부 말을 들어줄 이유는 없습니다. 그런 약속 의미 없죠. 치안유지를 위탁받았으면 행정권을 이양받는 수순이고, 행정권을 이양받으면 국가기관이 성립되는 것이고, 국가기관이 성립되면 군대 창설을 하는 것이 당연한 목표가 되죠. 경황이 없을 때 몰아붙였어야 했습니다. 기회를 포착하면 밀어붙이는 것이 운명을 가르게 됩니다."

몽양은 오민균을 찬찬히 뜯어보았다. 가능성 여부와 상관없이 갓 스무 살 된 젊은 생도가 그런 생각을 하고 있는 것이 대견했다. 순수하니까 생각도 순정할 것이다.

건준이 치안 유지와 정권 인수 매뉴얼을 짜놓고 움직인 것까지는 좋았으나 미 군정과 조선총독부에 직극직으로 대응하지 못했다. 미국에 대한 정보탐지는 물론 휴민트를 방기했다. 그들의 전후 처리 과정을 지켜보며, 기회를 포착해 공동 주체로 나설 수 있는데, 등한시한 것이다. 제 정파끼리 헐뜯는 데 휩쓸려다 보니 가닥을 잡지 못했다. 지엽말단적인 이해에 얽혀 에너지를 소모하고 말았다.

"오 생도, 지금 몇 살인가."

몽양이 새삼스럽게 물었다.

"우리 나이로 스물입니다. 1926년생입니다."

"딱 보니 나보다 마흔 살 아래군. 맏손자뻘 되는데 참 기특하이. 조백이 있어."

이쾌대 화백이 조심스럽게 입을 열었다.

"오 생도의 말 중에 뼈아픈 대목이 있습니다. 총독부 놈들에게 숨돌릴 시간을 주어버렸다는 것 말입니더. 그들이 당황해할 때 군말 없이 쫓아냈어야 하는데, 의미없는 내분에 싸여 갈팡질팡하다가 군사권을 여전히 일본군에게 주어버리고, 오만을 부리게 만들었죠. 조선총독부는 조선관리 대책이 없는 미군을 훈수하며 지배자의 여유를 부리기까지 합니더. 우리가 확실하게 몰아냈으면 미 군정도 좋아했을 텐데 말입니다. 우리가 쫓아내는 것까지 미국이 거부할 이유가 없습니더. 미국의 적을 몰아냈으니까네에. 프레임을 그렇게 짰어야 했는데, 놓친 것이 아쉽습니다."

"저는 건준을 해체하고, 인민공화국을 선포한 것도 성급했다고 생각합니다."

오민균이 기왕 나선 김에 응수했다.

"그래요? 어째서."

"건준 중앙 아래 전국에 145개 지부를 두었고, 인선도 마무리했습니다. 지방엔 지금도 건준 간판이 붙어 있습니다. 건준을 건국 조직으로 만든 만큼 존속시켜야 했습니다. 이 기구를 가지고 미 군정과 대등한 위치에서 협상했어야 했습니다. 그들이 부정해도 유지해야 했습니다. 제 스탠스를 유지하지 못하고 흔들리면서 찬반탁 회오리에 말려들고 말았습니다."

몽양은 지난 몇 달간 숨가쁘게 돌아간 국내 정세를 돌아보았다. 모든 것이 어지럽고 혼란스러웠다. 그 자신 왜 이 자리에 서 있는지

조차 존재 이유를 모를 정도였다.

몽양, 혈농어수(血濃於水)

이정길은 귀국하자 형의 주선으로 계동 중앙학교 옆 건준 본부로 출근했다. 건준 본부는 마포의 부호 임용상이 제공한 사저를 사용하고 있었는데, 조직이 확대되자 종로통으로 사무실을 이전했다.

몽양은 해방되자마자 기존의 건국동맹 세력을 모체로 온건 우파인 안재홍, 좌파인 장안파 등 좌우익을 망라한 거국적 조직으로 건준을 발족시켰으나 고하가 이끄는 우파가 참여하지 않으면서 세가 위축됐다. 몽양의 인간적 친화력과 포용력 때문에 좌우파가 폭넓게 참여한다고 했지만 고하는 그를 거부했다.

몽양은 친일파 숙청과 함께 사회적 조류에 편승해 진보적 민주주의를 지향한다는 건준 강령을 내세웠다. 그것은 선열들이 일구어낸 조국독립에 대한 최소한의 예의이고, 해방정국에서 먼저 수행해야 할 과제라고 보았다. 이 점이 고하에게는 거슬렸다.

고하는 무 자르듯 친일파를 구분해 처단하면 주로 유지 계급이 핵심세력인 자파의 앞날이 몹시 우려되었다. 그래서 임정 봉대론이 보수 우익 진영이 갈 길이라고 보고, 그것을 명분으로 건준을 외면했다. 그는 임정이 돌아오기만을 기다리고 있었다. 그러나 굳이 따지자면 로맨틱하고 기질적 영웅주의에 사로잡혀 있는 몽양에게 주도권을 빼앗겼다는 것이 거부의 본질적 이유였다. 전통적 유생관(儒生觀)의 권위와 선비 기질이 스며있는 고하로서는 무언가 허술해보이는 몽양에게 주도권을 빼앗긴다는 것이 자존심상 허락지 않았다. 그는 몽양 계열의 최근우, 정백, 김진우로부터 합작 권유를 받았을 때도 고개를 돌렸다. 김진우는 참다 못하고 이렇게 삿대질했다.

"고하, 사대 당파가 그리 좋소? 웬 쓸데없는 고집이오? 내가 공산
당이면 공산당이지, 몽양이 공산당은 아니오. 한때 사치스럽게 공산
당 단추를 달고 다니던 시절만 보고 단정하지 마시오. 몽양은 해방
정국에서 제 세력이 통합할 수 있는 길을 모색하고 있소. 그럴만한
그릇이 되잖소? 그것이 우리의 길이오. 출발이 엉성해도 힘을 모아
나가면 완성체로 만들어나갈 수 있소."

"몽양이 그릇이 크다고요?"

고하로서는 인정하기 싫은 평가였다.

"그의 노고를 우리가 고마워해야지요. 이건 누군가는 해야 할 일
이오. 작은 차이로 비트는 것은 용렬하오. 이러다 잘못되면 고하에
게 책임이 있다는 것 명심하시오. 좀 멀리 보시오!"

김진우는 사군자 중에서도 죽(竹)에 일가를 이룬 화가였다. 《동아
일보》신년 휘호에 그의 사군자가 자주 등장했다. 고하와의 인연 때
문이었다. 이러니 고하에게 쓴소리도 마다하지 않은 사이였다.

그런 와중에 몽양 테러사건이 일어났다. 건준을 발전적 해체하고,
좌우 합작 국가기관으로 세우는 전국인민대표자대회가 열린 9월7
일 저녁, 몽양이 회의를 마치고 귀가하던 도중 괴한들의 습격을 받
았다. 치명상은 면했지만 인근 의원으로 긴급 후송돼 응급치료를 받
은 후 고향 인근인 가평으로 내려가 치료와 정양을 했다. 그로인해
그가 주도했던 인민대표자대회 결산대회와 폐회식에 참석하지 못했
다. 치명상을 입히지 않은 것으로 보아 겁을 주려는 태도가 역력했
다. 건준은 괴한들의 습격이 정황상 우파의 소행으로 보고 그 배후
를 고하 세력으로 지목했다. 그러나 고하는 몽양의 피습에 대해 누
구보다 크게 분개했다.

"반드시 범인을 잡아들여라. 몽양은 지난 달에도 습격을 받지 않

았느냐. 건준 경호대나 치안대 놈들은 뭐하는 짓이냐?"

그는 자신과 의견이 다르다고 해서 거목을 쓰러뜨릴 옹졸한 인간이 아니었다.

몽양은 그에 앞서 8월 18일에도 괴한들의 피습을 받았다. 누군가는 공산 계열의 소행으로 보는 견해도 있었지만, 그들에게 우호적인 몽양에게 그런 일을 벌였을 리는 만무했다. 경찰이나 친일파의 소행을 의심했다. 몽양은 당의 정강 정책에서 맨먼저 그들을 청산하겠다고 선언했다.

"선생님 경호가 그렇게 허술해서 쓰겠나?"

어느 날 이정길을 만나자 오민균이 분통을 터뜨렸다. 건준에 경호대가 없는 것은 아니었다. 몽양은 총독부 엔도 정무총감의 치안유지 요청을 받고 장안빌딩에서 호위대와 치안대를 조직해 심복 이영근이 호위대를 이끌도록 했다. YMCA 체육부 소속으로 유도사범을 하고 있는 장권에게는 건국청년치안대를 이끌도록 지시했다. 청년학생 2천 명을 모집해 안국동 풍문여학교에 본부를 둔 치안대는 서울 시내 질서유지와 관공서와 언론사·은행·기업체를 경비했다. 이렇게 두 단체로 하여금 사회질서를 잡도록 했는데, 정작 자신의 신변보호에는 등한시했다.

"선생님이 자유분방하셔서 그렇게 낭하고노 끄벅 없으서. 두려워하지 않아."

그렇게 말했지만 이정길 역시 몽양이 걱정되었다. 누구든지 스스럼없이 받아주는 품성 때문에 그는 더 위험에 더 노출되어 있었다.

"몽양 선생님 경호를 내가 맡겠어."

오민균이 말하자 이정길이 막았다.

"불호령이 떨어지실 걸. 공부할 사람은 공부하라고 말이야. 그래서 나도 공부방에 몇 번 참석했었지."

이정길은 짧은 기간 동안 형의 지시로 공산주의자들과 회합을 가졌다. 생리에 맞지 않았지만 흥미가 있었다. 참여자들은 겉멋이 들어 찾은 청년들이었고, 학교 동급생 등 끼리끼리 모여든 자들이었다. 이념성이 뚜렷한 사람들은 많지 않았다. 지도부의 선창에 따라 "우리 조국 소비에트 만세"라느니, "붉은 깃발만이 진정한 깃발" 따위의 구호를 외치고 '적기가'를 부르고 헤어졌다. 적기가는 영국의 노동가요인 'Red Flag'를 '아카하타노의 노래(赤旗の歌)'로 번역되어 일본 사회에서 제국주의에 반대하는 혁명가로, 공산주의자들의 투쟁가로 애창된 노래였다. 그들은 3절에서 더욱 열을 내서 합창했다. 그가 학습회에서 확실히 배운 것은 적기가 정도였다.

붉은 기를 높이 들고 우리는 나가길 맹세해
오너라 감옥아 단두대야 이것이 고별의 노래란다
높이 들어라 붉은 깃발을 그 밑에서 굳게 맹세해
비겁한 자야 갈 테면 가라 우리들은 붉은 기를 지키리라.

이정길은 몽양 사무실이 종로통으로 이전하면서 모임에 나가지 않았다. 그의 형 이정남과도 가까이하지 않았다. 몽양이 이정남과 멀어지자 그 역시 형과 노선을 함께하지 않았다.

"우린 미국의 식민지가 돼버렸어. 우리가 돌아왔을 때는 이것이 아니었는데 말이야."

이정길이 얼굴을 찌푸렸다. 미군은 남한에 진주할 때까지 확실한 통치 정책을 세우지 않았다. 다만 편의적으로 그동안 조선을 지배해 온 총독정치를 그대로 계승하려고 했다. 여기에 눈치 빠른 관료 조직과 경찰이 재빨리 영합했다.

"그 새끼들은 소비에트만세를 부르는 놈들보다 더 나쁜 놈들이야."

"이런 때 몽양 선생 신변을 보호해야 해."

"너 혈농어수(血濃於水) 몰라? 사람들은 좌파니 우파니, 자본주의니 사회주의니 하지만 그분은 좌도 우도 아닌 민족 우선의 노선이야. 구체적으로는 반봉건, 반파쇼, 기본권보장, 자본주의 모순 타파지. 이건 우익도 내거는 슬로건이잖아. 차이가 있다면 친일파 청산인데, 그것도 온건한 노선인데, 그런 그를 타깃으로 삼는 자들이 있어."

이정길은 사상이나 이념보다 피가 우선한다는 몽양의 정신을 흠모했다.

"정남 형은 박헌영 사무실에 나가신다고?"

"그래. 선전부장으로 활동하고 계셔. 집에 있는 책을 탐독하라고 했어. 헌데 보니 모두 단풍들이야."

"단풍이라니?"

"모두 붉은 사상서들이야. 난 생리적으로 싫어. 어떤 강제된 힘이 작동하는 것 같애."

"너도 일본 제국주의가 반대파를 잡아가두기 위해 만들어놓은 덫에 걸려들었군. 제국주의자들을 반대하는 세력이 모두 사회주의자들이니까 그런 책을 읽는 사람들이 빨갱이로 몰렸잖아. 이제 우린 그런 시대를 사는 게 아니라 자유 시대를 구가하는 사회에 와있다구. 책 읽는 자유를 얻은 게 무엇보다 기쁘잖니?"

"하지만 모르겠어."

오민균 역시 헷갈렸다. 물리가 트여야 세상을 볼 수 있을 것 같았다. 갈 곳이 없었기 때문에 오민균은 이정길 사무실을 매일같이 드나들었다.

"무슨 얘기들을 그렇게 맛있게 하노?"

이쾌대가 들어서면서 물었다. 그의 경상도 억양이 다정해보였다.

"네. 잡담을 했습니다. 공부들이 짧아서요."

그가 의자를 끌어다 당겨 앉았다.

"내가 걱정하는 것은 미국과 소련이 민주주의와 공산주의로 대립하면서 블록화하고, 그것이 한반도에서 각축전을 벌이게 된다는 것이데이. 원하든 원하지 않든 둘로 쪼개졌으니 외세 경쟁의 실험장이 된 거래이. 그 대결 국면은 국토를, 다음에는 민족을 가르지. 나라의 지도자들은 불청객처럼 겉돌고 있소. 이게 모두 일본놈들이 만들어 놓은 이간책에 말려들어간 것인데, 몽양 선생은 굳어버리기 전에 분단을 극복해야 한다는 지론이오. 그렇지 않으면 큰일 난다는 거요."

"미 군정이 공산당을 인정합니까."

오민균이 물었다.

"그렇지. 미 군정은 자유민주주의 국가에는 어떤 정당도 받아들여서 용광로처럼 녹여낸다고 했지. 그게 민주주의 강점이라고 했소. 그러나 관(觀)이 확실하게 서있지 않데이. 총독부 놈들이 개입하고 있으니까. 방해물이 하나 더 생긴 꼴이오."

그가 책상에 있는 몽양의 신문 인터뷰 기사를 오민균에게 내밀었다.

— 우익이 만일 반동적 탄압을 한다면 오히려 공산주의 혁명을 촉진시킬 뿐이다. 나는 공산주의자를 겁내지 않는다. 급진적 좌익 이론은 정당하다고 보지 않지만 인공을 적색이라고 아는 사람은 소학교

일학년과 같은 사람이다. 나누면 무너지고 합하면 이룬다. 한민당, 국민당, 건준이 모두 결집해야 한다. 사대주의와 배외사상은 배척해야 한다.

오민균이 기사를 읽고 나자 이쾌대가 이번에는 낡은 책을 내밀었다. '학병'이라는 잡지 앞 페이지에 몽양의 권두논문 〈우리나라의 정치적 진로〉가 게재되어 있었다. 오민균은 연필로 언더라인이 된 글을 읽었다.

— 나라의 독립을 완성하려면 땅의 남북과 사상의 좌우를 가릴 필요가 어디에 있는가. 과거의 지하운동시대를 생각해보자. 어두컴컴한 감방에서 더듬더듬 걷다가 탁 부닥친 연후에 '너는 누구냐'고 물으면 '나는 공산주의다', '나는 민주주의자다'라고 말하며 서로 껴안고 어쩔 줄 모르던 혁명 투사들 간에는 민주주의자도 공산주의자도 없었던 것이 아닌가. 인민 대중을 위하여 싸우려면 노동 대중의 이익을 위하여 투쟁하는 인민의 복리를 위하여 싸우려는 공산주의자와 손을 잡지 않을 수 없지 않은가.

책을 덮어 건네자 이쾌대가 아쉽다는 표정으로 입을 열었다.

"전국인민대표자대회 중앙위원회 회의 도중 몽양 선생이 테러를 당하신 것이 결정적인 실기를 한 것 같소. 중요한 시기에 선생님이 병원에 가 계시고, 한 달 가량을 요양생활하시다 보니 강경 좌익계가 인공을 주도해버렸소. 이 바람에 힘이 되었던 민세 선생이 이탈해버렸소."

건준은 해방 직후 정치적 공백기를 메우면서 건국 단계로 이끄는 국내 유일의 정치세력이었으나 해방 20일 후 발전적 해체를 통해 해산하고 인공에 흡수되었는데 몽양이 테러를 당하면서 조직 장악력이 현저히 떨어져 박헌영계로 넘어가버린 것이었다.

"공산주의자들의 결속력은 강하오. 몽양 선생이나 되니까 끌고 가시는데 하필이면 공백기가 한 달이나 돼버리니 조직이 약화되었소. 몽양의 지지자인 정백 최근우 이여성 이만규 최용달 선생 등 지체있는 좌파들은 박헌영의 재건파에 밀리고, 재건파가 실무 조직을 장악해버리니 역할이 없어진 거요."

박헌영은 미군이 상륙하기 전 인민공화국을 선포하면 미군이 기득권을 인정할 수 있을 것이라고 믿었고, 설사 인정되지 않더라도 인공이라는 국가조직을 내세우면 협상력을 높일 수 있다고 몽양을 설득했다. 그것은 일정 부분 몽양의 생각이기도 했으나 기존 건준 조직을 허물 이유는 되지 못했다. 헌데 말려들어 주도권을 빼앗겼다.

몽양은 인공 선포때 국호를 '조선민주공화국'으로 정해놓았다. '조선인민공화국(인공)'은 본래의 복안이 아니었다. 이는 공산측도 마찬가지였다. 그런데 전국인민대표자대회 중앙위원회 회의장에서 한 대의원이 '조선민주공화국' 대신 '인민공화국'이라는 호칭의 타당성을 주장했다. 어느 결에 이를 지지하는 분위기가 장내를 압도해 '인공'으로 국체가 결정되었다. 당시의 '인민'은 누구나 자신을 국가의 일원으로 등치시켜 친근감과 함께 자부심을 가졌기 때문에 누구나 이의없이 동조했던 것이다.

허헌과 최용달에 의해 상정 통과된 '조선인민공화국조직법(헌법)'은 자본주의 국가의 민주주의 헌법을 기초로 한 것이었다. 국호나 헌법이 민주공화정에 기초했던 것인데, 위원장인 몽양이 참석하지 못한 바람에 '인공'으로 결정됨으로써 훗날 그것으로 인한 대가를 치르게 되었다. 시작은 사소했지만 후유증은 심각했다.

"공산 독재가 무섭다고 하지만 사실은 우익 독재가 더 무섭데이."
이쾌대가 말했다.

"공산 독재는 단순하데이. 또 걸음마 단계니까 독재라고 명명하기도 그렇제. 하지만 우익 독재는 역사와 전통이 있제. 우리가 그 밑에서 살아봤잖나."

"우익독재가 뭐고 좌익독재가 뭔지도 모르고 살았지요."

"가깝게는 히틀러, 무솔리니, 히로히토, 그리고 스페인의 프랑코가 모두 우익 독재자제."

"프랑코라니요?"

그러자 그가 프랑코에 대해 길게 설명했다.

"열정의 이미지가 강한 스페인은 내 마음속에 로맨틱한 나라로 새겨져 있지. 그런데 정치체제는 폭압적이데이. 프랑코가 군사쿠데타를 일으켜서 공화국 정부를 전복시켰을 때, 수십 만 명을 자기를 반대했다는 이유로 죽이거나 추방했지."

프랑코 체제는 군대와 가톨릭교회를 권력기반으로 지배 구조를 강화했다. 군대는 프랑코 체제를 무력으로 뒷받침하고, 프랑코를 추종하는 민간인의 십설제인 팔랑헤는 독재통치에 필요한 관료집단을 공급하고, 교회는 국교로 인정받는 대가로 독재체제를 정당화시켜주었다. 이후 이들은 모든 혜택과 특권을 향유하면서 사회의 지배계급으로 등장해 이익을 독점하는데, 이때 반대하는 지식인 등 저항세력을 죽이거나 탄압하는 데 방관했다.

"헌데 스페인 파시즘 학살에 반대하는 세계의 지성들이 참여했데이. 국제여단 지원군에는 미국의 소설가 어니스트 헤밍웨이, 프랑스의 소설가 생텍쥐페리가 참여했제. 영국 작가 조지 오웰도 관여했는데, 그는 프랑코의 승리로 끝난 스페인 내전을 보고 '스페인 역사는 1936년에 죽었다'고 썼제. 군대를 동원해서 자국민을 학살하는 야만이 찬란한 스페인 문화를 짓밟았다고 세계에 고발했소. 이처럼 국제적 연대가 있는데 우리는 그렇지가 못하다카이. 새로운 친구가 미국인데 일제의 총독정치를 이어받고 있고 말이오. 민주국가가 그런단 말이제. 해방군이 아니라 점령군으로 들어와서, 판세를 오독하며 일제를 수용하는 기라. 일제 치하 인사들에 의해 나라가 주도되면 볼장 다 보는 기요. 그래서 몽양 선생이 보수 강경파나 극좌의 대립을 극복하고 양 진영의 협력을 받아내어 단합된 힘으로 새 나라를 건설하겠다는 것인데, 양측으로부터 배척받고 있소. 그 길이 외줄 타는 것만큼이나 위태로워요."

이쾌대는 조국의 현실이 이러한 때, 한가하게 풍경화를 그릴 수만은 없다며 말을 이어갔다.

"이 시간 현재 힘을 갖고 있는 세력은 친일 조직이외다. 자본력·정보력·인적 자원을 풍부하게 보유하고 있으니까네. 그들은 과거를 무덤 속에 묻자는 자들이오. 실용이라는 이름으로 아픈 과거는 덮어두자는 '망각 협정'에 서명하자는 거요. 그러니 과거청산이 힘겹소. 그자들은 민족의 미래 따윈 관심이 없다는 사람들이오. 생각없이 미 군정에 붙어있는 것만으로도 알 수 있소. 여기에 한민당 계열이 대변자로 나서고 있소, 우리 뇌 속에 장착되어 있는 망각이라는 회로를 세월이라는 약이 지운단 말이오. 억압했던 구조들을 잊자고 하면서 다시 마름으로 들러리서자고 하고 있소이다. 망각에서 재생산된 불의에 기반을 둔 처세만이 길이 되었소. 누가 우리의 자존을 지켜주겠나? 나쁜 과거 청산없는 미래는 그림이 될 수가 없제. 문명국 프랑스를 보시오. 그들이 야만인이라서 혹독한 과거 청산을 하는 가? 파괴분자여서 그러나? 그렇지 않소이다. 물론 화해하고 용서해 야지. 하지만 진정한 화해란 속죄와 함께 잘못의 인정을 토대로 해 야 하는 것이 원칙이요. 그런 것 없이 교환되는 화해는 비굴한 자의 비겁한 자기 위안일 뿐이오."

"맞습니다. 과오에 대한 책임을 물어야죠."

오민균이 힘주어 받았다.

"몽양 선생은 일제 탄압과 민족 말살 정책이 정점에 달한 시기에 도 자신의 신념을 굽히지 않았소. 그럴수록 독립운동에 매진하셨는 데 지금 양 진영으로부터 비난을 받고 있제. 그게 불쾌해요. 일제 외 압과 회유로 상당수 독립운동가들이 변절했지만, 선생은 냉철한 정 세 판단으로 일제의 패망을 예견하고, 독립국가 건설을 위한 준비에 박차를 가하기 위해 건맹—건준—인공을 결성했는데, 그 과정에서 모함의 대상이 되어버렸단 말이오."

어느새 밖에는 어둠이 내리고 있었다.

몽양은 1945년 8월 말 박헌영의 방문을 받았다.

"몽양 선생, 미군이 들어오기 전에 정부를 수립해야 합니다. 9월 8 일 늘어온다는 첩보를 접했습니다."

투옥과 수배생활에 대해 위로하려는데, 박헌영은 만나자마자 이 렇게 서두를 꺼냈다.

"미군이 진주해서 군정을 선포하기 전에 우리가 먼저 정부를 선포 해야 합니다. 그렇게 해야 우리 정부 기구를 기정사실화할 수 있습 니다."

몽양 자신도 건준 조직을 정부 기구로 전환하려고 동분서주하고 있었다. 몽양이 신중한 자세를 보이자 박헌영이 다시 재촉하듯 말했다.

"공화국이 선포됐다는 것을 널리 알리면 각인 효과가 있어서 현실적 실체로 인정받게 될 것입니다. 그래서 나라를 선도해나가는 것입니다. 만약 외면받을 경우 투쟁할 수 있는 발판이 마련되지요. 국민 동원력이 생기는 것입니다. 어차피 정부를 만들어야 하는데 우리가 기득권을 확보하면 유리하지요. 미 군정 고문관 역할을 하는 조선총독부의 관여를 어떻게든 막아야 합니다."

몽양은 박헌영의 요구를 받아들여 9월 6일 건준 본부에서 전국인민대표자대회를 소집했다. 건준에는 몽양의 중도파와 민세의 온건 우파, 공산 진영인 장안파 등 고하 진영을 제외한 제 세력이 참여했다. 그때까지 충칭 임정은 돌아오지 않았고, 귀국하지 않은 이승만과 독립촉성국민회(독촉) 역시 구성되지 않았다. 좌익 계열 장안파는 화요파, 상하이파, ML파 등 여러 공산 계열이 망라돼 있었으나 온건 좌파였다.

박헌영은 해방되자마자 공개된 장소에 나와 장안파에 맞서 재건파를 결성했다. 재건파는 박헌영의 지향에 따라 근본주의적이고 모험주의적인 성향을 띠고 있었다. 이들의 활동은 정통성 면에서 장안파보다 우위에 있었다. 명분론과 힘있는 파괴력으로 박헌영은 공산당 합작 연석회의를 통해 장안파를 접수했다. 그리고 '현 정세와 우리의 임무'라는 〈8월 테제〉를 발표하여 현 상황을 혁명단계로 규정하고, 노동자 농민 및 양심적 지주자본가와 연합하여 혁명전선을 쟁취해 나간다고 선언했다.

박헌영의 재건파는 다져진 조직력과 투쟁력으로 9월 6일부터 3일간 열린 전국인민대표자대회를 주도했다. 어느 조직이건 강경파가 대세를 장악하기 마련이다. 여운형의 중도파, 안재홍의 온건 우파, 좌익 계열 장안파 등 연합세력으로 발족한 건준 주축이 재건파의 힘에 눌렸다. 이에 안재홍 세력이 이탈하고, 여운형 세력도 위축되면서 상당수가 흩어졌다. 결국 해방과 동시에 결성되었던 건준의 건국 운동과 건국정신은 퇴색하고, 이념의 깃발만 나부끼는 박헌영 세력만 득세했다.

이쾌대는 몽양의 오판을 알았다. 그런 결과를 초래한 것은 몽양이 괴한들로부터 피습을 받아 요양중인 것이 결정적인 이유였지만, 나이브한 성격도 한 몫을 했다. 조정자로서 통합력과 리더쉽을 발휘할 절호의 기회를 놓치고 만 것이다.

"오군의 생각이 깊더군."

몽양이 어느날 사무실에 나오더니 오민균을 불렀다. 오민균은 건준 사무실에서 이정길과 함께 묵고 자고 있었다.

"그런데 미군이 군대를 양성한다고 발표하지 않았는가."

"그 말을 들었습니다."

"그렇다면 현실을 바로 보아야 하네."

그것은 전승국 미국의 국내 통치를 인정해야 한다는 말로 들렸다. 몽양은 그를 반미적이고, 민족적 성향을 가진 청년으로 보고 있었다. 몽양은 오민균의 이상을 외면하는 것은 아니지만 현실론도 부정할 수 없다는 생각을 하고 있었다. 군대 양성은 현실적으로 미 군정의 양해를 얻지 못하면 불가능하다. 건준도 임정도 인공도 거부되고 있는 마당에 군대를 설치한다? 강적 미국과 대적한다? 그보다 몽양은 고하를 끌어들이지 못한 것을 안타까워했다. 정치란 진리를 따지는 학문이 아니다. 굴욕을 감수하고서라도 세력을 끌어들일 건 끌어들여 이상을 관철해야 하는 학문이다.

"미 군정은 군벌을 인정하지 않지. 건준―인공도 인정하지 않는데 우리 군대를 양성할 수 있겠나?"

"그럼 건준―인공을 왜 만드셨습니까. 건준도, 인공도 출발선에 있고, 미 군정도 스타트 라인에 섰습니다. 모두 출발선에 선 상황입니다. 그렇다면 창설해놓고 협상을 하든 하부 조직으로 편입되든 해야죠. 건준이 정부를 이양받기 위한 조직이라면 국가의 간성인 군을 양성하는 것이 필요한 조치지요. 제 정파들과 의미없이 다툴 상황이 아니었습니다. 한 줌도 안되는 몽상가들과는 차별화해야 합니다. 흔한 말이지만, 권력은 총구로부터 나온다고 했습니다. 협상도 총구에서 나옵니다. 힘이 없으면 어떤 협상도 무모합니다."

몽양은 잠시 눈을 감고 생각에 잠겼다. 그는 일본이 패색을 보이던 1944년 초, 군사단체를 결성해 대일 항전을 준비하고 있었다.

비밀유지를 철저히 하기 위해 불언(不言)·불문(不文)·불명(不名)을 3대 준칙으로 삼고, 전국 10개 시도에 건국동맹 조직망을 갖추면서 노농군(老農軍)을 편성했다. 군사위원회도 설치했다. 만주군관학교의 박승환에게는 유격대를 편성하도록 훈령했다. 노농군은 후방 교란을 위한 기간병으로 활용할 방침이었다. 광복군의 일부가 연합군에 편성돼 조국으로 진격한다는 첩보도 있었던 만큼 연합전선을 꾀할 구상도 했다(이동화의 '8·15를 전후한 여운형의 정치활동' 일부 인용).

그랬더라면? 그는 안타까운 듯 길게 심호흡을 했다. 정말 그랬다면 연합군의 일원으로서 당당하게 미군을 맞았을 것이다.

상하이의 광복군과 국내의 노농군이 결합한다. 만주의 항일연군, 팔로군에 편성된 우리 독립군 부대와도 협력해 기반을 잡는다. 그런데 불행히도 횡적 연대 고리가 약했다. 거기까지 생각이 미치지 못했다. 그런 와중에 일본이 항복해버렸다. 노농군 투입 기회를 노렸던 몽양은 부랴부랴 건국동맹을 건준으로 전환해 전국조직화에 나섰는데, 노농군의 건준 편입을 고려하지 않았고, 군벌들이 난립하는 소용돌이에 휘말리고 싶지 않아 사실상 해체했다. 고하를 비롯한 제 정파들과 작은 차이로 다투는 사이 그는 몸과 마음이 지쳤다. 극복할 힘을 비축해야 하는데 그것을 뛰어넘지 못하고 비틀거렸다.

이때 만 열아홉 살의 젊은 사관생도가 바로 이 지점을 지적한다. 건준 발족과 함께 군대를 편성해 연합군을 맞이했으면 자주 군대로서의 역할과 건국 정체성을 명료히 할 수 있었다는 주장. 제 정파의 참여 유도보다 여러 사설 군사단체를 모아 건국군대를 먼저 만들었어야 한다는 주문. 그리고 권력은 총구로부터 나온다는 경구. 모두가 버릴 수 없는 레토릭이다. 성공 여부를 떠나 의미있는 주장이다. 중구난방으로 군사단체가 난립함으로써 미 군정이 혼란을 막는다는 구실로 제압하기 좋은 환경만 만들어주었다.

이 젊은 청년의 말대로 지금 제 군사단체는 식객노릇도 제대로 하지 못하고 있다. 학병동맹 조선국군준비대 조선임시군사위원회 치안대총사령부 보안대 학도대 장총단 대한무관학교 등 50여 군사단체가 좌우파로 나뉘어 뒷골목 패거리들처럼 대립하는데, 하나로 묶지 못하니 마치 불량배 소굴 같다. 이런 단체들이 미 군정 협상 파트너가 될 리 없다. 그것이 과오였을까, 몽양이 말했다.

"아쉬운 면이 있네."

건준 치안대에는 일본군 장교 출신 박임항과 강문봉이 역할을 수행하고 있었다. 군대 창설 문제에 대한 건의는 없었지만, 그들은 치안업무를 열성적으로 수행했다. 그런데 인공 선포 후 미묘한 시각차가 있었다. 인공에 대한 인식의 차이 때문이었다. 몽양은 이러저러

한 얘기를 생략하는 대신 결론삼아 말했다.

"오 생도, 올곧게 군인의 길을 가게. 긴 호흡으로, 그리고 넓은 시선으로 세상을 보게."

환갑을 맞은 지도자가 젊은 생도의 얘기를 묵살하지 않고 수용하는 태도가 참으로 너그러운 풍모라고 오민균은 생각했다.

"선생님을 경호하고 싶습니다."

"나는 경호받기를 필요로 하지 않네. 내가 무엇이 두렵겠나. 난 죽었으면 일본놈한테 벌써 죽었지. 어떻게 내 동포에게 죽는단 말인가. 내 걱정은 말고, 진정으로 무엇이 될 것인가를 생각하게."

"그럼 선생님의 말씀대로 군인의 길을 가겠습니다."

"그래. 오군은 그 길이 맞을 것 같네. 하지만 왜 군인의 길을 가려고 하는가를 자문해보게."

"더이상 나라를 빼앗기는 역사를 반복해선 안 됩니다. 영토를 지키는 것뿐만 아니라 이제는 확장해야 합니다. 만주는 무주공산입니다. 국공 내전이 우리를 부르고 있습니다."

"좋은 생각이야. 하여간에 이상은 높을수록 좋네……."

여태까지 듣고 있던 이정길이 나섰다.

"선생님, 우리의 지도자들은 너무 몰이성적이고, 몰가치적이고, 백성은 무지합니다. 절망입니다."

"그건 좀 우쭐대는 말이지. 해방과 독립이 연합국의 승리로만 온 것은 아닐세. 우리 민족의 독립운동 역량이 상승작용을 일으켜서 해방을 맞은 것이야. 우리 민족의 저력을 과소평가해선 안 되네. 자기 비하가 더 큰 허무주의를 가져온다는 걸 명심하게."

"선생님이 당하신 것을 보면 견딜 수 없습니다. 우리 민족은 왜 이렇게 못났습니까."

이정길이 울먹였다. 조선총독부가 몽양에게 국내 치안을 당부한 것도 민중들이 존경하고 있다는 데 근거했을 것이다. 감옥에 갇힌 애국자들을 석방조치한 것도 그런 지도자적 역량이 투영된 결과였을 것이다. 누구하고도 사심없이 토론을 하고, 또 누구에게도 격의 없이 대하는 천의부봉(天衣無縫)의 풍모를 지닌 지도자를 단지 거인이라는 이유로 꺾으려고 한다. 모함하고 투기한다. 참으로 견딜 수 없는 모욕이다.

"잘 듣게. 거듭 말하지만, 일본의 패망은 국제 관계의 산물이요, 우리 내부의 저항이 결실을 본 산물이야. 그런 희생의 결과가 오늘이 있게 된 것이야. 지금 일본이라는 악의 축에 부역했던 자들이 대세를 이루는 듯하지만, 그걸 넘어설 때가 올 것이야. 투쟁했던 이들의 고마움을 잊지 말게. 이건 이데올로기도 아니고 이해 관계의 문제도 아니야. 가치의 문제지. 민족주의 노선을 걷든 사회주의 노선을 걷든 눈물겨운 독립운동을 했던 것은 증류수보다 명징한 순수의 몸짓 때문 아니겠는가. 그런 그들을 밟는 세력들이 발호한다고 해서 그 정신이 훼손되거나 소멸된다고 보진 않아. 결국 소멸되는 것은 그들이야. 역사의 진전을 믿게. 낙관이 아니라 그런 믿음으로 세상을 살아야 하네."

"친일파, 그 자들이 선생님을 해치잖습니까!"

이정길이 분노의 목소리로 말했다. 그들의 첫째 방해물이 몽양이다. 건준 발족과 인공 선포에 제 정치 세력의 견제가 있었지만 그 뿌리는 친일파다.

"낙담 말게. 내가 습격을 받았다 해도 자주적인 통일정부를 세울 수 있는 기반이 상실되는 것은 아닐세. 내가 꼬꾸라져도 제2, 3, 4의 몽양이 나올 거니까 말일세. 뿐만 아니라 제군들이 있지 않는

가. 제군들이 몽양이야. 처한 상황이 방향성을 잃고, 문제가 풀리지 않는다고 해서 쉽게 좌절하고 무너지는 것이 더 나쁜 일이야. 가능성을 믿고 끊임없이 추구하고 실현할 수 있는 길을 걸어가야지. 길이 구부러졌으면 돌아가는 지혜도 고려하고… 다만 친일 세력 뒤에 미 군정이 있다는 것이 문제야, 국내 정정이 혼란스럽고, 찬반탁으로 갈려 혼란스러우면 미 군정이 기대는 조직이 누구겠나. 바로 경찰이야. 경찰조직만 유일하게 미 군정에 충성하고 있지 않나. 조선의 민중이 일제 치하의 경찰에 대해 몸서리치지만 미군은 다르게 보지. 왜 그럴까. 조선의 제 군사조직이 꿀렁거리고, 쿠데타를 일으킬지 모른다고 볼 수 있지. 여기에 좌파뿐만 아니라 우파도 미국이 추진하고자 하는 찬탁을 우파들이 더 격렬하게 틀어버리고, 도처에서 민생고를 못 견디겠다고 항쟁이 일어나고 있으니 그중 믿는 경찰력에 기댈 수밖에 없는 지경이야. 그들의 입장에선 경찰이 일제의 앞잡이로, 조선 민중을 탄압한 저주받은 무리였다는 것은 고려의 대상이 아니야. 직접 겪어보지도 않았을 뿐더러, 자기 민족도 아니니 관심밖일 수밖에 없지. 다만 자기들에게 충성하면 믿음직스런 아군이야. 이걸 알아채고 우남(이승만)이 경찰에 우호적 태도를 보이고, 자기 편으로 끌어들이지. 국내 기반이 없으니 그건 대단히 호재야. 평소에도 친경찰 멘탈리티이니 경찰들이 고마워하지. 미 군정의 특정 정보 파트를 제외하고 미 군정 역시 미국말에 능통한 영감을 잘 알아모시게 되지. 그런 면에서 우리도 미군을 구슬릴만한 영어달변가를 구해야 하는데 사람이 없네. 젊은 청년들이 영어공부를 많이 하게. 알겠는가?"

"알겠습니다. 하지만 불안합니다. 선생님, 몸조심 하십시오."

이정길이 그의 앞으로 나아가 엎드리더니 소리내어 울음을 터뜨렸다. 이런 지도자가 테러 대상이 되고, 공격의 대상이 된다는 것이 가슴 저리게 아팠다.

"일어나게. 우리에겐 길이 있어."

몽양이 이정길의 몸을 일으켜 세웠다.

"자넨 서울대학을 가고, 오군은 군에 입대하게. 나라 사랑하는 일이야 여러 가지지. 오군은 소개장 써줄 테니 미 군정 아고 대령을 찾게."

오민균이 머뭇거리자 몽양이 덧붙였다.

"챔프니 대령과 아고 대령 휘하에 지금 이응준이란 일본군 대좌 출신이 가 있네. 아고 대령을 먼저 만나는 것이 순서일 거야. 거기에 버치 중위도 있을 거야. 버치는 똑똑한 변호사 출신일세. 조선의 역사적 맥락을 아는 지식인이야. 그들이 군사영어학교를 창설한다네. 이념적 스펙트럼이 넓은 사람들이야."

제9장
사설 군사단체들, 흔들리는 깃발

아고 대령은 청년의 자기 소개를 얼른 알아듣지 못하고 소파로 나왔다. 그는 미 군정 군사국 차장으로서 근래 군사영어학교(이하 군영) 창설을 서두르고 있었다.

"저는 일본 육사를 다니다 해방이 되어 귀국한 오민균입니다. 몽양 선생께서 아고 대령 각하를 찾으라고 하셨습니다."

"소개장을 가지고 왔나요? 자리에 앉으시오."

아고는 미리 알고 있었다는 듯 오민균을 소파에 앉도록 권하고, 그도 맞은편 자리에 앉았다. 오민균이 내민 소개장과 이력서를 받아 본 그가 물었다.

"그래, 일본 육사에서는 어떤 과목을 배웠소?"

"제식훈련, 군정학, 병학, 일본사와 세계사, 기하학, 대수학, 화학을 배웠습니다."

"독일 육사 커리큘럼과 같군. 엘리트 장교를 양성하는 것이지만, 실전경험을 쌓는 교과목 위주지. 우리 군영에선 참모학을 배우고, 실전 배치를 위한 제반 지휘관 교육을 실시할 거요. 차량교육과 소총 분해 결합도 마스터할 것이오. 자신 있소?"

"자신 있습니다. 다만 하나 건의 말씀을 올린다면, 한국사와 세계사를 포함하는 것도 좋을 것 같습니다."

아고 대령이 알 듯 말 듯한 웃음을 지었다. 사무실 한쪽 벽면에는 대형 한국 지도와 세계 지도가 나란히 걸려 있었다.

"군영은 속성 과정이라서 교양과목을 선택할지는 미지수요. 몽양 선생도 역사교육을 강조하더군. 다만 교수진이 절대적으로 부족하다는 애로가 있소. 한국에 한국사를 하는 사람이 없다니, 나도 놀랐소. 우리도 모르고 들어왔는데, 한국인도 자기 나라를 너무도 모르고 있었소."

"식민지 교육의 폐해입니다. 일본이 그렇게 잔혹하게 조선 역사와 문화를 말살시켰습니다."

"그래서 우리는 자유롭게 생각하고 토론할 수 있도록 사상의 문제까지도 폭넓게 허용하기로 했소. 요즘 조선 사회의 분위기가 그러니까 따르도록 하고. 그것이 민주주의의 가치를 습득할 수 있는 좋은 기회가 될 것이라고 믿소. 겉멋으로 공산주의에 빠지는 것보다 그 실체를 정확히 아는 것이 중요하지."

"동의합니다."

"미국 군대를 어떻게 생각하시오?"

"일본 군대 문화에만 익숙해 있어서 저는 잘 모릅니다. 흥미롭게 관심을 갖고 있습니다."

"군대 간다 하면 힘든 곳에서 고생한다고 여기는데, 달리 말하면 공동체 의식을 훈련하는 곳이오. 휴머니티의 포용성을 확장한다는 관점에서 미국 군대를 보아야 해요, 오해들을 하는데, 미 연합군은 적을 거꾸러뜨리기 위해 마구 총질하는 서부 사나이가 아니오. 군국주의 파쇼처럼 약탈하고 인권을 파괴하는 행위는 용납될 수 없소.

파쇼 군국주의자일수록 단일의 생각과 단일의 행동을 요구하지만, 미합중국 군인은 개성있는 자유분방한 기질을 익히라고 요구하고 있소. 그런 가운데서 애국심이 우러나도록 하는 거요. 강제된 애국관이 아니라 자발적인 애국심이오. 그것이 국가에 헌신하는 토대가 될 것이라고 믿기 때문이지. 군대가 남자로서 거쳐야 할 필수 코스라면, 그곳이 사회와 고립된 유령 섬이 아니라 한 인간이 경험할 수 있는 민주시민으로서 연대감을 익히고 국가관과 애국관을 기르는 교육장으로 활용해야 한다는 것이 내 소신이오. 당신들은 일본 군대 문화에 젖어서 '요시! 도츠게키!' 밖에 모르더군, 하하하….”

“저는 지금까지 미국을 악마로만 배웠습니다. 저뿐만 아니라 벗들 역시 미국 군대를 쏘아죽이자는 대상으로 증오를 키웠습니다. 그래서 지금 가치관의 혼란을 겪고 있습니다. 엊그제까지만 해도 일본 군대에서 처부숴야 할 적인데, 어느 날부터 아군이 되어야 하니 어리둥절해집니다. 거기에 해방군이 아니라 점령군으로 왔다는 데 적의감을 품고 있는 친구들도 있습니다.”

“이해하오. 그동안 주적으로 간주하고 서로 총질했으니… 나는 한국에 와서 악마를 보았소. 압제에 피해를 입었으면 서로 상처를 씻어주고, 더불어 일어서는 해법을 찾아야 하는데, 일본이 물러간 뒤 평생의 원수처럼 서로들 저주하며 싸우고 있는 게 이상했소. 마치 운명적으로 만난 원수들 같소.”

오민균은 침묵을 지켰다. 마땅한 말이 떠오르지 않았다.

“한국 지도자들을 차례로 만나보았는데, 그들에게선 한결같이 일본 군사문화가 지배하고 있다는 것을 알았소. 똑같은 것을 바라보고, 똑같은 것을 생각하고, 똑같은 행동을 해야 안심하는 것이오. 거기서 벗어나면 스스로 불안해하고, 길이 다르면 단번에 부정해버려.

상급자가 지시하면 아랫 사람은 따라야 한다고 믿고, 나쁜 것을 번연히 알면서도 따르고, 끝내는 그것을 정당화·합리화해요. 그들만의 이익이라서 그런가? 원하는 만큼 빠르지 않더라도 귀를 기울여서 진지하게 논의하고 합의하는 과정이 필요한데 묵살해버리오. 그게 참 이상하게 생각했지. 오 생도, 미국 대통령은 어떤 신분인 줄 아는가?"

"헌법을 준수하고 국가를 보위하는 국민의 대표자지요."

"교과서적으로 보면 그렇지. 국가를 보위하는 국민의 총사령관이지. 그러나 미국 대통령은 수많은 갈등과 싸워야 하는 통합의 사령관이오. 특정 세력의 이익만을 대변하는 신분이 아니지. 그런데 한국의 지도자들은 자기 세계관에서 벗어나면 그 즉시 적으로 돌리더군. 자기와 다르면 틀리다고 부정하지. 분열적이고 독재적 발상이오. 그런데 예외적 인물을 만났소."

"예외적 인물, 누굽니까."

"나이브하지만 경청과 존중을 아는 사람이오. 그래서 그와 친구가 되기로 했소. 몽양이란 사람이오."

"네." 하고 오민균이 가볍게 수긍했다. 일순 말이 통하는 미국 군인이라는 생각이 들었다.

"하지만 그의 입지는 갈수록 좁아지고 있소. 기회주의자로 놀리고 있소. 우리는 그를 인정하려고 하는데, 국내 지도자들이 배척하고, 그를 버리라고 거칠게 요구하고 있소. 유연하다고 해서 원칙이 무너지는 것이 아닌데, 철저히 마이너리티로 밀어내고 있소. 그것은 좌익이건 우익이건 마찬가지요. 두 세력 모두 그를 없는 것으로 간주해요."

"왜 그렇습니까."

"그건 내가 질문하고 싶소. 왜 그런 거요? 왜 지도자들은 라이벌을 제거하려 하고, 편을 갈라서 분열을 확장하는지, 딱히 명분과 실리가 있는 것도 아닌데 다른 의견을 내면 당장 적으로 간주해버리오. 내가 조선총독부 관리로부터 조선조 왕의 에피소드를 들은 적이 있었지. 상을 당하자 신하들이 모자의 깃털을 오른쪽에 꽂아야 옳으냐, 왼쪽에 꽂아야 옳으냐로 피터지는 싸움을 벌이고, 그것으로 편이 갈려서 처참하게 죽고 죽이고, 그래서 엄청난 인적 손실과 국가적 에너지가 소모됐다는 말을 들었소. 그것이 오늘의 현실에도 그대로 진행되고 있다고 보아지누만. 그게 답변이라고 말할 수 있을까? 난 실망했소. 왜 경쟁하지 않고 제거해야만 한다고 생각할까."

오민균은 침묵을 지켰다.

"그런 중에 섬세한 고급장교를 만났는데, 그는 우리가 할 일을 알아서 척척 해결했소. 디테일에 아주 강한 사람이더군. 이응준이란 고문관인데, 그는 생도 모집에 있어서 사상과 신원을 구분하지 않는다는 것을 불안해하더군. 그래서 내가 지시했소. 우리 미합중국은 그 어떤 것도 민주주의의 이름으로 포용한다. 그러니까 군말없이 따르더군. 성실하게 내 군사철학을 이행했소."

"일제는 사상과 신원을 철저히 구분했죠. 일본 군국주의를 반대하는 사회주의를 이적시했죠. 그 영향일 겁니다. 군대에서만은 그게 일정 부분 맞다고 생각합니다. 군대는 국가정체성을 세워서 지키는 조직이니까요."

"우리가 일본군과 똑같이 사상검열을 해서 생도들을 입교시킨다는 것은 민주적 다원성을 해치는 일이고, 일본군을 닮으라는 뜻이고, 자신없는 나라가 된다는 뜻이오. 그래서 반대요. 미국 군대는 개인적 종교의 자유를 허용하듯이 사상의 지유도 보장하고 있소. 그것이 다양성과 다원성을 받쳐주는 민주국가의 기둥이 될 수 있지. 정체성은 국가주의 하나로 족하오."

독특한 시국관이고 사상관이었다. 그가 덧붙였다.

"우리는 군부 내의 사상문제는 앞으로 세워질 국방경비대 자체의 기구를 통해 조정되어야 한다고 믿소. 이응준 고문관의 견해를 포함해서 졸속이 되지 않고, 사람이 다치지 않도록 조처하는 것이오. 어쨌든 이응준 같은 실무책임자가 우리 군에 들어왔다는 것이 우리에겐 매우 유익하오."

이응준은 일제 말 일본군 용산수송사령부 사령관으로 근무하던 일본 육사 26기도 대좌(대령) 출신이었다. 그는 일본군에 협력했다는 이유로 한동안 자숙하며 근신중이었는데, 미 군정청이 그를 불러내 건군 작업에 참여시켰다. 이응준은 아고의 사상검증 불필요 방침에 부정적이었으나 아고가 반대하자 이의없이 따랐다.

"군영과 창설될 각 연대 병력은 군인으로서의 숙련도를 우선적으로 살피기로 했소. 건강한 신체의 남자면 충분하오. 다만 사설 군사단체가 이들을 흡수하고 있으니 우리와 경쟁하자는 것인지, 납득할 수 없소. 그들은 군벌 체제요. 소문대로 비적 무리 아닌가?"

아고는 미군 태평양사령부의 정보장교와 작전참모로 복무한 고급 상교였지만, 한반도에 관해서는 지식이 없었고, 그래서 서울에 군사단체가 난립하는 배경을 잘 알지 못했다. 그는 이렇게 많은 군사단체가 활약했다면 일본군을 무찌르는데 큰 힘이 되었을 텐데 그 존재가치가 희박했다는 데 대해서도 의구심을 갖고 있었다.

미군은 일본군을 물리치기 위해 어떤 누구와도 연대를 모색했다. 그러나 조선의 항일 유격대는 시야에 잡히지 않았다. 만주로 나가 있는 조선의 제 군사단체들이 미연합군과 합세해 한반도로 진격했더라면 소련군을 불러들일 이유도 없었을지 모른다. 그렇다면 38선도 있을 수 없다. 그들의 존재 자체를 몰랐으니 소련에 참전을 요구했고, 38선에서 마주쳐 일본군을 무장해제시켰던 것이다.

"조선의 군사단체들이 연합군과 네트워크를 구축하지 못한 것은 그들이 영어를 몰라서인가?"

"단순히 영어를 몰라서가 아닙니다."

아고는 미국을 적으로 알았던 식민지 백성의 상황을 이해하지 못했다.

"저희 항일 투사들은 중국땅에서 중국이라는 창을 통해 세계를 보았습니다. 일본군의 헌병부대와 간도특설대 등 첩보 진압부대의 포악성 때문에 도망 다니며 활약했고, 이름까지 두 개 세 개씩 바꿔가면서 변장과 변복을 하며 활동했습니다. 그렇게 해야 목숨을 부지할 수 있었으니까요. 이러니 밥 한 끼 해결할 처지가 못 되고, 때로는 나무껍질, 풀뿌리를 뜯으며 산골짜기를 헤맸습니다. 그들은 일본군과 헌병대에 희생되었는데, 그중 저와 같이 일본군에 들어간 조선인 헌병과 밀정에 의해 많이 다치고 죽었습니다. 조선인의 생활방식과 근거지를 그들이 잘 아니까 적발해내기 쉬웠죠. 조선인 밀정을 통해 근거지를 알아내고 정밀타격해서 전과를 올립니다. 그 세력들이 어느새 미군의 품안에 들어가 건국의 중심이 되고 있습니다. 이것이 역사의 역설입니다. 미국이 그것을 알고 있나요?"

"일본군에 소속된 조선의 군사들이 항일운동 투쟁자들을 섬멸했다, 그 말 사실이오?"

"그렇습니다. 항일 독립지사들의 투쟁은 일제의 보도 통제로 가려지거나 범죄집단으로 몰아붙여서 가려졌을 뿐, 그들의 전과가 사라지진 않습니다. 투쟁 시 병참 보급이 힘들기 때문에 한인마을, 중국

마을에 들어가 민폐를 끼친 경우가 더러 있습니다만, 일본군은 이들을 비적떼로 몰아 주민과 이간질하면서 소탕작전을 폈습니다. 그렇게 해서 독립운동 투사들은 본의아니게 도둑, 강도가 되어버립니다. 일본 헌병대의 모략에서 나온 이간책동이지요. 항일무장 투쟁가들은 농가의 삽을 사용하면 반드시 삽을 씻어서 제 자리에 갖다 놓았고, 밥을 먹으면 그에 합당한 노동을 해주고 떠났습니다. 한두 사람의 민폐 사례를 가지고 전체로 매도하는 것은 일본군이 저지르는 가장 비겁한 마타도어입니다. 조선의 투쟁자들이 이들과 싸우다 보니 연합군과의 외연 확장에 소홀했습니다. 그리고 미국은 너무 멀리 떨어져 있었습니다. 하지만 한민족은 이런 선구자들을 신화로 만들어 인민을 구원할 메시아로 여기고, 조국해방을 꿈꾸었습니다."

오민균이 열을 올려 말하자 아고가 고개를 끄덕이더니 질문했다.

"그런데 돌아온 그들은 왜 파쟁과 이념투쟁만 하는가."

"그것 또한 일제 36년의 분열책동 후유증입니다. 서로 불신하고 배척하는 풍조가 만연한 것이지요."

"그것이 대답의 전부가 아닐 텐데… 귀관 역시 조국을 찾겠다는 애국지사를 체포하고, 연합군을 공격하고, 일본의 세계 지배를 위해 일본 육사에 들어간 것 아닌가?"

그의 질문에 오민균은 잠시 당황했다.

"일면 맞습니다만, 그러나 다릅니다."

"뭐가 다르다는 건가."

"제가 일본군 장교를 지망한 건 맞습니다. 그러나 일본이 제 조국은 아닙니다. 장제스도 일본 육사를 나왔지만, 중국 국부군의 총사령관이 되었습니다."

"그래도 다이니뽕 데이고쿠 반자이!(대일본제국만세), 덴노헤이카

반자이!(천황폐하 만세)를 외치지 않았나. 귀관 말대로 다른 조선인들은 조국의 독립을 위해 투쟁할 때, 귀관은 황실문장이 새겨진 니뽄도를 차고 저패니스 스피리트라는 야마도 다마치(대화혼)를 외치며 도츠제키!(돌격 앞으로), 도츠제키를 외치지 않았나?"

오민균은 순간 모욕감을 느꼈지만, 받아들였다. 그의 말은 틀린 말이 아니었기 때문이다. 아고가 자리에서 일어났다.

"주말에 다시 만납시다. 내가 저녁을 살 테니 친구들과 함께 나와도 좋소. 조선 청년들의 생각이 뭔지 사심없이 듣고 싶소. 귀관의 군영 입교는 고려해봅시다. See you later!"

정치 과잉 구호 과잉

한 겨울인데도 종로통은 한 여름 술독처럼 바글거렸다. 플래카드를 들고 거리를 활보하는 찬반탁 대오들, 각 정당의 애국청년들, 다방 구석마다 정치족과 건국배. 설익은 사회주의, 자본주의, 민주주의를 토론하며 건국 체제를 말하는 청년들, 서울 거리는 그런 정치 탐닉과 선민의식이 사회적 대세를 이루고 있었다. 다방이든 살롱이든 대폿집이든 어딜 가나 정치 얘기와 애국론이 담론의 중심이 되었다. 그런 정치 과잉은 헛배만 부를 뿐, 무엇 하나 해결되고 뚫린 것이 없었다. 언어의 홍수는 말 그대로 레토릭만 먼지 바람처럼 거리에 나풀거렸다.

종로통의 카페 보헤미안

서양식 고급 카페는 주로 미군들이 이용하고 있었다. 문을 열고 홀로 들어서면 기다란 스탠드바가 있고, 그 앞에 카키색 제복의 미군들이 앉아서 바텐더가 익숙하게 제조한 칵테일 술잔을 기울이고 있었다. 칸막이된 홀에선 신사복 차림의 한국인과 미군이 섞여서 술을 마시고, 그 한쪽 스테이지에선 흐릿한 조명 아래 미군들이 여자를 끼고 블루스를 추고 있었다.

아고 대령이 들어서자 웨이터가 달려와 허리를 굽신하고 안쪽에 미리 자리를 잡은 조선인들에게로 안내했다. 아고 대령은 버치 대위를 대동했다.

"조선에서 그토록 많은 항일 독립군이 활약했단 말이오?"

아고 대령은 술잔이 몇 순배 돌고 거나해지자 이쾌대에게 물었다. 오민균은 이쾌대와 항일유격대 출신이라는 그의 친구 김천산과 함께 보헤미안에 왔다. 아고의 청을 받고 데리고 나온 사람들이었다.

"북만주에서 유격대로 활동해온 김천산 동지를 데리고 왔습니다."

행색은 꾀죄죄했으나 눈이 날카로운 김천산은 아고 대령을 곁눈질로 훑고 있었다. 경계하는 눈빛이 완연했다. 아고가 그에게 술잔을 내밀었다. 김천산이 술잔을 받은 뒤 단도직입적으로 말했다.

"미연합군사령부가 한반도 사정에 무지합니다."

"알고 있소."

버치 중위가 대신 대답했다. 미국은 한국 점령과 지배에 대비한 사전정보나 준비가 부족했다. 이 점은 당시의 대통령 트루먼 회고록에서도 그대로 드러난다.

— 2차 세계대전 전, 대한민국에 대해서 아시아의 동쪽 먼 끝에 위치한 이상한 나라라는 정도 이상의 지식이나 관심을 가졌던 미국인은 거의 없었다. 극소수의 선교사를 제외하고는 1945년 늦여름, 미국 점령군이 상륙할 때까지 미국인들에게는 이 "조용한 아침의 나라"를 알 수 있는 기회가 드물었다.

— 트루먼 회고록(한림출판사 1971) p.379

아고가 입을 열었다.

"내가 여러분을 만나자고 한 이유가 그거요. 귀하는 영어가 능통한데 유학파인가?"

아고가 김천산에게 물었다.

"임무 때문에 영어와 로스케 말을 배웠습니다."

"단도직입적으로 묻겠소. 한국은 일본의 일부가 아니었던가?"

"아닙니다!"

단번에 부정의 목소리가 나왔다. 강한 거부감 때문에 그의 목소리는 컸다.

"난 조선 반도가 일본의 일부이기 이전에는 중국의 일부로 알고 있는데?"

"그것도 틀린 말입니다."

"그게 아니라니? 청일전쟁 뒤 일본과 중국이 맺은 협정 제1항에는 '중국은 조선의 종주국임을 주장하지 않는다'라고 되어 있소. 일본과 미국이 맺은 가쓰라—테프트 협약(1905)에서도 미국의 필리핀 독점권과 일본의 조선지배권을 서로 인정했소. 일본은 필리핀에 대하여 침략적 의도를 품지 않으며, 미국의 필리핀 지배를 확인한다. 대신 한반도는 일본이 지배할 것을 승인한다고 합의했소. 가쓰라—테프트 협정에 따라 일본이 조선을 식민지로 삼은 것을 미국이 양해했던 것이고, 그래서 일본은 중국으로부터 종주국 자격을 빼앗아 조선 식민지 근거를 마련했던 것이오. 일본이 조선을 강제 병합하기 전엔 조선은 중국에 조공을 바치고, 세자 책봉도 황제의 허락을 받지 않았는가 말이오."

아고는 냉철하게 사물을 꿰뚫고 있었다. 일본이 러일전쟁, 청일전쟁을 승리로 이끌자 미국은 일본과 우호조약을 맺었다. 아시아 태평양 패권을 함께 나누겠다는 조치의 일환이고, 상호 전쟁하지 말자는 협약이었다. 그 후 양국은 식민지를 나눌 만큼 긴밀한 협력 관계를 유지했다. 거기에 비해 조선 왕국은 도도하게 흐르는 제국주의적 세계 지배전략을 알지 못했다. 알더라도 추상적이었으며, 도포자락 휘날리며 어른 행세하는 것만으로 기득권 체제가 유지되었으니 알 필요도 없었다. 이런 역사적 배경도 해방관리에 있어서 발언권을 얻지 못한 큰 요인이 되었다.

오민균은 한반도가 강대국이 거래하는 물건 취급을 받았다는 모멸감에 속으로 몸을 떨었다. 알면 알수록 수치스러웠다. 지금도 한반도 운명의 논의 과정에서 주인의 의사는 묵살된 채 노예 장터에 나온 것처럼 거래 대상이 되고 있다. 아고는 그런 시각으로 한반도를 바라보고 있었다. 한반도에 대해 이해도가 높다는 그도 이 모양이었다.

"미개한 조선 사람을 일본인이 들어와서 교육시켰다고 했소. 중국의 일부지만 변방으로서 하대받은 조선을 일본이 대신 근대화시켜주었다는 데 남다른 긍지를 갖고 있소. 능력이 부족한 중국 대신 일본 제국이 한반도에 들어와 근내화 프로그램을 시행했나는 서요. 소선총독부 관리는 수천 년간 한반도는 중국의 지배를 받았다고 했소. 일본이 아니었으면 젊은이들이 서당에서 하세월했을 것이라고 했소. 문맹도 90% 이상이었다고 했소. 일본이 신식학교를 세워서 국민 교육을 실시하고, 호적과 논밭의 지적도, 철도망, 화학공장, 비료공장, 방직공장을 세우고, 수리시설을 갖추었다고 했소. 한국의 일부 엘리트들은 조국이 번영해 가는데 갑자기 해방된 것이 안타깝고,

이렇게 빨리 해방될 줄 몰랐기 때문에 혼란스럽다고 했소. 조금만 더 나갔으면 문명국이 될 수 있었는데, 그 기회를 박탈당했다고 안타까워했소. 틀린 말인가?"

김천산이 소리쳤다.

"그자들은 그렇게 우리를 열등민족으로 가두었습니다. 한국과 중국이 복잡한 역사적 관계를 갖고 있는 것은 사실입니다. 하지만 실제적으로 단 한 번도 종속된 적이 없습니다. 대국 대 소국으로 공존했을 뿐입니다. 반면 일본은 우리를 침략했고, 지배했고, 억압과 수탈을 강요했습니다. 수많은 사람을 일본군대로, 징용으로, 어린 처녀들을 잡아서 성 노리개용으로 전선으로 보냈습니다. 일본은 조선을 짓밟았습니다. 철저히 밟은 것과 상하 구별의 공존을 구분하지 못하다니요?"

"조선이 990번의 외침을 받은 것 중 일본으로부터는 20%, 중국대륙으로부터 80%를 받았다고 하던데, 그것은 무엇으로 설명하겠소? 일본은 조선을 개화시켰다고 하잖소."

"일본은 우리 개인의 이름까지 빼앗고, 전쟁 도구로 이용했고, 열등민족으로 몰았고, 어린 소녀까지 황군의 배설 도구로 사용했다니까요. 거기에 영합하고 굴종하는 사람만 혜택을 받았을 뿐, 조선반도는 불구가 되었습니다. 중국이 조선반도에 영향력을 행사했던 것과는 완전히 다른 개념입니다. 일제에 대한 저항은 당연하며, 정당성이 있는 것입니다. 중국은 대국으로서의 품위를 잃지 않았습니다. 조공을 바치면 그보다 더 많은 은혜품이 왔습니다. 그것을 우리의 특권층이 독식한 구조라는 것이 문제였을 뿐입니다."

"나는 조선의 비적들이 군벌 휘하에서 만주와 시베리아에서 약탈 행위를 일삼거나, 일부는 일본인의 첩자 노릇을 했다는 보고를 받았소. 밀정 말이오. 산적의 범주에서 벗어나지 못했다는 것이었소. 소련측도 그런 그들을 보고 의심한 끝에 1937년 조선족을 중앙아시아로 강제 이주시켰다고 했소. 일본 첩자 노릇을 하기 때문에 강제 이주시켰다는 사실은 부정하지 않겠지?"

김천산이 자리를 박차고 일어났다.

"친일 세력과 그 망나니들이 퍼뜨린 말에 놀아나다니. 당신이 정녕 한국을 도우러 온 해방군인가? 당신은 쪽발이의 이간질과 분열책동에 놀아나는 얼간이가 아닌가?"

이쾌대가 제지했다.

"참아요. 아고 대령은 우리를 방해하기 위해 질문하는 것이 아니라, 공부하기 위해 우정을 갖고 질문하는 사람 같소."

아고가 재미있다는 듯이 물었다.

"일본관동군 중에 첩보부대인 간도특설대는 뭔가. 항일 조선인을 잡아들인 부대가 아닌가."

"간도특설대? 간토 도쿠세스부타이라고, 한마디로 쓰레기입니다."

김천산의 얼굴이 벌겋게 달아올랐다.

"그 부대의 대원을 내가 알지. 간토 도쿠세스부타이에서 전공을 세웠다고 했소. 소련 공산당으로부터 두 자례나 체포돼 사형선고를 받고 탈출해 자유를 찾아 월남했다는 사람이오. 훌륭한 자유 투사요. 김창동이란 사람이오."

"아고 대령 각하, 독립운동을 하던 조선민중을 미행, 감시, 체포, 구금, 고문하며 승승장구한 민족반역자들을 잘 보세요. 건국을 위해 그들을 데려다 쓴다고요? 정보를 잘못 접하면 정책수행에 큰 오류를 범합니다. 우리의 독립전쟁투쟁사를 말해줄 거니까 잘 들으세요. 그건 미국 서부영화의 수천 편보다 장엄한 드라마요."

김천산이 위스키 잔을 단숨에 비운 다음 설명하기 시작했다.

"우리 선혈들의 무장독립전쟁은 1910년대부터 시작됩니다. 국권 피탈 이후 만주와 연해주 일대에 항일 투쟁의 거점을 마련했는데 용정, 명동 등 북간도, 남만주의 삼원보, 블라디보스토크의 신한촌 등이 근거지입니다. 1920년대엔 천마산대, 보합단, 구월산대가 활약했습니다. 삼둔자전투와 봉오동전투에서 독립전쟁 전과를 크게 올렸습니다. 홍범도 장군의 대한독립군, 최진동 장군의 군무도독부군, 안무 장군의 국민회군의 연합부대가 두만강을 건너 삼둔자에서 일본군을 격파했습니다. 독립군의 본거지인 봉오동을 기습해온 일본군을 대파했습니다. 독립전쟁사에서 가장 큰 승리인 청산리대첩도 있습니다. 김좌진 장군의 북로군정서군, 홍범도 장군의 대한독립군의 연합부대가 일제가 훈춘사건을 조작하여 대부대를 만주로 보내 독립군을 포위하자, 열 차례의 전투를 벌여 격파했습니다. 이것도 내가 아는 지식의 일부분일 뿐입니다."

훈춘사건은 일제가 마적들을 매수해 일본인을 죽이게 한 후, 만주 일본영사관과 거류민을 보호한다는 구실 아래 대규모 병력을 출동시킨 사건이다. 즉 일제가 만주로 군대를 보낼 구실을 찾기 위해 조작한 사건이었다. 김천산이 덧붙였다.

"일본놈들은 언제나 음모로 세상을 보는 자들입니다. 그런 비열한 자들 위에서 우리 독립군은 용전분투했습니다. 혁혁한 무공을 세운 우리의 독립군가를 들어보시오."

그가 주먹 쥔 손으로 박자를 맞춰 흔들며 소리높여 노래를 부르기 시작했다. 다른 좌석에서 취한 미군들이 덩달아 박자를 맞추며 손뼉을 쳤다. 노래를 마친 김천산의 두 눈에 물기가 어렸다. 오민균도 어떤 격정이 솟구쳐 머리칼이 서는 느낌이었다. 김천산이 자리에 앉자 아고 대령이 물었다.

"그렇다면 조선독립군의 승리 전과는 무엇인가."

"물리적으로 승리했다는 것만이 중요한 것이 아닙니다. 우리의 독립정신이 적의 심장을 관통했다는 것이 중요하죠. 동포 여성들이 치마폭에 밥을 싸가지고 빗발치는 총알을 뚫고 전선으로 날라 왔습니다. 마을의 남자들은 폭약을 만들었습니다. 부러진 총신을 고쳐주었습니다. 이렇게 동포들은 너나없이 전사들이었습니다. 그들은 대부분 죽었습니다."

"그러니 전술적 오류가 있는 것이오. 싸워서 점령했다면 끝까지 지켜야 하는데 치고 도망가면 정착해 살고 있는 거류민만 희생되고 말지. 그들이 살려면 본의 아니게 밀고자가 되어야 하고 비굴하게 협조가가 되어야 하지. 전투에서 이기면 뭘하나. 뺏은 땅은 더 이상 뺏기지 말아야지. 동포들을 보호하지 못하니 더큰 패배를 맛보는 거요. 미연합군과 함께 힘을 모았다면 결과가 좋았을 거요."

"미군은 아득히 먼 존재였습니다. 너무 멀리 떨어져 있었죠. 독립군은 외로웠지만 투쟁력은 가열찼습니다. 나라 찾는 길만이 존재 이유였으니까요. 1930년대는 더 활발합니다."

그에 따르면, 양세봉 총사령의 소선혁명군이 남만주 일대에서 중국의용군과 연합작전을 전개해 영릉가전투, 홍경성전투를 승리로 이끌었다. 이청천 총사령 지휘의 한국독립군은 북만주 일대에서 중국 호로군과 합동작전을 펴 쌍성보전투, 경박호전투, 사도하자전투, 동경성전투, 대전자령전투에서 승리했다.

항일유격대의 활동도 두드러졌다. 이들은 중국 공산당 소속의 동북 인민혁명군으로 편성됐다가 동북 항일연군으로 편입되었다. 갑산의 보천보전투에서 전공을 세웠다. 일본군의 보복 소탕작전을 피해 일부는 소련 영내로 이동했다. 중·일전쟁 이후엔 중국 국민당 정부의 지원을 받아 조선민족혁명당을 조직하고 조선의용대를 창설했다. 국민당 정부군과 함께 항일전쟁에 참가했으며, 국민당군이 투쟁에 소극적 태도를 보이자 중국 공산당이 활동하는 화북지방으로 이동해 조선의용대 화북지대를 결성했다.

중국 공산당 군대와 더불어 호가장전투에 참가했으며, 1940년대엔 임시정부 휘하의 한국 광복군에 합류해 정식 국가조직의 군사단체로 발전했다. 이들은 공산주의·사회주의자들과 결합했으나 항일의 공동 목표를 위해 싸웠을 뿐, 이념체계에 갈등을 보이거나, 이념에 큰 의미를 두지 않았다.

"충칭에서 광복군(총사령관 이청천)은 1941년 대일 선전포고를 했습니다."

"대일 선전포고를 했다면 병력은 얼마쯤이었소?"

"병력이 산개돼 숫자는 명확치 않지만 독자적 작전을 전개할 만큼 규모를 갖추었습니다. 그중 광복군은 연합군의 일원으로 미얀마에서 영국군과 합동작전을 전개했습니다. 미군과의 협력하에 OSS 첩보단과 함께 국내 진격작전을 세우고, 진격훈련을 폈습니다."

"연합군과 함께? 서프라이즈! 난 그걸 몰랐군."

광복군은 대일 항전 선언에서 다음과 같이 선언했다.

— 대한민국 임시정부는 대한민국 원년(1919)에 정부가 공포한 군사조직법에 의거하여 중화민국 영토 내에 광복군을 조직하고 대한민국 22년(1940) 9월 17일 한국광복군 총사령부 창설을 선언한다. 대한민국 광복군은 중화민국 국민과 합작하여 두 나라의 독립을 회복

하고자 공동의 적인 일본 제국주의자들을 타도하기 위하여 연합군의 일원으로서 항전을 계속한다. …우리들은 한·중 연합전선에서 우리 스스로의 부단한 투쟁을 감행하여 동아시아 및 아시아 인민들의 자유와 평등을 쟁취할 것을 약속하는 바이다.

"여기서 확인하다시피 대일 항전은 우리만의 독립만이 아니라 아시아 인민의 자유와 평등을 위해 싸운 것입니다. 중국군이 연합군의 일원이기 때문에 우리도 당연히 연합군의 일원이었습니다."

김천산이 열을 뿜자 아고와 버치는 놀라는 표정이었다.

"당신 말이 사실이라면 프랑스의 레지스탕스보다 더 놀라운 활약상이오. 항일전선에 투입된 여러분의 군사조직의 활약상은 하나의 장엄한 파노라마요. 전투 하나하나마다 전쟁소설이 나올 만큼 드라마틱합니다. 한국 무장독립투쟁사만으로도 생도들의 교과목으로 채택해도 좋을 것 같소. 자랑스러운 역사요. 우리가 진작에 그 사실을 알았더라면 그 공을 인정하고, 연합군의 일원으로 받아들였을 텐데 그러지 못한 것이 안타깝군. 이건 우리만의 책임이 아니오. 당신들이 네트워크 장착의 필요성을 못 느꼈거나 채널 이용방법을 몰랐기 때문이오. 우리는 조선인민은 모두 일본인이라고 보았소. 여러분이 있었다는 걸 몰랐소. 나아가 조선 역사와 전통, 문화적 배경을 알지 못했소. 철저히 일본의 일부로 보았을 뿐이오."

미군 장교도 놀라는 우리의 무장 투쟁사를 오민균 역시 그 실체를 지금까지 모르고 있었다. 그런 자신이 한없이 부끄러웠다. 식민지 교육이란 것이 이렇게 한 사람을 맹아(盲兒)로 만들어버리는가. 또 사실 교사들도, 부모님도 숨기기에 바빴고, 알게 되면 곤욕을 치르게 되니 없는 것으로 간주했다. 그들 또한 그런 지식과 정보가 없었으니 다른 방법도 없었을 것이다.

"프랑스의 항독 레지스탕스는 종군 기자군까지 이끌고 다녔지. 그런데 당신들은 그것을 방기했소."

버치가 말했다. 레지스탕스는 선전 선무활동을 강화하고, 연합군과 연대하고, 애국 국민의 지원을 이끌어냈다. 항일독립군도 그런 선전전을 확장해나갔더라면 대중성을 확보하는 데 도움이 되었을 것이다. 그것이 연합군사령부에 전달되었을 수 있었다. 미국의 젊은 장교 버치 중위는 이 점 아쉽게 생각하고 있었다.

돌이켜보면 그것 또한 무책임하고 무의미한 진단이다. 말이 그렇다는 것 뿐, 어떤 누구도 노출되면 목숨 부지하기가 어려운 상황이다. 변복과 가명으로 암약한 투사들도 끝내 잡혀 비참한 죽음을 당했다. 어느 항일무장 투사는 수년 간 쫓긴 나머지 제대로 끼니를 잇지 못해 죽은 뒤 해부해보니 위장에서 나무뿌리만 나왔다고 하지 않았던가. 산속에서 나무뿌리 풀뿌리로 연명하다 총맞아 죽은 투사의 최후는 이렇게 쓸쓸하다. 헌병 하나에 조선인 밀정이 1—2명이 달라붙어 활약했으니 숨조차 제대로 쉴 수 있었겠는가.

"미스터 김을 통해 배운 바가 많았소."

"아고 대령 각하가 한국에 대해 편견과 오해에 사로잡혀 있는 것은 일본 관리들로부터 주입받은 일방적 정보 때문이라고 봅니다. 앞으로 우리와 긴밀히 협조해나가기를 바랍니다."

아고는 고개를 끄덕였다.

"조선의 군사단체들은 중국을 통해서 세계를 보았고, 세상을 인식했습니다. 사분오열되어 확실한 주체세력이 없었다는 것도 아쉬운 대목입니다. 그렇다고 해서 그들의 업적과 투쟁이 훼손될 수 없습니다."

"그래요. 연대하고 단결했더라면 하는 아쉬움이 있군. 운동의 효율성이 떨어지고 포말화된 것이 아쉽소. 이것은 강자의 의도에 놀아날 소지를 안겨주고 말지. 조직의 파편화는 강자가 관리하기 좋은 프레임이오"

아픈 대목이지만 오민균은 마음속으로 동의했다. 아고 대령이 각자에게 위스키를 한 잔씩 따르고 건배를 제의했다.

"조선의 미래를 위해 건배!"

그가 한 사람 한 사람 눈을 맞추더니 양주잔을 입에 탁 털어넣고 말했다.

"나 역시 하고 싶은 말이 많소. 서태평양 함상에서 애기(愛機)를 미국 전함에 부딪치면서 산화한 일본 가미가제 소년병(특공대)들을 보았소. 만세 돌격을 감행하며 옥새작전을 펴는 모습은 두려운 게 아니라 가련한 소꿉장난처럼 보였지. 벚꽃처럼 일시에 피었다가 장렬하게 사라진다는 정신은 기이하더군. 이런 죽음은 어디에서 연유하는가. 이것이 일본 군국주의가 만들어놓은 천황 신의 주술인가? 사쿠라 정신이라는 건가?"

이쾌대가 받았다.

"광기지요. 사쿠라꽃, 좋지요. 단순해서 그림 그리기 좋지만, 일본의 국화가 되니 사실 섬뜩해요. 사쿠라꽃이 무슨 죄가 있겠습니까마는, 일본인의 집단의식이자 무의식의 표상이 되니 단순한 꽃으로 보이지 않습니다. 생각이 복잡해집니다. 그렇게 두려움을 줍니다. 왜 그럴까요. 대화혼이라는 상징으로 천황이 사쿠라 꽃으로 의인화되어 하나의 응결체를 만드는데, 개인보다 집단을 우선시하는 정신, 절대숭배와 신격화, 그러나 속살을 들여다 보면 야만의 일체감 입니다. 그 정신이 주변국을 유린하면서 표상되니 아찔합니다. 인류에 재앙이 되는 표상, 평화를 위해 존재하는 것이 아니라 재앙을 키우기 위해 표상되는 상징 조작에 현기증이 나지요. 그런데 너도나도 거기에 첨벙 빠져들어 범죄를 모의하는 것입니다. 주변국과의 평화와 공존을 인정하지 않는 품성들이 그 안에 녹아 있습니다. 그들은 지금 패망했지만 언젠가 다시 부활한다고 굳게 믿고 있습니다. 사쿠라 꽃처럼… 불행히도 미국이 일조한다는 얘기가 들립니다. 벌써 맥아더 사령관이 기모노 입은 게이샤한테 흠뻑 빠졌다고 하더군요."

"일본은 항복하면서 천황제만은 유지해달라고 맥아더 사령관에게 애걸했소. 그걸 일본 기생하고 바꿔먹었다고? 그건 너무 야비한 모략이오. 일본이 차후 재기의 발판으로 삼으려고 노력한 외교력을 보아야지, 맥아더 사령관을 음탕한 사람으로 몰면 고약하지. 안 그런가?"

"그렇게 보았다면 미안합니다. 다만 상징조작을 통해 일본을 하나로 묶고자 하는 음험한 흉계를 살피고, 조선반도는 그들에게 희생된 점을 이해해주십시오."

"여러분도 '야마도 다마치'에 철저히 복속해오지 않았던가? 특히 일본 육사 생도로서는 말이오."

이렇게 말하고 아고 대령이 오민균을 쳐다보았다.

"저는 아고 대령 집무실에서도 말씀드렸듯이, 어떤 확고한 신념이 있어서 그 학교를 선택한 것이 아닙니다. 식민지 소년으로서 혜택이 많은 그 학교가 있기 때문에 지망했죠. 아시다시피 학생들에게 선망의 대상이 되었던 게 일본 육사였습니다. 조선반도를 통틀어 매년 열두세 명만이 합격생이 나오는 학교입니다. 저는 중학에 다닐 때 파견된 일본 군관의 총애를 받았습니다. 학업성적이 우수하고 지도력과 모범적 행동, 무술이 뛰어나다는 평가로 육사 지망 티켓을 받

있습니다. 가고 싶다고 해서 가는 학교가 아닙니다. 저는 그것을 영광으로 알았지 수치로 알진 않았습니다. 그렇다고 일본군 장교로서 영광의 길을 간다고 생각하진 않았습니다. 입교한 뒤 민족의식이 가슴속에서 내연하고 있었습니다. 무명의 사상가를 만나면서 제 인생관과 세계관이 바뀌었습니다. 그것이 해방되면서 제 정신의 기둥이 되고 있습니다."

"어떻게 바뀌었다는 것인가."

"내 안의 이중성을 극복하는 계기가 되었습니다. 조선인으로서 일본 제국을 위해 몸 바친다는 것이 옳은 길인가 하고 고뇌하고 있을 때, 그분은 '본질이 변하지 않으면 환경적 요인은 그리 중요하지 않다. 조국의 독립을 위해서는 군대가 필요하고, 독립 후엔 더 필요하니 고민하지 말라. 언젠가는 유용하게 가치있게 써먹을 날이 올 것이다'라고 격려하셨습니다. 일본 육사를 나와 소대장 중대장으로 복무 중 탈출해 항일투쟁에 나선 선배님들도 있습니다. 물론 일왕을 위해 더 많은 친일행각을 한 선배도 많지만요."

"일본군을 탈출해서 항일투쟁에 나선 장교들이 있다고? 그렇다면 그들이 항일투쟁 전선에 투입된 것인가?"

"그렇습니다. 만주와 시베리아에서 독립전쟁을 주도했습니다. 노백린 김굉시 지칭천 유동열 이깁… 물론 아까 말했듯이 일세를 위해 헌신한 선배들도 많습니다. 일본인이지만 일본의 천황제를 통렬히 비판하고 저항하다 처형당한 사람이 있듯이, 우리도 일제를 반대한 일본 육사 출신이 많습니다."

"일본 제국주의 침략자들은 전 인민에 집단 최면을 걸어 어린 소년병을 차출해 사지로 몰아넣고 순교자라고 부른 것을 가미카제를 통해 직접 보았지. 그래서 나는 공산 독재보다 제국주의 우익 독재가 더 나쁘다고 보았소. 일본이 왜 이렇게 괴물이 되었는가.”

“연합국이 그렇게 키운 것이오.”

김천산이 받았다.

“연합국이 키웠다구?”

아고가 고개를 끄덕이더니 동의했다.

“그런 것 같소. 1차 세계대전 당시에는 일본의 국력이 영국, 프랑스, 미국과 견줄 만한 상대가 되지 못했지. 다만 영국의 동맹국으로 참전해서 이익을 보았던 거요. 일본은 인도 등 거대한 나라를 식민지로 둔 영국의 꽁무니를 따라다니며 연합군으로 참전했소. 그 덕에 1차 세계대전 이후 일본이 식민지 확장 정책을 펼치면서 만주에 대한 야욕으로 만주사변(1931년)을 일으켰소. 당시에는 만주의 군벌들과 비적떼들이 득시글거리는 무법천지라 만주사변이 일어나자 태평양 건너의 미국인들은 부도덕한 비적떼를 소탕한 정의군대라고 일본군을 평가했지. 식자층은 좀 혼란스러워했지만 말이오. 중국 영토인 만주를 침공한 것인지, 야비한 군벌과 비적떼가 득시글거리는 무법천지를 평정한 것인지 잘 알지 못했던 것이오. 중일전쟁(1937년)이 일어나자 비로소 일본의 야욕을 인지하고 그때부터 미국은 일본에 압박을 가했소. 당시 영국이나 프랑스는 일본에 대해서 실질적 영향력을 행사하지 못하는 처지였소. 같은 연합국이었으니까. 미국은 국제연맹을 통해 일본에 대한 압박을 가했는데, 일본이 반발하고 국제연맹에서 탈퇴를 해버렸지. 너희만 거대 식민지를 두고, 연합국의 일원인 일본은 가만 있으라는 것이 말이 되느냐고 반발한 것이오. 일본은 식민지 획득과 확장은 선진국으로 가는 길로 보았고, 식민지 획득이야말로 영국, 미국, 프랑스와 대등해질 수 있는 지위를 확보한다고 보았지. 대일본제국을 확장할 수 있는 길로 보았을 것이고.

그래서 일본은 자신의 영토확장을 막으려는 강대국의 기도를 분쇄하겠다고 나선 것이오. 자기들은 자기네 땅보다 수십 배 되는 식민지를 가지고 있으면서 일본에게만 식민지 획득을 못 하게 막는다는 것은 어불성설이라는 것이지. 일본은 또 연합국의 군축회담 중 일본의 군축 비중이 많아 차별이 심하다고 보고, 1차 세계대전 당시 연합국 미국, 영국, 프랑스에 대한 적대감이 커져 갑니다. 연합국 입장에서는 일본을 동맹국으로 키웠지만, 일본이 같은 연합국인 중국 내부까지 침략해 들어가니 적국으로 간주했던 거요. 연합국은 전통적 우호관계나 영토 및 인구로 보아서 중국과 손을 잡아야 한다고 보았기 때문에 뒤늦게 연합국으로 합류한 일본의 태도를 침략근성을 갖고 있다고 하여 외면하지. 그 과정에서 식민지가 된 조선의 항일 투쟁자들이 중국의 북부에서, 남부에서, 시베리아에서 눈보라를 헤치며 투쟁을 벌였다는 거였군?"

"자랑스럽지 않습니까?"

김천산이 응수다.

"헌데 지금 자고나면 비온 뒤의 죽순처럼 수많은 군사단체가 난립하고, 수십 명에서 많게는 수천 명 단위의 대원들이 모여서 건물에 깃발을 꽂아놓고 고함만 지르고 있소. 우리는 그들이 무엇을 하는지 알 수 없소. 나의 눈에는 무의미하게 힘겨루기 하는 뒷골목의 패거리들처럼 보이오. 이러니 만주의 비적떼 출신들 아니냐고 의심해보는 거요. 당신들은 이들을 보고 조국을 해방하고 독립시킬 메시아로 가슴에 꿈을 품게 했지만 정작 돌아온 그들은 혼란의 주체, 건달 그 이상도 이하도 아니오. 그러므로 이들을 관리할 책임은 미 군정에 있소. 터져버린 내장 속처럼 엉망진창인 그들 조직을 하나로 묶든지 해체하는 것이 온당한 일 아닌가?"

그의 눈뿐만이 아니라 한국인 누구에게도 혼란상은 분명했다. 극도의 혼돈이 모든 것을 삼켜버리고 있었다.

미 군정청 정보장교 데이비드 미첨 소령이 아고 대령 사무실을 찾았다. 그는 국내 신문과 영자지를 갖고 들어왔다. 그의 곁엔 갓 부임해온 정치장교 버치 중위도 있었다. 미첨 소령이 보고했다.

"한민당의 고하 송진우 당수와 임정의 백범 김구 선생이 심한 언쟁을 했습니다. 휴민트를 통해 입수한 정보입니다."

1945년 12월 28일 조선반도의 신탁통치 소식이 전해졌을 때, 미첨은 고하의 움직임을 예의 주시했다. 견습생으로 현장 학습차 버치가 따라다녔다. 고하는 일정 부분 미 군정과 뜻을 같이하고 있었으며, 한국 통치는 미국이 의도하는 바대로 일정 훈정기를 거치는 것을 양해해도 된다는 유연한 태도를 보이고 있었다.

훈정기란 한 체제가 자치능력을 갖출 때까지 계도적 통치기간을 거쳐 국가성립(憲政期)에 이르는 과정을 거치는 기간이다. 이 기간 동안 정치적 대립 관계에 있던 제 세력의 갈등을 조정해 국가성립 기구로 견인하자는 것이 미국의 신생국가 관리 플랜이었다.

그런데 모스크바 삼상회의 발표문이 나오자마자 경교장의 임정이 들끓었다. 신탁통치라니 천부당만부당한 일이었다. 백범 김구는 이날 저녁 각 정당 대표회의를 긴급 소집했다. 고하는 낭산 김준연을 대동했다. 모임에 참석한 전원은 신탁통치를 반대한다는 목표 하나로 뭉친 듯했다. 임정계는 즉시 미 군정을 부정하고 독립을 선포하는 동시에 내친 김에 정권을 인수하자고 들고 일어났다.

이때 발언권을 얻은 고하가 자리에서 일어났다.

"우리는 아직 민주주의를 달성할 국민적 기반이 닦여져 있지 않소. 미 군정의 신탁통치안을 수용하는 것이 현명한 방법 같소. 현재의 민도 가지고는 안 되니 훈정기가 필요해요."

처음에는 좌중이 무슨 뜻인 줄 모르고 한동안 침묵이 흘렀다. 고하가 계속했다.

"여기 정당 대표들, 좌익 우익 중간파 할 것 없이 다 모였습니다. 그런데 다들 격해 있습니다. 백범은 '우리가 왜 서양사람 신발을 신고 다니느냐'면서 화를 냅니다. 이건 온당치 않습니다."

"뭐야?"

듣고 있던 한독당원이 소리질렀다. 고하도 내친 김에 지지 않겠다고 작심하고 발언했다.

미첩으로부터 전하는 말을 듣고 있던 아고 대령이 흥미를 보였다.

"어떻게?"

"고하가 5년 이내에 끝나는 신탁통치를 받아들이고 정당, 사회단체들과 의논해 민주적인 통일정부를 세우자고 발언했습니다. 그는 우리끼리 정부를 세우려고 하면 지금과 같은 갈등과 대립상 속에서 과연 5년 안에 통일정부를 세울 수 있겠느냐고 의문을 제기했는데, 대부분의 인사들이 그따위 소리를 하려거든 당장 나가라며 분통을 터뜨렸습니다."

"고하 선생, 답답한 원칙주의자인 줄 알았더니 의외로 합리적이군."

고하는 기본적으로는 신탁통치를 반대했지만 유연한 태도 때문에 시중에는 신탁통치를 찬성한다는 소문이 돌았다. 이런 소문을 듣고 한민당 계열 인사들이나 유연한 원세훈이 걱정이 돼서 고하에게 전화를 걸었다.

"고하와 백범 간에 의견 대립이 있었다는데 사실이오?"

"글쎄 임정에서는 지금부터 당장 신탁통치 반대운동을 대대적으로 편다는군요. 반탁은 나도 찬성이오. 다만 방법론상의 차이가 있습니다. 현실에 대한 인식이 부족한 문제해결 방식은 무모한 구호에 지나지 않소. 명분론만으로는 해결이 어렵소이다. 디테일이 중요해요."

하지만 당시 사회적 분위기는 민족 주권을 찾자는 것이 대세였고, 그래서 신탁통치 반대는 움직일 수 없는 방향이었으며, 반대로 찬탁 주장은 변명의 여지없는 반동이었다.

"나도 임정을 정통정부로 내세우려고 몽양과도 싸우지 않았습니까. 미국이 들어오면 임정이 절차를 밟아 권력을 인수하도록 서울운동장에서 궐기대회까지 열었지요. 그러나 자기들만이 애국의 선봉에 있다고 애국을 독점하고 있소. 우월적 도그마에 빠져 있어요. 타협을 모르고 배타적이에요. 나도 고집이 없는 것은 아니나 큰 틀에서는 통합적이오. 우리는 미국과 대립했을 때 오는 손익도 계산해야지요. 국제정세로 볼 때 감정적 반탁이 옳은 길인가를 살펴봐야 합니다. 과연 지금 우리가 정권을 받을 준비가 되어 있소? 극단의 대립을 보이고 있는 이런 때는 일정 기간 숨을 고르는 훈정기가 필요해요."

고하는 이런 주장으로 비판 대상이 되었고, 그의 주장을 부수는 것이 곧 애국행위처럼 받아들여졌다. 그의 타협적 반탁론은 한 순간에 배신자, 또는 반역이 되어버렸다.

"송 당수를 보호해야 합니다. 그의 방향은 옳고, 그런 만큼 우리가 보호해야 해. 불통의 유생인 줄 알았더니 의외로 시국을 내다보는 안목이 있는 분이군."

아고 대령의 말이었다.

고하는 1945년 12월 30일 새벽 서울 종로구 원서동 자택에서 테러리스트 한현우의 저격으로 암살당했다. 그는 해방정국의 분열과 대립상의 첫 희생양이었다. 정치적 주도권을 잡기 위해서는 수단방법을 가리지 않고 경쟁자를 압살하는 비정한 정치테러의 첫 신호탄이었다.

고하의 장례가 준비되는 동안 미첨 정보장교가 다시 아고 대령을 찾아 보고했다.

"송진우 당수가 사장으로 있는 《동아일보》사가 송 당수의 뜻과 다른 논조로 논설을 내고 있습니다. 기이한 현상입니다. 오보인데, 그걸로 여론몰이를 하고 있습니다."

미첨이 국내 신문기사와 외신 원문기사를 아고에게 내밀었다.

"영자지는 UP통신입니다. 이것을 《동아일보》가 받아서 보도했습니다."

12월 27일자 1면 톱 메인 타이틀은 '소련은 신탁통치 주장―소련의 구실은 38선 분할점령, 미국은 즉시 독립주장'이라고 되어있고, 상단 머리 부제로 '외상회의에 논의된 조선독립문제'가 걸려 있었다. 사이드 톱에는 '조선의 분점은 부당, 미 여론에 속출되는 38선'이라는 제목의 기사가 실려 있었다. 1면을 도배한 듯한 기사 배치가 다분히 의도적인 제작으로 보였다.

"이건 아닌데…."

아고가 제목을 훑은 뒤 그래도 미심쩍었던지 기사 원문을 읽기 시작했다.

〈화성돈(워싱턴) 12월25일발 합동지급보〉 막사과(모스크바)에서 개최된 3국 외상회의를 계기로 조선 독립문제가 표면화하지 않는가

하는 관측이 농후하여 가고 있다. 즉 반즈 미 국무장관은 출발 당시에 소련의 신탁통치안에 반대하여 즉시 독립을 주장하는 훈령을 받았다고 하는데, 3국간에 어떠한 협정이 있었는지 없었는지는 불명하나, 미국의 태도는 카이로선언에 의하여 조선은 국민투표로써 그 정부의 형태를 결정할 것을 약속한 점에 있는데, 소련은 남북 양 지역을 일괄한 일국 신탁통치를 주장하여 38도선에 의한 분할이 계속되는 한 국민투표는 불가능하다고 하고 있다.

문장이 모호해 섞갈리긴 해도 요지는 미국은 신탁통치안을 반대하고, 소련이 찬성한다는 취지의 기사였다. 이 기사는 당일 다른 조간에도 실렸는데 석간인 《동아일보》가 유독 자극적인 제목을 붙였다. 기사는 모스크바에서 삼상회의 공식 결정이 나오기 전 25일 워싱턴에서 나온 추측성 기사였다.

《동아일보》의 기사는 소련을 신탁통치안의 주체로 상정해놓고, 횡설수설, 사설까지 동원해 집중적으로 비판했다. 고하가 찬반탁에 앞서 실력양성론, 세계대세 순응론을 내걸어 신중론을 편 것과 달리, 신문은 '탁치반대! 독립전취!'(12월 30일자 1면) 따위로 반탁 여론을 주도했다. 고하의 암살사건은 고하가 신탁통치를 지지한다는 소문이 나온 분위기 가운데 일어났는데, 그가 사장으로 있는 신문 지면은 정반대의 논조가 나온 것이었다. 신문 사설의 경우는 더 노골적이었다.

　　— 민족적 모독—신탁 운운에 대하야 소련에 경고(1945. 12. 28. 일자 《동아일보》 사설)

　　(전략) 그런데 작보와 같이 외전은 조선에 대한 미소 양국의 견해가 다름을 지적하야 미국은 즉시 독립을 주장하고 소련은 신탁관리

를 주장한다고 전한다. 회의로부터 발표된 정식 공보가 아니매 그 진부는 속단키 어려우며 따라서 비판의 정도도 기하기 어려운 터이나 이것이 만일 사실이라면 어찌할 것인가? 전문이 간단하야 그 주장의 근거에 대한 설명도 모호한 감이 없지 않으나 대체로 미국은 카이로선언을 준수하여 국민투표에 의한 즉시 독립을 승인하자는 것이며, 소련은 삼팔선의 존속으로 국민투표는 불가능하니 일국의 신탁관리로 하자는 것이라 한다. 미국의 주장과 논거는 명명백백한지라 그 우호적 태도를 신뢰하는 바이나 소련의 일기(日氣)는 이 하등의 궤변이며 이 하등의 폭언인가?

모스크바 삼상회의는 한국 문제만이 아니라 세계 2차대전 전후처리를 위한 회담이었다. 삼상회의 7가지 의제 중 한국 문제는 6번째로 다뤄졌다. 삼상회의 합의문에서 한국 관련 사항은 '신탁통치 결정'이 아니라 '신탁통치안의 제시'였다. 자료를 보자.

1. 조선을 독립국가로 재건설하며 조선을 민주주의적 원칙하에 발전시키는 조건을 조성하고 가급적 조속히 장구한 일본의 조선통치의 참담한 결과를 청산하기 위하여 조선의 공업·교통·농업과 조선인민의 민속문화 발전에 필요한 모든 시설을 취할 임시 조선민주주의 정부(a provisional Korean democratic government)를 수립할 것이다. (중략) 3. 조선인민의 정치적 경제적 사회적 진보와 민주주의적 자치발전과 독립국가의 수립을 원조 협력할 방안을 작성함에는 또한 조선임시정부 및 민주주의 단체의 참여하에서 공동위원회가 수행하되, 공동위원회의 제안은 최고 5년 기한으로 4개국 신탁통치(Trusteeship)의 협약을 작성하기 위하여 미·영·소·중 4국

정부가 공동 참작할 수 있도록 조선임시정부와 협의한 후(following consultation with the provisional Korean government)제출되어야 한다. 〈출처:The Ambossador in the Soviet Union(harriman) to the Secretary of State. Moscow. December 27, 1945. Foreign Relations of United States. 1945. Vol. Ⅵ(Washuington D.C.;Government Printing Office, 1969) pp.1150~1151. 번역: 박태균, 한국전쟁(책과 함께, 2005)〉

중요한 것은 1항과 3항이다. 1항을 이행하면 한반도 전체를 총괄하는 단일 임시정부가 구성되며, 3항은 그렇게 구성된 임시정부와 '협의'하에 4개국 신탁통치가 실시되는데 최장 5년의 기간이다. 따라서 모스크바 삼상회의의 결정문은 역사적 의미를 지니고 있었다. 즉 △즉시 통일된 형태의 조선임시민주주의 정부수립 △조선임시민주주의 정부수립 문제를 논의하기 위해 미·소공동위원회 개최 △최장 5년 기한의 4개국(미영소중) 신탁통치를 실시하되, 구체적인 방안은 조선임시민주주의 정부수립 후 결정한다는 것이다. 이는 나치 독일에 합병된 오스트리아의 경우와 같은 합의내용이었다.

2차 세계대전 후 오스트리아는 나치 독일에 합병됐던 독일로부터 영토를 회복해 한반도처럼 연합국의 분할점령을 받았다. 연합국은 일정 기간 신탁통치를 거치면 독립을 보장하겠다고 약속하고 1945년부터 1955년까지 10년간 미·소·영·불의 신탁통치를 받았다. 그리고 약속대로 10년 후인 1955년 영세중립 통일국가를 수립, 독립했다. 오스트리아 제 정치세력은 내부 갈등을 조율해 연합국의 제안을 수용해 10년의 신탁통치 기간을 따랐다. 반면에 한반도는 오스트리아에 비해 신탁통치 기간이 최장 5년에 불과했으나 실제로 3년의 미군정기를 거쳤다.

이 사이 극도의 대립상을 보이다가 전쟁을 치르고 영구 분단의 길을 걸었다.

어쨌든 신탁통치안의 '적극적 보호제도(protectorcte)'라는 의미의 '신탁통치(trasteeship)'는 미국이 내건 조건이며, 소련은 수동적 '후견인(tutelage)' 제도를 주장했다.

1946년 1월 25일자 소련의 타스통신은 모스크바 삼상회의 관련 기사에서 '소련이 신속한 독립을 주장했으나 미국은 조선의 신탁통치를 10년으로 하자고 제안했고, 소련이 5년으로 타협안을 제시해 관철됐다'고 보도했다. 이 소식은 기름에 불을 붙인 듯한 국내의 극렬한 반탁 분위기에 휩쓸려 묻혔다. 반탁을 거스르는 그 어떤 담론도 매국이 되어 합리적 판단이 비집고 들어설 공간이 없었다.

본래 신탁통치안의 아이디어는 2차 세계대전 종전 4개월 전 병사한 루즈벨트의 구상이었다. 그는 30년의 한반도 신탁통치안을 갖고 있었다. 잔여 임기를 물려받은 투르먼은 전임의 정책기조를 이어갔으나 신탁통치 기간을 5년으로 잡은 것이 달랐을 뿐이다.

고하의 유연한 반탁론은 신탁통치를 끌고 가려는 하지 중장의 견해와 일정 부분 맥을 같이했다. 따라서 미 군정과 호흡이 맞아떨어지는 측면도 있었다. 그의 타협적 반탁론은 맹목적 애국주의자들의 거친 반탁론보다 현실적인 대안이었다고 후일 학자들은 평가한다. 오스트리아의 예에서처럼 신탁 기간을 민주주의 훈련기간으로 보고, 극도의 대립상을 중화시키면서 민주주의 체제를 가다듬는 기간으로 활용할 수 있었다는 것이다. 하지만 극도의 분열상과 대립상을 보이고 있는 한국이 오스트리아처럼 간다는 것은 장담할 수 없었다.

고하가 암살당하고 장례식이 치러진 이틀 후인 1946년 1월 7일 우익의 한민당과 국민당, 좌익의 인민당과 공산당 대표들이 만나 고하의 정신을 살린다는 데 합의했다. 이들은 신탁통치안의 입장을 조율하고 '조선의 문제에 관한 모스크바 3국회담의 결정에 대하여 조선의 자주적 독립을 보장하고 민주주의적 발전을 원조한다는 정신과 의도를 전면적으로 지지한다. 신탁은 장래 수립될 우리 정부로 하여금 자주독립정신 터전으로 삼는다'는 성명서를 전원 일치로 채택했다.

역사학자 서중석은 이에 대해 '모스크바 3상회의가 한국에 통일된 독립정부를 수립하는 데 합의를 본 것이라면, 4당 합의는 국내 대표 정당이 한국에 민주국가를 수립하는 데 합의를 본 유일의 문서'라고 평가했다. 고하의 죽음에 대한 자성으로 받아들여진 측면이 고려되었지만, 이 기조를 그대로 유지했다면 우리 역사의 물줄기는 달라졌을지 모른다.

"고하 암살은 참 미스터리란 말이야."

아고 대령이 깊은 생각에서 빠져나오면서 중얼거렸다.

"그의 암살은 그를 찬탁이라고 매도한 세력의 짓이겠죠. 경교장회의 참석자 중 한 명의 짓 같습니다. 일제로부터 해방되자마자 또 식민지와 똑같은 신탁통치를 받는다는 것은 민족적 자존심상 허락지 않을 수 있다는 과격분자의 소행이겠지만, 우익의 소행인 것만은 분명합니다."

"고하의 철학과는 반대로 신문지면은 온통 반탁기사란 말이야. 그게 이상하지 않나? 그가 경영한 신문사에서 왜 그런다고 보나?"

"고하가 여론으로부터 뭇매를 맞는 것에 대한 자기 변호 같은 것 아닐까요. 여론을 중시하니까요. 결코 찬탁이 아니다, 라는 커밍아웃이죠. 방향은 반탁이지만 방법론에선 유연한 대화와 협상을 통한 훈정기를 갖자는 것인데, 그게 임정 등 근본주의자들에게 배신으로 낙인찍힌 것이죠. 근본주의자들은 같은 우익이 발등 찍었다고 방방 뜨는데,《동아일보》는 지면을 통해 그건 오해다, 라고 시그널을 보낸 게 아닐까요? 언제나 강경 근본주의자들이 상황을 주도해나가는 상황에서 고하도 본질에 있어서는 너희와 다르지 않다, 라는 시그널이죠."

"그것도 아닌 것 같은데. 귀관은 이 사건을 임정의 소행이라고 보지 않나?"

"의심이 갑니다."

"정보를 담당하는 입장에선 어떤 선입견이나 단정적인 결론은 위험해."

"알겠습니다. 그런 정황이 보인다는 것뿐, 그들을 용의자로 단정하진 않습니다. 다만《동아일보》는 좌익세력과 대결중인데, 좌익과의 대결을 위한 공격 프레임을 그렇게 짜고 있는 듯합니다. 한민당—우익—미국과, 공산당—좌익—소련이라는 프레임이죠."

"이승만 박사 입장은?"

"그는 임정이 주도권을 행사하는 것에 심기가 불편합니다. 반탁에 있어선 김구 선생과 노선을 같이하지만 라이벌 의식이 강합니다. 힘이 길러지면 백범을 무력화시킬 것입니다. 사회적 분위기는 백범에게 밀리지만 동력이 생기면 제압한다고 자신하고 있습니다. 지금은 스탠스가 모호합니다."

"이상해. 같은 길을 가는 사람들이 이렇게 분열한단 말이야. 나 아니면 안 된다는 독선 때문인가, 아니면 탐욕 때문인가."

"독립을 위해 싸울 때는 지향하는 목표가 같아서 뭉치지만, 해방이 되자 자기들 이익을 위해 분열하는 것이죠."

"몽양 선생 동향은 어떤가?"

"좌우 양측으로부터 밀려나 있습니다. 소수자로 전락했습니다. 몽양과 고하의 지향점은 신탁통치에선 접점이 닿아있습니다. 그런데도 앙숙으로 서로를 배제하는 것이 보기에 흥미롭습니다."

"몽양이 배제하는 것이 아니라 배제되는 것이지. 대결론자보다 협상론자가 밀리는 게 조직의 생리야. 몽양을 잘 관리하게, 누군가의 타깃이 되어 있어."

아고 대령은 몽양의 식견과 통찰력을 평가하고 있었다.

몽양은 모스크바 삼상회의가 열리기 전 어느 날, 아고를 시내 음식점으로 불러냈다.

"루즈벨트 대통령은 한반도의 즉각 독립보다 일정기간 신탁통치로 근대화시킨다는 계획을 갖고 있었다는데 맞소?"

"맞습니다."

"소련은 대 독일전과 내전 때문에 극동에 관심이 없는데 루즈벨트가 한사코 스탈린을 불러냈다는데 맞소?"

"그런 것 같습니다."

이미 공공연한 비밀인데 몽양이 펄쩍 뛰는 게 이상했다.

소련은 1944년 대 독일전에서 전황을 유리하게 이끌어간 반면, 미국은 태평양전쟁에서 일본의 극렬한 저항에 밀려 고전하고 있었다. 루즈벨트는 소련의 힘을 빌리려 했다. 그가 볼 때 만주 관동군은 막강 화력을 갖고 있었다.

루즈벨트는 1945년 2월 얄타회담에서 조선의 신탁통치 기간을 30년으로 하자고 소련에 제시했다. 소련은 유보적 태도를 보였다. 전략적 가치를 크게 두지 않았다. 미국 역시 먹을 것 없어보이는 한반도를 독자적으로 운영하는 것에 부담스러워했다. 조선은 일본의 속국으로 세계무대에 볼품없는 전리품으로 내던져진 존재였고, 미·소 양자에겐 생소한 땅이자 매력없는 지역으로 인식되었다. 이 때문에 소련은 군사적으로 유리한 위치에 있었음에도 불구하고 분할점령 이외 다른 욕심을 내지 않았다. 여기에는 미국과의 신의를 지키는 것이 더 이익이라고 보았기 때문이다. 그만큼 양국은 우호적이었으며, 양국 모두 한반도를 전략적 가치를 평가하지 않았다.

미태평양사령부 맥아더 사령관은 일본을 누구에게도 빼앗기지 않겠다는 철학을 갖고 있었다. 자신의 단독전쟁 승리의 전리품으로 일본을 모두 점령할 기득권을 주장했던 것이고, 그 점에서 명분이 약한 소련은 이를 수용하고 북방 4개 도서를 회복하는 선에서 만족했다.

몽양이 엉뚱하게 말했다.

"한반도 분할은 미국의 책임이 더 크오. 38선 분할도 그렇지만, 미군은 소련군의 진격을 유도하기보다 만주벌판에서 활약하던 우리 항일 독립투사들을 파트너로 규합했어야지. 나의 노농군도 결성되어 있었소. 병력이 수만 명이었소."

"그것은 내가 할 말입니다. 반대로 묻겠습니다. 조선의 군 리더는 왜 우리를 활용하지 않았습니까. 그 많은 군사단체 중에 영어를 할 줄 아는 자가 몇 명이라도 있었을 것 아닙니까. 미군은 중국에도 있었고, 필리핀에도 있었고, 인도지나 반도에도 있었습니다. 네트웍을 확장했어야지요. 그게 안타깝소. 하지만 지금도 늦지 않았습니다."

남한 지역은 좌우 대결로 혼란이 가중되고 있는데, 북한은 소비에트화가 빠르게 진행되고 있습니다. 그들은 일본을 몰아내고 단결의 동력을 살리고 있소. 남한사회는 오로지 카오스입니다."

소련에 의한 북한의 안정, 신탁통치 기간을 짧게 하자는 제안도 그들이 장악한 북한이 빠르게 안정되어 갔기 때문이다. 그런 다음 남한을 먹어치우겠다는 계산이 아니었을까.

"아고 대령, 혹시 나를 감시하지 않소이까?"

몽양이 비로소 본심을 드러냈다. 그는 요사이 이상한 감시의 그물망에 갇힌 기분이었다.

"나는 선생을 의심하지 않습니다. 나는 이념의 포로가 아닙니다. 본질적인 것은 인간화의 문제죠. 전 한때 마르크스 레닌에 빠져 있었지요. 전향한 몽양 선생과 동일노선입니다. 한국에 부임하면서 몽양선생을 만났을 때, 그런 체험적 삶이 내 사유체계와 동일하고, 그게 얼마나 기뻤는지 모릅니다. 인간적으로 존경합니다."

"고맙소. 아고 대령을 만난 것이 나 역시 행운이오."

"그러나 조심해야 합니다. 나는 군인이며, 미합중국의 결정을 따르는 애국적인 장교입니다. 한국의 좌우 대결을 더 이상 방치하지 않을 수도 있습니다. 명령이 떨어지면 작전을 수행해야 하는 것이 군인입니다. 나는 교체될지도 몰라요. 한반도 좌우 대결에서 관리·조정의 적임자가 되지 못한다는 평가를 받고 있으니까요."

몽양은 아고의 답변에 그의 두 손을 굳게 잡았다. 그가 다시 말했다.

"제 정당과 군사단체 테러리스트들이 암약하고 있습니다. 사상의 저수지엔 뜻하지 않은 변종들이 헤엄쳐 다닙니다."

밖은 벌써 어둠이 내리고 있었다. 찬반탁 회오리는 걷잡을 수 없이 전국을 강타하고 있었다.

군사영어학교 입교를 앞두고 오민균이 이정길의 사무실을 찾았다. 몽양이 와 있었다. 몽양은 지쳐보였다.

"오군이 군영에 들어가게 되었으니 축하하오."

"선생님 덕분입니다."

몽양은 대화를 즐기는 사람처럼 화제를 이끌었다.

"나는 어떡하든 분단을 막자는 주의야. 나라가 미·소의 영향하에 있지만 분단을 막을 힘은 우리밖에 없소. 동의 하시는가?"

"동의하지만 일본이 뒤에 숨고, 알게 모르게 조선 사정에 어두운 미국을 조정하고 있습니다. 일본은 기득권층을 테크노크라트라는 이름으로 전면에 배치하고 있습니다. 통일정부가 세워지기 어려운 것은 이런 것들 때문이 아닙니까. 그들은 우리가 단합된 힘을 쓸 수 없도록 이간책을 꾸미고 있습니다. 그림자처럼 소리없이 움직이고 있습니다. 하긴 그건 그들의 이익을 위해 움직이는 것이니 굳이 탓할 수 없겠죠. 다만 우리가 대비하고 막아야 하는 것이죠."

이쾌대가 나섰다.

"맞습니다. 우리는 일본의 실체에 대해서 너무도 모릅니다. 모순적인 행동이랄까, 이중성을 모릅니다. 일본 사람들은 '스미마셍(미안 힙니다)'을 입버릇처럼 교양있게 말합니다. 조그만 도움을 받아도 스미마셍, 식당에서 음식을 주문할 때도 '스미마셍'을 말합니다. 무엇이 그렇게 미안한 일들이 많을까요. 그런데 미안해하지 않은 일들을 너무 많이 봅니다. 이런 이중성은 싸움을 좋아하면서 얌전하고, 불손하면서 예의 바르고, 용감하면서 겁쟁이고, 보수적이면서 개방적인 모순적인 태도에서 극명하게 나타납니다(루르 베네딕트의 '국화와 칼' 인용). 일본인은 자기 행동을 강자가 어떻게 생각하는가에 놀랄

만큼 민감하지만, 동시에 다른 사람이 자기의 잘못된 행동을 모른다고 생각할 때는 가차없이 죄악을 저지릅니다. 여기엔 강자나 약자나 상관이 없습니다. 약자일수록 변명의 여지없이 밟고 가진 것을 빼앗아버립니다. 그들이 거짓이 없고, 진실하고, 교양이 있다는 말은 수정되어야 합니다.”

“맞는 말이요. 지금 분단 극복이 우리의 가장 큰 당면과제요. 일본이 여건을 만들고, 미·소 양강이 국제 질서를 만들어낸 산물이지만, 해결자는 결국 우리 자신이오. 국내 정치세력들은 이런 상황에 무지하거나 둔감해 있소. 기회란 잡으라고 있는 것인데, 자꾸만 밀어내버린 형국입니다. 내부 역량이 부족하니 국제적 분쟁 지역이 되고, 국내적으로는 진영 대결로 갈등이 벌어지고 있습니다. 이런 대결 국면은 미·소가 한반도에서 나가더라도 극복하지 못하리라는 우려가 큽니다.”

몽양이 길게 한숨을 내쉬었다.

“일본은 통일 한국을 경계하오. 조선 반도가 힘이 세지면 당장 위협이 된다고 보니까. 식민지 통치 시절 그들이 저지른 죄업을 지우려면 조선반도 내부가 분열되어서 그들끼리 싸우고, 힘이 분산되는 것이 좋다고 보는 것이지. 대신 미국의 품에 안기고 있소. 엊그제까지 수백 만 명이 죽고, 한 순간에 항공모함 다섯 척이 태평양에 수장되고, 원자탄을 맞고 나라가 초토화되었는데도 이렇게 미국 품에 안겨서 애완견이 되는 저 현란한 변신의 모습…”

“그럼 우린 절망적입니까.”

“패배주의에 젖을 필요는 없지만, 내외 환경은 좋지 않다는 것이네. 인도 식민지를 갖고 있는 영국은 조선의 독립을 적극 반대했네. 그렇게 나가면 자기들이 갖고 있는 식민지 인도도 내놓아야 하는 논리가 성립되니까. 처칠이 조선반도를 4대국의 신탁 통치하에 두고 10년이 될지, 20년이 될지 모를 적당한 시기에 독립시키자고 했던 것도 그 때문이야… 외세는 모두 자기 이익과 결부시켜서 세상을 보지. 그러니 어떤 외세도 혈맹이랄 수 없어. 예외적으로 소련이 가능한 한 빨리 신탁통치에서 벗어나자고 했을 뿐이야. 반대로 미국이 더 길게 신탁통치를 하자고 했던 것이고…."

"신문은 그 반대였습니다. 그렇다면 소련이 왜 신탁통치를 빨리 끝내자고 했을까요?"

"그들은 조선 사회가 전체적으로 사회주의 경향성을 띠고 있고, 그래서 굳이 5년, 10년 신탁통치할 것까지 갈 필요가 없다는 것이었지. 금방 사회주의 세상이 되는데 오래 끌 필요가 없다는 것이지."

이정길이 나섰다.

"미국은 김구 선생을 신탁통치의 걸림돌로 보는 것 같습니다. 민족주의자들은 외세를 근본적으로 싫어하니까, 귀찮다고 보는 것이지요. 소련 역시 박헌영이 독자적 세력을 가졌으니까 걸림돌로 보고 있고요. 자기들 말 잘듣는 지도자를 선택해야죠. 저는 몽양 선생님의 건준—인민위원회가 현실적 대안세력으로 보는데, 면전에서 송구스럽지만 선생님이 나이브하기 때문에 양 극단 세력들의 견제로 실효를 거두지 못하고 있습니다. 타협주의자로서 미국을 파트너로 삼을 수 있다고 보시는데, 국내 정치세력들이 한결같이 밀어내니 밀려나버렸습니다. 이런 때 식민지 정책을 통해 한국인의 뼛속까지 들여다본 일본이라는 병원균이 퍼져 들어왔습니다. 후건인으로 내세운 친일 세력들을 풀어놓고 분단의 영구화를 위해 음모를 꾸미고 있는 것입니다. 선생님, 계속 이용당해야만 합니까?"

"이정길 군의 진단이 극단적이나 정확하군. 신탁통치 구상이란 게 그렇게 비합리적인 것만은 아니야. 우리가 내부적 갈등과 분열로 피투성이가 되는 것보다 민주주의 훈련을 받은 다음 독립해도 늦지 않다고 본 것이 현실적인 대안일 수 있네. 밸런스 파워가 필요한 때가 있지. 오스트리아가 우리와 똑같은 문제에 직면했는데 내부 경쟁자들이 갈등을 조정해서 합의점에 도달했어. 10년 신탁통치 받아들이자고 한 것이야."

"우리는 하루속히 독립국가를 구성하자는 여론이 대세 아닙니까. 저도 그런 생각을 하고 있습니다."

오민균이었다.

"이론상으로는 맞네. 하지만 현실적 대안은 못 돼. 5년 이내의 4대국 신탁통치안은 긴 세월의 식민지 지배를 말하는 것이 아니야. 오스트리아보다 반 이상이 줄어든 신탁기간이야. 그 시간 분단을 극복하고 통일을 향해 가자는 말일세. 국제정세의 흐름에 둔감하면 안 되네. 외세에 무너져선 안 되지만, 이용하는 것도 활로를 여는 방법이야. 지금 북이나 남이나 통일에 관한 한 차이가 있는 것이 아니야. 남북 모두 확실한 통일 방안을 가진 것도 아니고, 완강하게 고집 피우는 것도 아니야. 일부에서 고함지르니 차이가 있는 것처럼 보이지만 한꺼풀 벗기면 거기서 거기야. 굳어버리기 전에 뭔가를 빚어내야 하네. 이러다 자칫 조선반도 통일 무화론이란 허무주의가 퍼지지 않을까 걱정일세. 사실 미국의 생각, 소련의 생각, 이승만의 생각, 김구의 생각, 나의 생각이 차이가 있으면 얼마나 있겠나. 누구는 비타협적이고, 누구는 타협적인 차이가 있을 뿐이야. 조율하고 합의에 도달하는 기술이 미숙하니 서로 빈 총만 쏴대고 있어. 외부적 장애 요소를 내부에서 극복해야 하는데 내부가 먼저 찢기고 싸우니 외세가 봐주지 않지. 결코 외세가 도와줄 리 없어. 비집고 들어와서 그들

방식으로 한반도를 디자인하잖나. 내부의 분열의 모습을 즐기면서, 그들 식으로 요리하는 기회로 삼는 거야. 이러다 조선 반도 분단이 냉전의 구렁창에 빠질 공산이 커. 이것을 극복하지 못하면 한반도가 새로운 전쟁의 진앙지가 될 수 있는 것이네."

"선생님께서 나서셔야 하는데, 밀리시니 안타깝습니다. 일본놈들한테 전쟁 배상도 요구해야 하는데 그것도 못 하고요. 그걸 맡을 적임자는 선생님이신데 말입니다."

"왜 내가 적임자라고 보나."

"총독부가 선생님을 파트너로 정했잖습니까. 그들이 그 권한을 회수했다고 해서 자격이 박탈된 것은 아닙니다. 패전한 그들의 지시가 법적 근거도 없으니까요. 밀고 나가야 합니다. 전쟁 책임을 묻고 배상을 받아내야 합니다. 귀국선 우키시마 호 폭발사고 진상조사와 희생자 배상, 탄광의 희생자, 집단 수용소의 억울한 죽음들, 소녀들을 강제로 성놀이개로 병영에 집어던진 일 등등 너무도 많습니다. 분이 나지 않습니까. 군량미는 물론 놋그릇, 호미, 송진, 호박씨, 파마자씨까지 착취하고 수탈한 일본놈들을 어떻게 그대로 놔둔단 말입니까. 그런데도 미국 뒤에 숨어서 분열의 통치 수법을 교사하는 것 보십시오. 못된 놈들입니다."〈이상 중앙일보 이정민의 오코노기 마사오 게이오대 교수 직격인터뷰 "남북 공존 주장하면서 왜 남남갈등 심한지 이해 안돼" 일부 참조〉

묵묵히 듣고만 있던 이쾌대가 나섰다.

"동경제대 출신의 정치학과 학생 마루야마 마사오가 쓴 글이 생각납니대이. 그는 군대 소집 영장이 날아와서 전선에 투입되었습니더. 결혼한 지 3개월밖에 안 된 때였습니다. 그 시기는 전황상 살아 돌아오기 어려운 때였습니다. 일본이 왜 동경제국대생들까지 전선에 동원했겠습니까. 막대기 하나라도 필요했으니 일본의 자부심이라는 그들까지 투입하게 된 것이지요. 그는 전장에서 정치학도답게 태평양전쟁의 개전과 패전 상황을 살피면서 일본제국 붕괴의 필연성을 간파했습니다. 메이지 유신 이후 일본이 근대화를 이루면서도 실제로는 전근대적·봉건적 문화가 지배하고 있다는 것이 패배의 원인으로 지적했습니다. 천황 주권의 총체인 '국체'라는 것이 절대 권위를 휘두르면서도 누구도 책임지지 않는 무책임성, 일본의 근대가 서구의 근대를 모델로 삼았으나 서구의 그것과는 동떨어진 봉건 영주체제라는 것, 민주적 가치보다 상명하복 체계라는 것이 패망을 부를 것이라고 보았습니다. 근대란 시민혁명과 산업혁명의 소산입니다. 봉건적 신분질서를 종식시키고 상하구별 없이 민족의 이름으로 구성원을 단결시키는 사조죠. 이를 통해 지도층의 각성과 내부의 변혁, 국민의 집단 지성과 함께 아래로부터의 변혁을 추진한 것입니다. 후발 주자였던 일본은 근대가 누리는 외피, 즉 외형적 물질에만 경도되고 말았지요. 근대를 지탱하는 내면적 정신과 철학이 결여되었습니다. 인권과 민주주의, 평등, 박애라는 인류의 보편적 가치를 몰각하고, 또 이를 지킬만한 시민의 힘이 배태되지 못한 것이죠. 민주주의와 거리가 먼 상징 조작 천황이라는 파시스트가 권력을 주무르도록 그 하수인 군부가 힘을 지탱해주었습니다. 독일은 패전 이후 파시스트들에게 유린당한 나라를 재건하기 위해 과거를 뼛속까지 씻어내 청산하고, 나치 협력자를 전승국들보다 더 엄격하게 처단했습니다. 그 정신은 유럽 사회의 모범적 민주국가로 진입하는 토대가 되었습니다. 반면에 일본은 천황제를 맥아더로부터 승인받으면서 반성하기는커녕, 전쟁의 가해자가 아닌 피해자 코스프레를 했습니다. 그런 면에서 맥아더의 오류는 큽니다. 나쁜 새끼죠. 물론 일본에게는 은인이고요. 그를 통해 일본은 전범국가로서 사과하기는커녕 전쟁의 끔찍한 참화로 피해를 받았다는 억지를 부렸습니다. 그럼 우린 무엇입니까. 그들이 주변 아시아인에게 범한 온갖 죄악은 히로시마와 나가사키에 원자폭탄 두 방을 얻어맞은 피해로 상쇄시키고, 어물쩍 넘어갑니다. 그러잖아도 근본이 없는 놈들인데 미국이 비호해주니 과거를 말끔히 잊어버립니다. 서구의 민주의식과 통절한 반성없이 오만하게 세상을 또 지배하려고 보는 것입니다. 거듭 말하지만 미국이 이걸 도와주었습니데이. 일본놈들보다 미국이 더 나쁘다고 생각합니다. (이태희 실학박물관장 '일본은 왜 패망했는가' 일부 참조). 그런 면에서 일본놈, 미국놈들 개무시하고 민족의 이름으로 치고 나갈 필요가 있습니다."

"민족을 강조하는 것은 지나친 국수주의적 태도 아닌가?"

"일본이 폐를 끼치는 한에 있어서는 우리가 민족주의자가 되어야지요. 그들이 피해를 주지 않을 때, 민족을 들먹일 필요는 없습니다. 인간으로서, 글로벌 스탠다드의 규범을 지키는 인류애로서 받아들일 수 있습니다. 하지만 못된 짓을 하는 데 있어선 아닙니다. 더욱 가열차게 민족을 내세워야 합니다. 인천 부두 노동자들이 왜국(倭國) 타도, 외세 타도 시위를 벌인다고 하는데 플래카드를 만들어가지고 나가겠십니다."

그는 칠곡의 고향 청년들을 서울로 불러들여놓고 있었다.

— 2권에 계속

고독한 행군 ❶

초판 1쇄 발행 2022년 8월 10일

지은이   이계홍
펴낸이   윤형두 · 윤재민
펴낸곳   종합출판 범우(주)

등록번호   제 406 – 2004 – 000012호(2004년 1월 6일)
         (10881) 경기도 파주시 광인사길 9 – 13 (문발동)
대표전화   031)955 – 6900, 팩스 031)955 – 6905

홈페이지   www.bumwoosa.co.kr
이메일   bumwoosa1966@naver.com

ISBN 978 – 89 – 6365 – 439 – 3 04810
ISBN 978 – 89 – 6365 – 438 – 6 04810 SET